Knaur.

Knaur.

Über die Autorin:

Den Büchern von Melissa Mayhue merkt man an, dass sie sich mit Männern auskennt: Schließlich hat sie einen geheiratet und ist die Mutter von dreien. Mit ihnen gemeinsam lebt sie in Colorado, im Schatten der wundervollen Rocky Mountains. Melissa Mayhue hat drei verrückte Hunde, eine alles bestimmende Katze, eine verrückte Schildkröte und viel zu viele Fische.

Melissa Mayhue

Die Frau des Highlanders

Roman

Aus dem Amerikanischen
von Georgia Sommerfeld

Knaur Taschenbuch Verlag

Die amerikanische Originalausgabe erschien 2007
unter dem Titel »Thirty Nights with a Highland Husband«
bei Pocket Books, New York.

Wenn Ihnen dieser Roman gefallen hat, empfehlen wir Ihnen gerne ausgewählte Liebesromane aus unserem Programm – schreiben Sie einfach eine E-Mail mit dem Stichwort »Frau des Highlanders« an:
historische-liebesromane@droemer-knaur.de

Besuchen Sie uns im Internet:
www.knaur.de

FSC
www.fsc.org
MIX
Papier aus verantwortungsvollen Quellen
FSC® C083411

Deutsche Erstausgabe Oktober 2010

Published by arrangement with the original publisher,
Pocket Books, a division of Simon & Schuster, Inc., New York.
Redaktion: Gerhild Gerlich
Umschlaggestaltung: ZERO Werbeagentur, München
Umschlagabbildung: Franco Accornero via Agentur Schlück GmbH;
FinePic®, München
Satz: Adobe InDesign im Verlag
Druck und Bindung: CPI – Clausen & Bosse, Leck
Printed in Germany
ISBN 978-3-426-50675-2

2 4 5 3 1

Für meine Mutter, Beatrice Alexander, die mich schon früh das geschriebene Wort lieben lehrte und mich vor allem mit der Welt der Liebesromane bekannt machte.

Und für meinen Mann, Frank, der mich stets ermutigte und niemals daran zweifelte, dass ich alles schaffen konnte, was ich mir in den Kopf gesetzt hatte.

Prolog

Die Legende des Feentals

Vor langer, langer Zeit spähte an einem herrlichen Frühlingstag im schottischen Hochland ein Prinz des Feenvolks durch einen Spalt in dem Vorhang, der seine Welt von der der Sterblichen trennte. Und tief in einem Tal, das er sein Eigen nannte, gewahrte Pol eine wunderschöne junge Frau beim Kräutersammeln. Er konnte seinen Blick nicht von ihr wenden und am Ende, als ihr Korb beinahe gefüllt war, hatte er sich in diese Sterbliche verliebt. Seine Liebe war so groß, dass er durch den Spalt im Vorhang schlüpfte und der Maid in seiner strahlenden Schönheit erschien. Er veränderte seine äußere Gestalt nicht, denn das Mädchen sollte ihn als den lieben, der er war.

Rose hatte an jenem Tag, von der Lieblichkeit des Tals bezaubert, gar nicht bemerkt, wie tief sie in den Wald gewandert war. Als Pol vor ihr erschien, raubte ihr seine Schönheit den Atem, und sie wusste sofort, dass er die wahre Liebe ihres Lebens war.

Pol und Rose lebten glücklich in ihrem idyllischen Tal an dem kleinen Bach, wo Pol sie das erste Mal erblickt hatte, aber nach einem Jahr als Sterblicher musste er in seine Welt zurückkehren, denn es herrschten strenge Gesetze im Feenland.

Eines dieser Gesetze bestimmte, wie lange einer von

ihnen sich außerhalb des Feenreiches aufhalten durfte. Einmal zurückgekehrt, würde Pol erst nach hundert Jahren wieder in die Welt der Sterblichen gelangen können. In seiner Lebensspanne fielen hundert Jahre nicht ins Gewicht, aber Pol wusste, dass seine Rose dann nicht mehr da sein würde.

Rose kehrte in der Gewissheit zu ihrer Familie zurück, ihren Prinzen für immer verloren zu haben. Anfangs war ihr Vater, der alte Laird, überglücklich, seine kleine Tochter wieder bei sich zu haben, und fasziniert von der Geschichte über den Feenprinzen, mit dem sie das vergangene Jahr verbracht hatte. Doch dann stellte sich heraus, dass Rose ein Kind unter dem Herzen trug, und ihr Vater und ihre Brüder gerieten außer sich vor Zorn. In ihren Augen war Rose nicht nur entehrt, sondern auch noch von einem gottlosen Zauberwesen besudelt. Und so begannen sie, sie anstatt wie eine geliebte Tochter und Schwester wie eine verachtenswerte Magd zu behandeln.

Rose schuftete täglich von Sonnenaufgang bis zum Einbruch der Dunkelheit in der heißen Küche und musste alle möglichen Erniedrigungen erdulden, doch es machte ihr nichts aus, denn ohne Pol war sie innerlich tot.

Pol wiederum konnte nur mit stetig wachsender Seelenpein durch den Spalt im Vorhang schauen und zusehen, was seiner geliebten Rose widerfuhr.

Schließlich kam der Tag, an dem sie drei kräftigen, gesunden, wunderschönen Mädchen das Leben schenkte. Aber Rose, deren Lebensgeister durch den Verlust ihrer wahren Liebe erloschen waren, überlebte die Geburt nicht. Roses Vater weigerte sich, die Neugeborenen auch nur anzuschauen, und verfügte, dass sie tief in den Wald gebracht und den Feen überlassen werden sollten, zu denen sie gehörten – oder den Wölfen.

Der alte Laird ritt höchstselbst an der Spitze des kleinen Trupps in den Wald. Wie das Schicksal es wollte, befanden sie sich in dem Tal, in dem Pol Rose zum ersten Mal gesehen und dann mit ihr gelebt hatte. Der alte Laird befahl, die Säuglinge am Ufer eines kleinen, seichten Baches ins Gras zu legen. Roses Brüder, die jeder eines der Kinder getragen hatten, taten wie geheißen und stiegen wieder auf, um das Tal zu verlassen.

Pol beobachtete, was geschah, erzürnt und verzweifelt. Zuerst war seine geliebte Rose gestorben, und nun wurden ihre Kinder, *seine* Kinder, grausam im Stich gelassen. Sein gequälter Aufschrei drang bis zu seiner Königin, die, in einer seltenen Anwandlung von Großmut ihren eigenen Gesetzen zuwiderhandelnd, den Vorhang so weit öffnete, dass Pol hindurchschlüpfen konnte.

Plötzlich heulte ein wütender Wind durch das Tal, und Donner grollte. Der Boden unter den vier Reitern erbebte, und der Laird stürzte aus dem Sattel. Entsetzt sahen der alte Mann und seine Söhne mitten in dem Bach Felsen aus dem Bett brechen und sich aufeinandertürmen, bis das Wasser schließlich über diese Stufe in ein tiefes Loch am Fuß der Wand stürzte.

Langsam stieg Pol aus den Tiefen des kristallklaren Strudellochs herauf, wobei er jedem der Sterblichen in der Gestalt dessen erschien, was derjenige am meisten fürchtete.

»Ich bin Pol, ein Feenprinz. Und Ihr« – mit einer weit ausholenden Geste umfasste er den Vater und seine Söhne –

»habt meinen Zorn erregt. Nun werdet Ihr dafür bezahlen.« Sein Blick glitt zu seinen Kindern, die, seltsam unbeeindruckt von dem Tumult um sie herum, still im Gras lagen. »Diese drei sind meine Töchter. Mein Blut fließt in ihren Adern.« Pol nahm die Säuglinge einen nach dem anderen hoch. »Ich nenne jede von euch nach eurer Mutter, meiner geliebten Rose. Von nun an bis in alle Zeit werden eure Töchter eine Form ihres Namens tragen, damit die Erinnerung an sie in dieser Welt auf ewig weiterlebt. Ich gebe jeder von euch mein Zeichen und meinen Segen. Erkennt dieses Tal als das Heim eurer Mutter und eures Vaters.«

Pol wandte sich dem alten Laird zu. »Ich übertrage Euch die Sorge für die Erziehung und Sicherheit meiner Töchter.«

»Sie sind Eure Abkömmlinge«, erwiderte der alte Laird eisig. »Weder meine Söhne noch ich werden Eure Brut unter unserem Dach dulden.«

»Oh, doch, das werdet Ihr, alter Mann, und zwar mit Freuden.«

Ein grüner Schein ging von dem Feenprinzen aus und wurde größer und größer, bis das ganze Tal von seinem Licht erfüllt war, umfing den alten Laird und seine Söhne, zwang sie in die Knie, gewann die Macht über den Geist der Sterblichen.

Pol lächelte in boshafter Befriedigung, als er seine Stimme in den Köpfen der Männer erschallen ließ, denn er wusste um die Schwäche der Sterblichen. Die Stimme in ihren Köpfen war für sie erschreckender als das gesprochene Wort. »Solltet Ihr oder ein anderes männliches Mitglied Eurer Familie meine Töchter in irgendeiner Weise vernachlässigen, sie verletzen oder jemand anderem gestatten, sie zu verletzen, sie davon abhalten, ihre eigenen Entscheidungen im Leben zu treffen oder sie daran hindern, ihre große Liebe zu finden, werdet Ihr meinen Fluch zu spüren bekommen. Ihr werdet keinen männlichen Nachkommen haben. Allen bereits lebenden Söhnen wird das gleiche Schicksal beschieden sein. Ihr werdet nie wieder die Nähe einer Frau genießen können. Eure Familie wird aussterben, es wird Euren Namen nicht mehr geben in Eurer Welt.«

Pol hielt inne, um seine Worte wirken zu lassen, und fuhr dann fort: »Mein Segen für meine Töchter wie mein Fluch werden in alle Ewigkeit gelten, weitergegeben von Mutter an Tochter. Selbst der kleinste Tropfen meines Blutes in ihren Adern wird ihnen die Kraft verleihen, mich und alle Feen zu Hilfe zu rufen. Mein Zeichen auf meinen Töchtern und auf allen Töchtern ihrer Linie danach lässt alle Männer wissen, welche Strafe sie erwartet, wenn sie meinen geliebten Töchtern etwas antun.«

Während Pols drohende Stimme noch in den Köpfen des alten Lairds und seiner Söhne dröhnte, umfing Pol seine Kinder zum ersten und letzten Mal, hüllte sie ein in seine smaragdgrün schimmernde tiefe Liebe.

Der alte Laird lag vor Angst zitternd noch immer auf dem Boden, wohin er gefallen war. Er konnte die Säuglinge durch die grüne Wolke, in die sie eingehüllt waren, nicht sehen, doch er meinte, so unglaublich es auch erschien, Kinderlachen daraus zu hören.

Im nächsten Moment erklang eine unheildrohende Warnung in den Köpfen der Männer: »Denkt an meine Worte.«

Dann verflüchtigte sich der grüne Dunst.

Lange danach schlichen der Laird und seine Söhne zu den Kindern und fanden sie friedlich schlafend, das Zeichen des Feenprinzen tragend. Der alte Laird hob seine Enkelinnen – denn die mussten sie von heute an für ihn sein – eine nach der anderen behutsam hoch, übergab sie seinen Söhnen und hetzte mit ihnen aus dem Tal hinaus.

Pols Töchter wuchsen und gediehen, heirateten und gründeten Familien. Obwohl viele der nachfolgenden Generationen auf Wanderschaft gingen und sich über die ganze Welt verstreut niederließen, hielten die Männer aller Linien weiter die Legende vom Feenprinzen in Ehren.

1

Sithean Fardach
The Highlands of Scotland
1272

Das Klirren von Metall auf Stein ließ die Luft vibrieren, während der auf dem Boden gelandete Becher ausrollte.

»Wutausbrüche helfen dir nicht, Jungchen«, sagte der alte Krieger kopfschüttelnd zu dem ihm am Ende des langen Tisches gegenübersitzenden jungen Mann. »Du hast nur gutes Ale verschwendet.«

Der Blick, mit dem Connor MacKiernan ihn daraufhin bedachte, hatte schon viele starke Männer eingeschüchtert. »Mir hilft überhaupt nichts. Ich bin ein schwacher, hilfloser Narr, dem nur noch eine einzige Möglichkeit offensteht. Ich habe keine Wahl.« Er legte den Kopf in die Beuge seines Arms, der auf dem Tisch ruhte. »Ich bin ein Ritter des Königs, aber mein Schwert könnte auch die Zierfeder einer Frau sein, so wenig kann ich damit ausrichten.« Er spuckte die Worte regelrecht aus. »Ich wollte Rosalyn nicht einbeziehen. Diese Angelegenheit ist nicht die Sache meiner Tante, Duncan, sondern ganz allein meine. Meine Aufgabe ist es, meine Familie zu beschützen, nicht, sie größerer Gefahr auszusetzen.«

Duncan schob lachend seinen Stuhl zurück. »Ich wette, Lady Rosalyn würde das anders sehen, Connor. Hat sie dir nicht gesagt, dass sich mit ihrem Plan alles nach deinen Wünschen entwickeln würde?«

»Ja.« Connor hob den Kopf. »Und das bereitet mir Sorge. Es gibt keinen rechten Weg aus diesem Desaster. Das weißt du so gut wie ich.« Er beugte sich zu Duncan vor und zog eine Braue hoch. »Sie geht ein großes Risiko ein.«

Duncan nahm einen großen Schluck aus seinem Krug und zuckte mit den Schultern. »Sie wird ihre Gabe einsetzen. Genau wie ihre Mutter es getan hat und deren Mutter. Sie verleugnet nicht, wer sie ist.« Duncan trank wieder einen Schluck und lächelte. »Kein Grund, das gute Ale zu verschwenden.« Er stand auf, ging ans andere Ende des Tisches und legte Connor die Hand auf die Schulter, während er sich neben ihn setzte. »Sie weiß um die Gefahr, die es für sie bedeutet, wenn sie es tut – aber sie weiß auch um die Gefahr, die es für euch alle bedeutet, wenn sie es nicht tut. Du musst hier bei deiner Schwester bleiben, Jungchen.«

»Ich weiß. Es ist meine Pflicht, dafür zu sorgen, dass sie in Sicherheit und glücklich ist.«

Duncan senkte den Kopf und sagte leise: »Du weißt, dass es Männer gibt, die dir folgen würden. Männer, die für dich kämpfen würden, wenn du dich entschlössest, dich gegen deinen Onkel zu stellen, dich entschlössest, dir zu erobern, was dir rechtmäßig zusteht. Du hast sehr wohl eine Wahl.«

»Und wie viele würden dann ihr Leben lassen, Duncan? Wie viele Unschuldige würden auf dem Schlachtfeld bleiben? Wir haben das doch schon so oft besprochen. Ich bin nicht bereit, so viele meiner Leute zu opfern.« Er stöhnte gequält auf. »Es gibt nichts daran zu deuteln, Duncan. Ich habe meine Familie wieder enttäuscht. Rosalyn hatte recht. Wenn ich Mairi retten will, ohne meine Leute in den Tod zu schicken, bleibt mir nichts anderes übrig, als meine Tante durch die Anwendung ihres Zaubers in Gefahr zu bringen.« Resigniert seufzend schüttelte er den Kopf. »Rosalyn will heute Abend aufbrechen. Sie wird bald herunterkommen.«

»Sie *ist* schon heruntergekommen.«

Beim Klang der vom Eingang her ertönenden herrischen Stimme sprangen dic Männer auf. Eine hochgewachsene, blonde Frau mit einer Haltung, die ihrem Ton entsprach, kam auf die beiden zu.

»Hör auf zu jammern, Connor. Wir haben das alles ausführlich erörtert. Du weißt, dass es keinen anderen Ausweg gibt. Ich verspreche dir – dies wird all deine Probleme lösen. Hast du das Geschenk?« Rosalyn MacKiernan lächelte ihren Neffen an, ignorierte seinen finsteren Ausdruck ebenso, wie Duncan es getan hatte. In der selbstverständlichen Erwartung, dass ihre Anordnung befolgt worden war, streckte sie die Hand aus.

»Ja.« Connor griff in seinen Sporran und reichte ihr einen kleinen Samtbeutel.

Rosalyn öffnete ihn und schüttete den Inhalt in ihre Hand. »Oh, sehr gut, Connor. Du hast genau das Stück gewählt, auf das ich gehofft hatte.« Freudestrahlend hob sie den Smaragdanhänger hoch. Die Facetten blitzten im Schein der Kerzen. »Ich weiß noch, wie Dougal diesen Schmuck deiner Mutter schenkte. Es war bei dem Abendessen, als die beiden bekanntgaben, dass sie heiraten würden.« Ein Schleier legte sich über ihre blauen Augen, als sie sich an den Moment erinnerte, doch gleich darauf kehrte sie in die Gegenwart zurück. »Oh. Das hätte ich ja fast vergessen.« Die Art, wie sie ihren Neffen jetzt anlächelte, beunruhigte ihn. »Ich brauche irgendetwas Kleines von dir,

Connor. Etwas Persönliches.« Wieder streckte sie erwartungsvoll die Hand aus. Als sie seine Verwirrung sah, erklärte sie: »Ohne etwas von dir wirkt der Zauber nicht.« Sie blickte sich in der Großen Halle um. »Ich weiß – dein Plaid. Ein Stückchen von deinem Plaid wird den Zweck erfüllen.« Als er die Stirn runzelte, seufzte sie. »Also wirklich, Neffe, musst du denn aus allem einen Kampf machen?«

Connor schüttelte den Kopf. Er wusste, dass es ihm nichts nützen würde zu widersprechen. Also schnitt er ein Eckchen von seinem Plaid ab und reichte es Rosalyn. »Ich hoffe, das ist alles, was du von mir willst, Tante.«

»Ja, das ist es.«

Rosalyn schwieg, und Connor spürte, wie sich die Mächte des Schicksals um ihn sammelten.

»Nun ja – abgesehen von deiner Anwesenheit im Tal.« Sie schaute bemerkenswert unschuldig drein.

Duncan verschluckte sich an dem Ale, das er gerade getrunken hatte. »Im Feental?«, brachte er erstickt hervor. »Ich hätte mir denken sollen, dass Ihr dorthin wollt.« Er schaute Connor an. »Vielleicht hattest du ja doch recht, Jungchen. Ich gehe die Pferde holen.« Dann fiel ihm etwas ein. »Was sage ich den anderen, wohin wir reiten? Dein Onkel wird sie befragen, wenn wir fort sind.«

Connor überlegte nicht lange. »Sag ihnen, dass wir nach Cromarty wollen und in vierzehn Tagen zurückkommen.«

Obwohl fünfundzwanzig Jahre älter als Connor, stand Duncan MacAlister ihm näher als sonst ein Mann. Der ergraute Krieger hatte Connors Vater von Jugend an gedient. Nur Duncan verdiente das Vertrauen, das wahre Ziel dieser Reise zu erfahren.

Duncan nickte. »Lady Rosalyn«, er deutete eine Verbeugung an, »ich erwarte Euch draußen im Hof.«

»Ich nehme an, du willst zum Clootie Well.« Ärger blitzte aus Connors blauen Augen. Er schüttelte den Kopf. »Ich bin sicher, dass ich es bereuen werde«, murmelte er.

Rosalyn strahlte ihren Neffen an. »Mein Gepäck steht am Fuß der Treppe. Du kannst es hinausbringen und Duncan mit den Pferden helfen. Ich komme gleich.«

Lächelnd blickte sie ihm nach, als er zur Tür hinausstampfte. Wie ähnlich er seinem Vater war. Jeder ein gutaussehender, starker Mann, so wie ihr Vater einer gewesen war. Beide hatten feste Vorstellungen von Recht und Unrecht, von Ehre und Verantwortung für die Familie, beide richteten sich nach Maßstäben, die strenger waren als die, die sie bei anderen anlegten.

Diese hohen Ideale hatten ihrem älteren Bruder einen frühen Tod auf einem Schlachtfeld beschert. Sie würde alles tun, um zu verhindern, dass Connor das gleiche Schicksal ereilte. Sie wusste um die Opfer, die ihr Neffe schon für die Familie gebracht hatte, um die Bürde, die er trug, und sie liebte ihn dafür noch mehr. Doch dieses eine Mal sollte Connor bekommen, was er wollte.

Rosalyn steckte das Stückchen von seinem Plaid zu dem Smaragdschmuck in den Samtbeutel und zog die Bänder lächelnd zu. Sie hatte etwas ganz Besonderes vor mit diesem Stoff. Und mit ihrem Neffen.

Wenn sie das Feental erreichten, würde sie die Quelle der Kraft anzapfen und die Worte sprechen, die den Zauber innerhalb des Smaragds in Gang setzen und den Stein zu der Gesuchten führen würden.

2

Denver, Colorado
Gegenwart

»Verdammt! Warum habe ich nicht irgendwas getan, irgendwas gesagt?« Caitlyn Coryell knallte die Tür zu und schleuderte den Schlüsselbund quer durchs Zimmer.

Das ist einfach toll. Jetzt führte sie schon Selbstgespräche. Wieder etwas, wofür Richard sie kritisieren würde. »›Was glaubst du eigentlich, wer du bist?‹ Ja, das hätte ich zu ihm sagen sollen.« Cate schüttelte den Kopf. »Oder was anderes. *Irgendwas.*« Stattdessen hatte sie sich von ihm wie ein kleines Kind zur Tür hinausschieben lassen. Als wäre nichts passiert.

Steifbeinig marschierte sie den Flur hinunter zum Schlafzimmer, kickte ihre Sandalen weg und ließ ihre Tüten und Pakete aufs Bett fallen. Dann ging sie ins Wohnzimmer zurück, sank aufs Sofa, zog die Knie an, schlang die Arme darum und legte den Kopf darauf.

Nach einer Weile richtete sie sich auf. »Ich bin ein so jämmerliches Etwas.« *Vielleicht hat Richard recht.* Hatte er das nicht immer? Vielleicht war es wirklich ihre Schuld. Wenn sie nur nicht so …

»Nicht so *was*?«, murmelte sie. Geistesabwesend drehte sie den Diamantring an ihrer linken Hand. »Nicht so *ich* wäre.« Sie seufzte tief. »Nicht so ängstlich.« Zu ängstlich und schwach, um die einfachste Entscheidung zu treffen.

Ich höre mich an wie ein weinerliches kleines Mädchen. Sie nahm das Telefon von der Station und wählte.

Es klingelte. Dreimal. *Nimm ab.* Jesse müsste doch jetzt auf seinem Zimmer sein. Es war ungefähr Mitternacht in Barcelona. Sie brauchte ihn. Sie hatte zu allen drei älteren Brüdern ein gutes Verhältnis, aber Jesse stand ihr am nächsten. Er war nicht nur ihr Bruder, er war ihr bester Freund.

Es gab keinen Grund für ihn, noch unterwegs zu sein. Sie hatten heute früh das Büro kontaktiert. Die Mission war ein Erfolg gewesen, die Geiseln befanden sich in Sicherheit. Das Team sollte längst im Hotel sein.

Das vierte Klingeln. *Komm schon, Jess. Nimm ab. Nimm ab. Nimm ab.* Cate stand auf, holte, das Telefon am Ohr, eine Schachtel Taschentücher aus dem Bad und klemmte sie unter den Arm. Die würde sie für den Tränenstrom brauchen, den sie für später plante.

Das fünfte Klingeln. »NIMM DEN VERDAMMTEN HÖRER AB!«, schrie Cate verzweifelt. In dem Moment klickte es am anderen Ende.

»He, was soll denn das Geschrei … bist du das, Cate? Ist was passiert?« Jesse kam offenbar aus dem Tiefschlaf.

»Tut mir leid, Jess. Ich war bloß ungeduldig. Es ist nichts passiert.« *Außer du zählst, dass ich meinen Verlobten eine Woche vor der Hochzeit im Büro mit seiner Sekretärin auf dem Schreibtisch erwischt habe.*

»Du holst mich mitten in der Nacht aus dem Bett … wie spät ist es überhaupt … um mir zu sagen, dass *nichts* passiert ist?« Jetzt klang er ärgerlich.

Vielleicht war es doch keine so gute Idee gewesen, ihn anzurufen, aber jetzt war es zu spät. »Richard hat gesagt …

also, wir hatten eine Auseinandersetzung, und ich habe darüber nachgedacht, was Richard gesagt hat, und …« Ihre Stimme verlor sich, während die Erinnerung an die »Auseinandersetzung« wach wurde.

Sie hatte Richard in der Mittagspause mit einem Picknick überraschen wollen, da er ihr erklärt hatte, er sei zu beschäftigt, um sich mit ihr treffen zu können. Er war allerdings beschäftigt – und überrascht waren sie alle drei. Die Blondine auf dem Schreibtisch hatte einen schrillen Schrei ausgestoßen, und Cate hatte den Picknickkorb fallen lassen.

Jesses Stimme holte Cate in die Gegenwart zurück. »Red schon, Cate. Was hat er gesagt? Wenn du willst, setze ich mich in den nächsten Flieger, und dann nehme ich mir den Kerl vor, dass ihm Hören und Sehen vergeht.«

Zumindest war er jetzt hellwach.

»Nein, Jess, du weißt, dass ich das nicht will.« Nicht dass er es nicht könnte mit seinen schwarzen Gürteln in Gott weiß wie vielen Kampfsportarten.

Sie schloss die Augen und ließ den Film weiterlaufen.

Sie war rückwärts durch die Tür auf den Flur hinausgetreten, doch dort blieb sie wie angewurzelt stehen. Sie konnte einfach nicht glauben, dass ihr das passierte. Plötzlich war Richard da gewesen, hatte sie am Arm gepackt und ins Büro gezerrt, während die Blondine das Zimmer verließ. Die Person hatte nicht einmal den Anstand, verlegen auszusehen.

»Warum?«, hatte Cate sich fragen hören und sich für das Zittern in ihrer Stimme gehasst. »Warum hast du mir das angetan?«

»Ich habe dir nichts angetan, Caitlyn. Es hatte nichts zu bedeuten. Du weißt, unter welchem Stress ich der neuen Fälle we-

gen stehe, die ich übernommen habe. Wie oft habe ich dich gebeten, mit mir zu schlafen? Wenn du es getan hättest, wäre ich nicht gezwungen gewesen, mir anderswo Entspannung zu verschaffen.«

»Du gibst die Schuld an diesem …«, unfähig, in Worte zu fassen, was sie gesehen hatte, deutete sie auf den Schreibtisch, »diesem … Benehmen deiner Arbeit?«

Richard hatte sie zu dem großen Ledersofa geführt, höflich abgewartet, bis sie Platz genommen hatte, und sich dann auf die Armlehne gesetzt. Immer der perfekte Gentleman.

»Nein. Wenn jemand Schuld ist, dann bist es du. Ich bin ein Mann mit Bedürfnissen. Das habe ich dir erklärt.«

Cate schüttelte den Kopf, um die Erinnerung zu verbannen. Es wäre vielleicht besser, ihrem Bruder die Einzelheiten zu verschweigen. »Außerdem sagt Richard sowieso, dass ich Schuld bin.«

»Was für ein Scheißkerl. Du hast wirklich was Besseres verdient.« Zu diesem Schluss kam Jesse jedes Mal, wenn sie über Richard sprachen.

»Alles, was ich von dir will, ist eine ehrliche Antwort auf eine Frage. Versprichst du mir die?«

»Bei allem, was mir heilig ist, Caty Rose. Los, frag schon.«

»Richard sagt, ich sei nicht abenteuerlustig, ich wäre wie ein Zug, der jeden Tag dieselbe Strecke fährt, und wüsste gar nicht, was Leben wirklich ist.«

»Ich bin schuld?«, hatte sie Richard gefragt. »Wie kann ich daran schuld sein, dass du … dass du so was getan hast?«

Richard hatte sie mit dem hochmütigen Blick bedacht, den sie bei ihm in der Vergangenheit anderen gegenüber gesehen hatte – dem Ober, der zu lange brauchte, um den Wein zu bringen, oder dem Verkäufer, der nicht sofort sprang. »Du lebst am Leben vorbei. Das Einzige, wofür du Begeisterung zeigst, ist Coryell Enterprises. Ich muss ständig zurückstehen hinter der Firma deines Daddys und deiner Arbeit dort.«

»Was mein Vater und meine Brüder tun, ist wichtig. Sie riskieren ihr Leben, um Leute zu retten.«

»Ich sage nicht, dass es nicht wichtig ist, Caitlyn. Ich sage, dass du mich behandelst, als sei es dir wichtiger als ich. Du erlebst keine eigenen Abenteuer. Du verbringst zehn bis zwölf Stunden täglich mit der Leitung dieses Büros und koordinierst die Abenteuer anderer. Du verhandelst mit einigen der mächtigsten Menschen der Welt, aber sieh dich an – wie ein Zug, der täglich dieselbe Strecke fährt. Du machst dich nicht einmal zurecht, wenn ich dich nicht daran erinnere. Was soll ich davon halten? Wie kann ich eine politische Karriere anstreben ohne eine Frau an meiner Seite, die mich in jeder Hinsicht unterstützt? Eine Frau, die sich für meine Karriere aufopfert?«

Es tat ihr weh, dass er ihr ihre Leidenschaft für ihre Arbeit vorhielt, denn die war das Einzige, was sie ihrer Meinung nach wirklich gut konnte. »Es stimmt nicht, dass ich nicht abenteuerlustig bin«, begehrte sie auf.

Sein spöttisches Lachen war wie ein Schlag ins Gesicht. »Ach ja? Dann beweise es. Wenn du auch nur einen Funken Abenteuerlust in dir hast, dann schläfst du jetzt und hier mit mir.« Er war aufgestanden und hatte seine Krawatte zurechtgerückt. »Aber du wirst es nicht tun, stimmt's? Das ist zu weit außerhalb der Norm für Caitlyn Coryell.«

Sie war schuld. Er hatte gesagt, es sei allein ihre Schuld.

»Glaubst du, er könnte recht haben?« Sie hasste den jämmerlichen, flehenden Klang ihrer Stimme.

Nach einer langen Pause sagte Jesse: »Okay, in Ordnung. Du weißt, dass ich Richard nicht mag. Ich habe ihn nie gemocht. Wie oft habe ich dir gesagt, dass er nicht der Richtige für dich ist? Du willst Ehrlichkeit – hier hast du sie. Nein, Schätzchen, du bist nicht abenteuerlustig. Nicht mehr. Dein letztes Abenteuer endete damit, dass du kopfüber von einem Pferd flogst.«

Sie schauderte in Erinnerung an die schmerzhafte Landung. Es war so aufregend gewesen, sich zu einem Ausritt auf Vaters Pferd davonzustehlen – zumindest die ersten paar Minuten. Wie hieß es doch gleich in dem Sprichwort: Übermut tut selten gut. Sie hatte Wochen gebraucht, um sich von dem Sturz zu erholen.

»Aber viel bedenklicher ist, wie du dich verändert hast, seit du Richard kennst, Caty. Du bist so bemüht, genauso zu sein, wie er dich haben will, dass du mir wie ein Roboter vorkommst. Du solltest dich reden hören. Es gibt kaum einen Satz von dir ohne ›Richard sagt‹.«

Jesse war in Fahrt gekommen. »Du trägst dein Haar, wie Richard es will, du besuchst die gesellschaftlichen Veranstaltungen, die ihm wichtig sind, du hungerst dich fast zu Tode, weil Richard nur Superschlanke mag, du kleidest dich nach seinem Geschmack. Du wirst nicht mal Grandmas Hochzeitskleid tragen, verdammt, und wir wissen beide, dass du dein Leben lang davon geträumt hast, darin zu heiraten.«

»Richard sagte, dass er nur mein Bestes wolle, dass er mich liebe.« Sie merkte kaum, dass sie in der Vergangenheitsform von ihm gesprochen hatte.

»Es tut mir sehr leid, dass ausgerechnet ich es bin, der dir das sagt, aber es muss endlich gesagt werden: Richard liebt dich nicht. Wenn er es täte, würde er nicht versuchen, dich umzumodeln. So wie du bist, bist du genau richtig. Richard liebt nur Richard. Und das Coryell-Vermögen. Und die Möglichkeit, über Coryell Enterprises nützliche Kontakte zu knüpfen. Er ist ein Mistkerl, Caty, und du solltest ihn schleunigst ablegen wie eine schlechte Angewohnheit.« Jesse hielt inne, um Luft zu holen.

»Er ist nur ein ehrgeiziger Anwalt«, verteidigte sie Richard, doch es geschah automatisch, nicht aus dem Bedürfnis heraus, den über alles geliebten Mann zu verteidigen.

»Anwalt oder nicht – er ist ein Mistkerl. Und weißt du was, Caty? Ich glaube, du liebst ihn auch nicht. Ich habe dich kein einziges Mal wirklich glücklich erlebt, seit du eingewilligt hast, den Kerl zu heiraten. Ich glaube, du willst einfach nur verliebt sein, weil du denkst, dass es an der Zeit dafür ist. Aber Liebe kommt nicht auf Bestellung. Sie schleicht sich ein, wenn man am wenigsten damit rechnet. Du kannst sie nicht in deinem Terminkalender notieren. Du kannst sie nicht erzwingen. Du musst dir vor dieser Hochzeit nächste Woche ein paar ziemlich ernste Fragen stellen und sie aufrichtig beantworten.«

»Okay, das reicht. Danke für deine Ehrlichkeit. Ich weiß, dass du mich nicht verstehen kannst.« Wie sollte er auch? Sie verstand ja selbst nicht, weshalb sie eingewilligt hatte, Richard zu heiraten. Oder weshalb sie ihn noch immer heiraten wollte. »Wie ist es – werdet ihr es rechtzeitig zur Hochzeit schaffen?«, wechselte sie das Thema.

Jesse seufzte tief. »Du willst sie also wirklich durchziehen?«

Diese Frage beschäftigte Caitlyn seit Stunden.

Nachdem sie sich von Richard angehört hatte, dass alles ihre Schuld sei, aber dass er ihr vergebe, dass er sie liebe und sie den Zwischenfall vergessen müssten, war sie wortlos von seinem Sofa aufgestanden, hatte wie betäubt das Büro durchquert, vorbei an dem Picknickkorb, und die Tür geöffnet.

»Denk an das Essen heute Abend«, mahnte er. Sie drehte sich um und sah ihn auf sich zukommen. »Es werden ein paar sehr wichtige Leute da sein, Caitlyn. Versuche, fertig zu sein, wenn ich dich abhole – ich will sie nicht warten lassen. Ach, und Caitlyn – steck die Haare hoch. Damit siehst du vornehmer aus.« Als wäre nichts geschehen, verabschiedete er sie mit einem Kuss auf die Stirn, schob sie auf den Gang hinaus und schloss die Tür hinter ihr.

Wollte sie die Hochzeit wirklich durchziehen? Noch immer vor einer Entscheidung zurückscheuend, gab sie das Erste, was ihr einfiel, zur Antwort. »Ich habe heute das letzte Stück, das der Brauch erfordert, erstanden. Ich war in diesem kleinen Antiquitätenladen in Lower Downtown, und dort habe ich ›etwas Altes‹ zum Tragen gefunden. Es ist ein wunderschöner Anhänger. Der Stein sieht aus wie ein Smaragd, aber dafür war er zu billig, ich habe nämlich nur zehn Dollar für Anhänger und Kette bezahlt.« Cate zwang sich zu einem munteren Ton. »Oh, du lieber Gott, es ist ja gleich halb sechs! Wir müssen aufhören – ich muss mich für heute Abend stylen.«

Der Seniorpartner der Kanzlei gab anlässlich der bevorstehenden Hochzeit ein Dinner. Wenn sie, Caitlyn, nicht rechtzeitig fertig wäre, würde Richard ihr eine Szene machen.

»Okay, aber ich lege erst auf, wenn du mir versprichst, dass du dir die Sache sorgfältig überlegst. Es ist noch nicht zu spät, deine Meinung zu ändern. Also – versprichst du's mir?«

Als könnte ich an etwas anderes denken!

»Ist ja gut – ich verspreche es. Mach dir keine Sorgen um mich, Jesse. Ich hab dich lieb. Grüß Dad und die Jungs.«

»Ich hab dich auch lieb, kleine Schwester. Mach dir klar, was du wirklich willst. Dass Mom und Granny in deinem Alter verheiratet waren, bedeutet nicht, dass du jetzt heiraten musst.« Bevor sie protestieren konnte, fuhr er fort: »Wir müssen hier noch ein paar Dinge erledigen, aber das sollte in wenigen Tagen geschafft sein. Wenn ich wieder zu Hause bin, werden wir dieses Gespräch fortsetzen, ob du willst oder nicht.« Damit legte er auf, ehe sie etwas dagegen sagen konnte.

Sie stellte die Schachtel mit den Zellstofftüchern auf den Tisch – im Moment hatte sie keine Zeit für Tränen – und ging in Gedanken versunken ins Bad.

Warum konnte sie sich nicht entscheiden?

Beruflich handelte Cate tagtäglich Verträge aus, konferierte mit Klienten der Firma ihres Vaters und sammelte sensible Hintergrundinformationen für Verhandlungen oder Geiselrettungen. Sie handelte sogar die geschäftliche Seite von Coryell Enterprises, wann immer Regierungsstellen sie für zivile Geheimoperationen unter Vertrag nahmen. Wie konnte sie in diesem Fall so schwach und unentschlossen sein?

»Weil es eine Privatangelegenheit ist.«

Nachdem sie eine halbe Stunde unter der Dusche verbracht und zu ergründen versucht hatte, was mit ihr los war, stand Cate, in ein Badetuch gewickelt, vor dem Schlafzimmerspiegel und begutachtete sich.

»Für einen Modeljob würde es nicht reichen, aber hässlich bin ich nicht. Außerdem bin ich intelligent. Ich leiste gute Arbeit. Ich bin nicht gemein, und ich rieche nicht schlecht.« Cate lächelte ihr Spiegelbild schief an. »Aber ich bin vielleicht nicht ganz bei Trost, denn ich führe schon wieder Selbstgespräche. Vielleicht habe ich ja einen Nervenzusammenbruch.«

Ein Gedanke schoss ihr durch den Kopf. *Liebe ich Richard denn genug, um seinetwegen einen Nervenzusammenbruch zu erleiden?* Nein.

Ein kleines Wort, dieses Nein, aber eines mit großer Wirkung. Es versetzte sie in die Lage, plötzlich klar zu sehen. Nein, sie liebte Richard nicht so sehr. Im Moment *mochte* sie ihn nicht einmal. Vielleicht war es ihr deshalb immer so leichtgefallen, ihm zu sagen, dass sie vor der Hochzeit nicht mit ihm schlafen würde. Jesse hatte recht. Richard war ein Mistkerl. Aber sie konnte ihm nicht die alleinige Schuld geben. Sie hatte alles ignoriert, was sie an ihm störte, weil sie glaubte, sie müsste endlich verliebt sein. Und Richard war ihr als perfekter Kandidat erschienen. Er war groß und durchtrainiert, blond, intelligent und sah ungewöhnlich gut aus. Er hielt ihr die Tür auf, ging Hand in Hand mit ihr, begleitete sie, wohin immer sie wollte. Er war aufmerksam und liebevoll. Er war stets Herr der Lage und wirkte wie ein Magnet auf andere Menschen. Er war immer beherrscht und souverän. Er war nicht nur alles, was sie sich von einem

Mann wünschen konnte – er war alles, was sie selbst sein wollte. Und er hatte sie geliebt.

Nein. Er hatte sie benutzt. Er hatte sie nie geliebt. Er hatte es genossen, durch sie all die wichtigen Leute kennenzulernen, die für sie nichts Besonderes waren, da sie dank der Firma ihres Vaters immer Teil ihres Lebens gewesen waren. All diese mächtigen, berühmten Menschen, die für einen ehrgeizigen Anwalt mit politischen Ambitionen von großer Bedeutung waren. Und alle hatten zugesehen, wie er sie zum Narren hielt – nein, wie sie sich selbst zum Narren machte.

Cates Knie gaben nach, und sie sank auf das Fußende des Bettes. Richard mochte sie benutzt haben, aber sie hatte ihn ebenfalls benutzt. Sie hatte sich verlieben wollen, und als er ihr begegnete, hatte sie sich eingeredet, dass es passiert war. Sie hatte ihn genauso wenig geliebt wie er sie. Ein ganzes Jahr lang hatte sie sich etwas vorgemacht.

»Dafür, dass du beinahe ein Genie bist, bist du ziemlich dämlich, Cate Coryell. Du hattest zwar den Unterrichtsstoff so schnell intus, dass du ein paar Klassen überspringen konntest, aber was das Leben angeht, hast du nichts kapiert.«

Sie würde ihre Haare nicht glätten, sich nicht schminken und nicht groß anziehen müssen, denn sie würde Richard heute Abend nicht zu dem Dinner begleiten.

Und sie würde ihn nicht heiraten.

Sie stand auf und ging in die Küche. In dem geschlossenen Fach über dem Kühlschrank stand eine Flasche, die ihr Bruder Cody ihr vor drei Jahren zum Einundzwanzigsten mit der Ermahnung geschenkt hatte, den Inhalt mit Vorsicht zu genießen. Da sie keinen Alkohol trank, hatte sie noch nie davon gekostet, doch sie fand, dass sie sich zur Feier ihrer Freiheitserklärung einen Schluck verdient hatte.

»›*An dram buidheach*‹«, las sie laut, was auf dem rückwärtigen Etikett stand. »›Der Drink, der Zufriedenheit schenkt.‹ Genau, was ich jetzt brauche. ›Hergestellt in Schottland‹.«

Seit dem College und dem Besuch des Kurses »Geschichte des Mittelalters« hatte sie nach Schottland reisen wollen, in dieses Land mit der tragischen, turbulenten und gleichzeitig so romantischen Vergangenheit. Sie hatte die Stunden genossen, die Geschichte aufgesaugt wie ein Schwamm.

Cate hatte Richard sogar vorgeschlagen, die Flitterwochen in Schottland zu verbringen, aber er war auf Belize fixiert, wo der Seniorpartner der Kanzlei mit Vorliebe Urlaub machte.

Nun, das ist jetzt kein Problem mehr.

Cate öffnete die Flasche, goss etwas von der goldklaren Flüssigkeit in eines ihrer hübschen Weingläser, klemmte sich die Flasche unter den Arm und kehrte ins Schlafzimmer zurück.

»Es ist an der Zeit, hier einiges auszusortieren.«

Sie trank einen Schluck, rang nach Luft und hustete. Cody hatte recht gehabt – das Zeug war wirklich mit Vorsicht zu genießen.

Sie trat in den begehbaren Kleiderschrank, stieg über eine umgefallene Holzkiste und holte von dem Bord über der Kleiderstange eine mit einem smaragdgrünen Band verschnürte Schachtel herunter. Vorsichtig, als wäre der Inhalt zerbrechlich, stellte sie sie aufs Bett, öffnete sie und hob die alte, elfenbeinfarbene Spitzenrobe heraus, die ihre Großmutter und später ihre Mutter bei ihrer Hochzeit getragen hatten. Und sie, Cate, hätte beinahe Richard zuliebe darauf verzichtet, sie zu tragen!

Nie wieder würde sie auch nur darüber nachdenken, einen ihrer Träume zu opfern! Nie wieder würde sie auch nur darüber nachdenken, weniger als das Optimale zu akzeptieren. Und wenn sich herausstellen sollte, dass sie zu den Frauen gehörte, für die es den einen Einzigen nicht gab? Dann sollte es eben so sein. Allein wäre sie auf jeden Fall besser dran als aus den falschen Gründen mit dem falschen Mann zusammen.

Mit energischen Schritten kehrte sie in die Schrankkammer zurück, holte einen Kleidersack heraus, öffnete ihn und warf den weißen, rüschenbesetzten Inhalt auf den Boden.

»Was für ein scheußliches Ding!« Sie schüttelte sich. »Und das hätte ich mir um ein Haar von Richard aufzwingen lassen!« Sie hatte drei Monate warten müssen, bis der Designer Zeit für eine Anprobe fand. Das Kleid war sündteuer gewesen, aber sie hatte es selbst bezahlt, also konnte sie damit auch machen, was sie wollte.

Sicherlich würde sich bald wieder eine der Wohltätigkeitsorganisationen bei ihr melden, die für ihre Secondhandläden sammelten. Diesmal hätte sie etwas nie Getragenes abzugeben.

Sie belohnte sich für diese weitere Entscheidung mit einem weiteren Schluck Drambuie. Glühend rann der Whisky-Likör durch ihre Kehle.

Als Nächstes war die Durchsicht der Garderobe an der Reihe, die sie für die Flitterwochen gekauft hatte. Cate ließ das Badetuch fallen, zog die weiße Spitzenunterwäsche an und betrachtete sich im Spiegel. Normalerweise bevorzugte sie Schlichtes, Praktisches, aber dieses Set war so hübsch, dass sie beschloss, es zu behalten. Mit einem dritten Schluck besiegelte sie die Entscheidung.

Dann nahm sie den Handtuchturban ab, schüttelte ihre noch feuchten, kastanienbraunen Haare aus und schnürte sie mit dem Band von der Hochzeitskleidschachtel ihrer Großmutter zum Pferdeschwanz. Danach schlüpfte sie in den smaragdgrünen Pyjama, der ihr an der Puppe so sexy erschienen war. Der elastische Bund hing auf der Hüfte, das Trägertop reichte kaum bis zur Taille. Sie hatte lange nach einem so geschnittenen Modell gesucht, das ihr passte. Gewöhnlich war mit ihren nicht einmal Einssechzig alles zu lang für sie.

Richards Meinung nach sollte sie noch zehn Pfund abnehmen, aber vielleicht würde er nicht mehr darauf bestehen, wenn er sie so sähe. Nicht, dass es dazu kommen würde. Noch ein kleiner Schluck. Dieser fühlte sich schon richtig gut an.

Cate wandte sich ihrem Frisiertisch zu und suchte aus der Schmuckschatulle die Diamantohrringe heraus, die ihr Vater ihr zum Collegeabschluss geschenkt hatte. Normalerweise trug sie nur ihre schlichten, silbernen Kreolen, aber zu einer Hochzeit wären Diamanten angemessen. *Wenn eine Hochzeit stattfände. Was nicht der Fall ist.* Cate hatte Schwierigkeiten, die Ohrstecker zu befestigen – die Finger gehorchten ihr nicht richtig. Und auch ihr Gleichgewichtssinn war leicht gestört.

Ihr Blick fiel auf den schmalen Bandring, den ihre Großmutter ihr zu einem Geburtstag geschenkt hatte. Der Smaragd war ihrer beider Glücksstein. Cate steckte ihn an den rechten Ringfinger, leerte ihr Glas und schenkte sich nach.

Dann griff sie nach der langärmeligen, seidenen Stehkragenjacke im Asia-Look, die das Pyjama-Ensemble komplettierte, hielt jedoch in der Bewegung inne, als ihr Blick auf die kleine Tüte fiel, die sie gleich nach dem Heimkommen mit den übrigen Einkäufen aufs Bett hatte fallen lassen. Sie enthielt ihren kleinen Schatz, die Kette mit dem Anhänger, die sie entdeckt hatte, bevor sie zu Richard gegangen war.

Nein, nicht noch einmal an diese Szene denken.

Stattdessen würde sie die Kette anprobieren, um zu sehen, ob sie an ihr genauso gut aussah wie auf dem Samtkissen in dem Laden.

Cate hielt die Kette hoch und bewunderte das Feuer des kunstvoll geschliffenen Smaragds. Natürlich war es kein echter, denn dann hätte sie ihn nie für zehn Dollar bekommen. Aber die Fassung und die Kette sahen antik aus. Vielleicht hatte der Ladenbesitzer ja nicht gewusst, was für einen Schatz er ihr da verkaufte, und sie hatte das Schnäppchen ihres Lebens gemacht. Wie auch immer – der Schmuck war auf jeden Fall »etwas Altes« für ihre Hochzeit. *Wenn ich heiraten würde.* Was sie unter diesen Umständen natürlich nicht tat.

Cate legte die Kette an und trat einen Schritt zurück, um sich im Spiegel zu betrachten.

»Nicht schlecht.«

Der Anhänger fühlte sich seltsam warm an auf der Haut und verursachte Cate ein Kribbeln, das bis zu ihrem Hals und ihren Schultern ausstrahlte. Oder lag das am Alkohol?

Sie zog das Band aus dem Haar, gab ihre ungebärdigen Naturlocken frei und hob ihr Glas.

»Auf dein Wohl, Richard. Sieh dir an, was du beinahe …« Sie brach ab, als hinter ihrem Spiegelbild plötzlich ein seltsamer, grüner Schimmer sichtbar wurde.

»Was zum …?« Sie fuhr herum. Mitten in ihrem Schlafzimmer entstand ein pulsierendes, stetig größer werdendes kugelartiges Gebilde aus smaragdgrünem Licht. Noch verblüffender war der sich darin materialisierende Mann.

War sie betrunken?

Oder war das der Nervenzusammenbruch, den sie vorhin bereits in Erwägung gezogen hatte? *Bilden Betrunkene mit einem Nervenzusammenbruch sich ein, dass unglaublich attraktive Männer in ihrem Schlafzimmer auftauchen?*

»Oh, mein Gott. Was tun Sie in meinem … wer sind … wie kommen Sie hier rein?« Cate stellte ihr Glas auf den Frisiertisch, packte den davorstehenden Stuhl und hielt ihn schützend vor sich. Das zierliche Sitzmöbel könnte einen Hünen wie diesen zwar nicht aufhalten, aber sie fühlte sich trotzdem irgendwie sicherer.

Er richtete sich zu seiner vollen, imponierenden Größe auf und starrte Cate eine Weile schweigend an. Schließlich räusperte er sich und sagte: »Mein Name ist Connor MacKiernan. Ich bin durch die Zeit zu Euch gereist, weil nur Ihr mir helfen könnt, Milady.«

Auch seine Stimme war atemberaubend.

Cate schüttelte den Kopf, um die Halluzination zu vertreiben. Es nützte nichts. »Aha«, brachte sie mühsam hervor. »Durch die Zeit.« Mein Gott, was für ein schöner Mann. Und dieser Tonfall …

Ein wie ein schottischer Krieger aus alter Zeit gekleideter Mann stand mit gespreizten Beinen und in die Seite gestemmten Armen in einer Sphäre von smaragdgrünem Licht in ihrem Schlafzimmer! Sie *musste* verrückt sein.

Connor neigte leicht den Kopf zur Seite und zog fragend eine Braue hoch. »Ich bin es nicht gewohnt zu betteln, aber wenn Ihr es verlangt, werde ich es tun. Die Zeit drängt.«

»Ja, wunderbar. Hier steht Braveheart in meinem Schlafzimmer und hat's eilig. Was wollen Sie – wollt Ihr von mir? Warum kann nur ich Euch helfen? Und wobei?« Auch Cate stemmte die Arme in die Seite. Hatte nicht irgendjemand gesagt, man sollte in einer Situation wie dieser in die Offensive gehen? Fast hätte sie laut aufgelacht, als ihr klarwurde, dass sehr wahrscheinlich noch nie jemand in einer Situation wie dieser gewesen war.

Ihre Haltung und ihr Ton missfielen ihm sichtlich, und es war vielleicht keine gute Idee, ihn zu verärgern. Er sah bärenstark aus. Bärenstark und umwerfend.

War das ein Messer, was da aus seinem Stiefel lugte?

»Ich kann mich nicht mit langen Erklärungen aufhalten, Frau. Begnügt Euch damit, dass es wichtig ist und wir nur wenig Zeit haben.« Er war zusehends lauter geworden, und seine Stimme hallte von den Wänden wider.

Cate, die ihn noch immer mit großen Augen anstarrte, erwiderte: »Tut mir leid. Entschuldigung. Ich bin es nur nicht gewöhnt, dass aus dem Nichts fremde Männer – genau gesagt, *bewaffnete* fremde Männer – in meinem Schlafzimmer erscheinen.« Sie warf einen vielsagenden Blick auf seine Wade.

Es war eindeutig ein Messer, was da aus seinem Stiefel lugte.

»Ich bin es, der um Verzeihung bitten muss.« Immerhin hatte er so viel Anstand, sich zerknirscht zu zeigen. »Ich wusste nicht, wo ich Euch erscheinen würde.« Er deutete eine Verbeugung an und richtete den Blick dann auf den Smaragdanhänger an der Kette. »Der Edelstein hat mich zu Euch geführt, damit Ihr mir helft, meine Schwester zu retten, Milady. Der Feenzauber hat mich hergesandt, um Euch zu holen.«

Eigentlich müsste sie sich zu Tode fürchten. Aber er wirkte so aufrichtig. *Andererseits wirkten die meisten irren Mörder aufrichtig, oder?*

Sie traute ihren Ohren kaum, als sie sich sagen hörte: »Es geht also um die Rettung Eurer Schwester. Was genau erwartet dieser Zauber von mir?«

»Ihr müsst mit mir nach Hause kommen und mich heiraten. Danach werdet Ihr hierher zurückgebracht. Niemand wird merken, dass Ihr fort wart.«

Als Cate lachte, verfinsterte sich seine Miene.

»Tut mir leid. Es ist nur …« Sie umfasste mit einer Geste das Chaos im Raum. »Ich war gerade selbst mit einer Hochzeit beschäftigt.« *Wird das Licht um ihn herum schwächer?* »Ich verstehe die Sache noch immer nicht. Warum soll ich Euch unbedingt heiraten? Ihr kennt mich doch überhaupt nicht.«

»Es ist sehr kompliziert.« Er senkte verlegen den Blick, wirkte plötzlich jungenhaft, beinahe verletzlich. »Ich muss heiraten, um meine Schwester beschützen zu können. Es wird keine wirkliche Hochzeit sein. Doch, schon, aber da sie in meiner Zeit stattfindet, nicht für Euch. Ihr heiratet mich und kehrt in Eure Zeit zurück. Sobald ich die Bedingung, verheiratet zu sein, erfüllt habe, kann ich bei meiner Familie bleiben und meine Schwester beschützen.« Er hob den Kopf und schaute Cate eindringlich an. »Ich werde nicht zulassen, dass Euch etwas geschieht, Milady. Ihr müsst Euch nicht fürchten.«

»Ich fürchte mich nicht.« Das stimmte zwar nicht, aber Cate wollte sich keine Blöße geben. »Wo, oder sollte ich sagen *wann*, ist Euer Zuhause?« Die Theorie der Halluzination aufgrund eines Nervenzusammenbruchs gewann immer mehr an Wahrscheinlichkeit.

»In Sithean Fardach in Schottland, im Jahr 1272 Eurer Zeitrechnung.« Zum ersten Mal schien Connor seine Umgebung wahrzunehmen. »Das liegt ziemlich weit in der Vergangenheit für Euch, nicht wahr?«

Cate lachte wieder. »›Ziemlich weit in der Vergangenheit‹ ist stark untertrieben.« *Was jetzt?* Sie schaute sich im Zimmer um. Das Glas, das sie auf den Frisiertisch gestellt hatte, war umgefallen, doch der goldklare Inhalt war nicht auf den Boden gelaufen, sondern hing erstarrt mitten in der Luft.

Sie deutete darauf. »Wie habt Ihr das gemacht?«

Er zuckte mit den Schultern. »Es ist nicht mein Werk. Der Feenzauber lässt die Zeit stillstehen, damit ich Euch holen kann. Wenn Ihr hierher zurückkommt, wird inzwischen keine Zeit vergangen sein, gleichgültig, wie lange Ihr in meiner Zeit verweilt habt. Das ist alles, was ich weiß. Und dass wir uns beeilen müssen. Bitte.«

Das grüne Licht um ihn wird definitiv schwächer. Und er wirkte nicht wie ein Mann, der oft *bitte* sagte.

Was hatte sie zu verlieren? Wahrscheinlich würde sie

morgen mit einem dicken Kopf aufwachen und sich über ihre Halluzination amüsieren.

Und wenn nicht? Wenn der Mann real ist?

Hatte sie nicht heute gleich von zwei Seiten zu hören bekommen, dass sie abenteuerlustiger sein sollte? Was könnte abenteuerlicher sein als ein Abstecher ins Schottland des dreizehnten Jahrhunderts? Noch dazu in der Begleitung des atemberaubendsten Mannes, den sie je gesehen hatte. Und der unglaublicherweise ihre Hilfe brauchte.

Connor streckte ihr die Hand entgegen. »Wir müssen uns beeilen. Nicht einmal der Zauber kann die Zeit auf ewig anhalten.«

Cate zog ihre Pyjamajacke über, schlüpfte in die Seegras-Flipflops, die Jesse ihr von seiner letzten Thailandreise mitgebracht hatte, machte einen Schritt in Connors Richtung, doch dann fiel ihr etwas ein. Sie griff sich das Hochzeitskleid ihrer Großmutter.

»Darf ich das bei der Hochzeit tragen?« Sie drückte das Kleid an die Brust und schaute Connor trotzig an. Wenn er nein sagte, würde sie nicht mitgehen.

»Ihr könnt tragen, was immer Ihr wollt, das kümmert mich nicht, aber wenn Ihr mich begleiten wollt, dann muss es *jetzt* sein.«

Die Sphäre begann wieder zu pulsieren.

Cate nahm das Band, das sie aus ihrem Haar gezogen hatte, und schnürte das Brautkleid damit zu einem Bündel. Dann nahm sie Connors Hand und trat zu ihm in den grünen Schein.

Er zog sie zu sich heran und legte die Arme um sie, während die Sphäre sie beide umschloss. Ein Kribbeln durchlief

Cates Körper. Als sie zu dem Fremden aufschaute, war sie wie hypnotisiert von der Intensität seiner blauen Augen.

»Ich schwöre bei meiner Ehre, dass ich nicht zulassen werde, dass Euch etwas geschieht. Ich werde Euch unter Einsatz meines Lebens verteidigen. Und wenn alles erledigt ist, sorge ich dafür, dass Ihr wohlbehalten nach Hause kommt.«

Er strahlte eine imponierende Kraft und Entschlossenheit aus. Cate starrte noch immer fasziniert in seine Augen, als er langsam, fast, als geschehe es gegen seinen Willen, den Kopf neigte und seine Lippen auf ihre senkte. Die zarte Berührung ließ Cate bis in die Zehenspitzen erbeben, während um sie herum in tausend Zauberfarben Lichter aufblitzten.

Das Letzte, das sie aufnahm, waren sein Mund auf ihrem, seine starken Arme um ihre Mitte, der Ausdruck in seinen Augen bei seinem Versprechen, sie zu beschützen, als das Leuchten des Zauberlichts erlosch.

3

Als Cate wie aus einem tiefen Schlaf erwachte, blickte sie in zwei blaue Augen und hörte Wasser rauschen.

Sie blinzelte ein paarmal und erkannte, dass die Augen zwar denen glichen, in denen sie sich eben noch verloren hatte, jedoch einer hübschen, blonden Frau gehörten.

»Da seid Ihr ja. Willkommen. Ich freue mich sehr, Euch bei uns zu sehen. Wir haben viel zu tun.« Die Frau half Cate, sich aufzusetzen, ließ sich ihr gegenüber nieder und schaute sie erwartungsvoll an.

»Wo bin ich?« Unsicher blickte Cate sich um. Sie saß auf einem Waldboden am Fuß eines Wasserfalls. Das alles konnte doch nur ein Traum sein.

»Ich bin selbst noch nie durch die Zeit gereist, aber dem Zustand nach, in dem Connor sich beim Erwachen befand, nehme ich an, dass Ihr ein wenig verwirrt seid.« Die Frau stand auf und streckte Cate die Hand hin. »Vielleicht hilft es Euch, aufzustehen und ein paar Schritte zu gehen. Connor hat es geholfen.«

Connor. Der Mann in dem smaragdgrünen Licht, der ihr Herz wie wild hatte schlagen lassen, als er die Arme um sie legte. Der Mann, der sie das Atmen hatte vergessen lassen, als er sie küsste. Cate ließ sich hochziehen, aber sie war sehr wackelig auf den Beinen. »Wo ist er?«

»Er ist mit Duncan auf die Jagd gegangen.« Die Frau brachte ihr einen kleinen Eimer mit Wasser. »Macht Euch ein wenig frisch.« Die Arme in die Seite gestemmt, lächelte sie freundlich auf Cate herunter. »Mir fällt gerade auf, dass ich noch gar nicht weiß, wie Euer Name ist. Ich bin Rosalyn MacKiernan, Connors Tante.«

»Mein Name ist Caitlyn. Caitlyn Coryell. Aber alle nennen mich Cate.«

Immer wenn sie nervös war, fing Cate an zu plappern. Sie hasste das, und diesmal stoppte sie sich, indem sie ihr Gesicht mit dem kalten Wasser wusch. Danach fühlte sie sich besser. Als sie nach ihren Haaren tastete, spürte sie, dass sie sich kräuselten – ein Beweis für die hohe Luftfeuchtigkeit an diesem Ort. Cate war eindeutig nicht mehr in Colorado.

»Nun, Cate, wir müssen uns sputen, wenn wir fertig sein wollen, bevor die Männer zurückkommen. Seid Ihr bereit?«

»Bereit?«, echote Cate unsicher. »Wofür?«

»Ihr habt zugestimmt, Connor zu helfen, seine Schwester zu retten, damit sie ihr Glück finden kann?« Als Cate nickte, fuhr Rosalyn fort: »Wir müssen unserem Feenvolk für seine Hilfe danken und …«, sie hielt inne, als überlege sie, wie viel sie preisgeben sollte, »die losen Enden verknüpfen, um die Aufgabe angehen zu können.«

Sie nahm Cate bei der Hand und führte sie auf die andere Seite des Strudellochs. Dort blieb sie bei einem über und über mit Bändern geschmückten Baum stehen, öffnete einen kleinen Samtbeutel, den sie aus den Falten ihres Gewandes hervorgezaubert hatte, entnahm ihm einen Stoffstreifen und reichte ihn Cate.

»Taucht den Stoff ins Wasser und dankt den Feen für

Eure wohlbehaltene Ankunft hier. Dann bindet ihn an einen Zweig zu all den anderen Streifen.«

»Was hat es mit diesem Ort auf sich?« Cate blickte sich um. Üppiges Grün umgab sie – und eine Atmosphäre ungewohnten Friedens.

»Er ist das Heim meiner Mütter«, antwortete Rosalyn voller Stolz.

»Eurer Mütter? Wie viele Mütter habt Ihr denn?«

»Oh, eine Menge.«

Rosalyns melodisches Lachen perlte durch die würzige Luft, und Cate nahm sich die Zeit, die Fremde zu mustern. Die hochgewachsene, gertenschlanke Frau, Cate schätzte sie auf Ende dreißig, war mindestens einen Kopf größer als sie und trug das lichtblonde Haar zu einem lockeren Nackenknoten geschlungen. Sie *schön* zu nennen, wäre ihrer Erscheinung nicht gerecht geworden. Das Spektakulärste an ihr waren die leuchtend blauen Augen. Wie bei Connor.

Cate strich sich die Kräusellocken aus dem Gesicht und traf eine Entscheidung: Gegen die Situation aufzubegehren wäre sinnlos, also würde sie das Beste daraus machen.

Sie kniete sich an den Rand des Strudellochs, tauchte den Stoff ins Wasser, riss ihn dann in zwei schmale Streifen und bändigte mit dem einen ihr Haar.

»Ihr müsst zu Ihnen sprechen, als ob Ihr sie sehen könntet.«

Als Cate den Mund öffnete, um zu beginnen, hob Rosalyn die Hand. »Oh, und erbittet ihren Segen und ihre Hilfe für ein gutes Gelingen unseres … Vorhabens.«

Wieder öffnete Cate den Mund, und wieder stoppte Rosalyn sie.

»Und wenn Ihr schon einmal dabei seid«, sie lächelte Cate an, »kann es nicht schaden, die Feen auch noch zu bitten, Euch die wahre Liebe zu schicken. Das tun sie gerne.«

»Pah!«, rief Cate. Rosalyn schaute sie erschrocken an. »Wahre Liebe? Ich bin nicht sicher, dass ich noch an die wahre Liebe glaube.« Allerdings hatte sie bis gestern auch nicht an Feen und Zeitreisen geglaubt. »Aber ich glaube, falls es sie gibt, kann man sie bestimmt nicht durch einen einfachen Wunsch herbeizaubern.«

Ein verschmitztes Lächeln spielte um Rosalyns Lippen. »Da mögt Ihr recht haben, was uns Sterbliche angeht – aber die Feen können es und tun es gerne, und wir sollten sie um unseretwillen bei Laune halten.«

Cate trat dicht ans Wasser und räusperte sich. »Hört ihr mich, Feen? Ich bin's – Caitlyn Coryell.«

Noch nie in ihrem Leben war sie sich so lächerlich vorgekommen, aber Rosalyn lächelte sie ermutigend an.

»Ich möchte euch allen dafür danken, dass ich wohlbehalten hier angekommen bin, und ich wäre euch sehr dankbar, wenn ihr mich genauso sicher wieder nach Hause bringen würdet, nachdem ich Connor geheiratet habe, damit er seine Schwester retten kann, so dass sie …« *Was hatte Rosalyn gesagt*? »… ihr Glück finden kann.« Sie drehte sich Rosalyn zu. »Gut so?«

»Wenn Ihr entschlossen seid, nicht um die wahre Liebe zu bitten, dann ist alles gesagt.« Rosalyn seufzte tief und fuhr fort. »Jetzt müsst Ihr nur noch den Stoff an den Baum binden.«

Ihr Lächeln war einem traurigen Zug um die Augen gewichen, der unerklärlicherweise Schuldgefühle in Cate erwachen ließ. Bedrückt schlang sie den Stoffstreifen um einen Zweig. »Also schön«, sagte sie zu sich, wandte sich wieder dem Wasser zu und rief: »Seid ihr noch da, Feen? Wenn ihr mir auch noch helfen würdet, die wahre Liebe zu finden, wäre ich euch wirklich dankbar. Das wäre dann alles. Vielen Dank.«

Über sich selbst den Kopf schüttelnd, knotete sie den Stoff fest. Das hier war wirklich das Lächerlichste, was sie je getan hatte – wenn sie davon absah, dass sie in den grünen Lichtschein getreten war. Aber als sie sich Rosalyn zudrehte, sah sie zu ihrer Überraschung Tränen in den Augen der Frau glänzen.

»Was ist? Habe ich etwas falsch gemacht?«

Lächelnd schüttelte Rosalyn den Kopf. »Nein. Ihr habt alles richtig gemacht. Ich bin nur so glücklich. Ihr habt den Feen eine Freude gemacht, und das macht *mir* Freude. Sie sind meine Familie, wisst Ihr.« Sie nickte zum Wasser hin.

Als sie Cates verwirrten Blick sah, legte sie ihr den Arm um die Schulter und fuhr fort: »Setzen wir uns ans Feuer. Dann erzähle ich Euch die Legende vom Feental und alles über meine Familie hier.«

Es war getan.

Rosalyn konnte ihre freudige Erregung kaum verbergen, als sie die junge Frau, die neben ihr herging, von der Seite musterte. Die Feen hatten sie ausgewählt, also musste sie die Richtige sein. Und ihr gutes Herz hatte sie schon bewiesen, indem sie ihrer, Rosalyns, Bitte nachkam, obwohl offensichtlich war, dass sie es eigentlich nicht gewollt hatte.

Als Connor erwacht war, hatte Rosalyn für einen Moment Bedenken gehabt, weil er nach einem kurzen Blick auf die Frau in seinen Armen so hastig von ihr abgerückt war, als könne er es nicht ertragen, sie zu berühren. Und er hatte bereitwillig zugestimmt, Duncan zu begleiten, und sein »Mitbringsel« ihr überlassen.

Was Rosalyn sehr recht gewesen war.

Bisher war alles, wie sie es sich wünschte. Sie hoffte nur, es würde so weitergehen. Nicht, dass sie ernsthafte Sorgen wegen der Sterblichen geplagt hätten. Der Feenzauber war so viel mächtiger als einer von ihnen – sie brauchte sich keine Gedanken mehr über Mairis Schicksal zu machen.

Nein, es waren die Feen selbst, derentwegen sie sich sorgte. Oh, sie würden ihre Macht ausüben und die am Clootie-Wasserfall mit dem Ritual vorgebrachten Wünsche erfüllen, solange man ihre Bedingungen erfüllte und ihre Prüfungen bestand. Das Problem war nur, dass sie stets darauf beharrten, einem nicht nur zu geben, was man *ihrer Ansicht nach* brauchte, sondern es einem auch *auf die Art und Weise* zu geben, wie man es ihrer Ansicht nach brauchte.

Sie lächelte Cate an. Diese junge Frau war etwas Besonderes, das spürte sie ganz deutlich.

»Vor langer, langer Zeit an einem schönen Frühlingstag«, begann sie, die Geschichte zu erzählen, und schob alle Sorge ob der Feen beiseite. Es würde nichts nützen, sich den Kopf zu zerbrechen. Sie hatten sich alle darauf eingelassen.

Es gab kein Zurück.

Als die Männer von der Jagd kamen, hatte Rosalyn einen Topf Hafergrütze zubereitet, und sie setzten sich zu viert zum Essen.

Cate dachte über die phantastische Geschichte nach, die Rosalyn ihr erzählt hatte. Ihr erster Impuls war gewesen, das Ganze ins Reich der Fabel zu verbannen, aber andererseits befand sie sich hier in einem Wald an einem fernen Ort in einer fernen Zeit, und irgendwie musste sie hergekommen sein.

Nachdem sie immer wieder verstohlene Blick gespürt hatte, beschloss sie, den Stier bei den Hörnern zu packen und sich Gewissheit zu verschaffen.

»Könnte einer von euch so freundlich sein, mir zu erklären, was genau während meines Aufenthalts hier von mir erwartet wird?«

Duncan erschrak dermaßen, als sie plötzlich das Schweigen brach, dass er beinahe seine Schale fallen ließ.

Connor wandte sich mit hochgezogener Braue an seine Tante: »Hast du es ihr denn nicht erklärt? Du hattest doch genug Zeit dazu.«

»Oh, es gab so viel anderes zu tun«, erwiderte Rosalyn, »und außerdem dachte ich, es wäre besser, wenn du ihr die Einzelheiten erklären würdest.«

Connor erhob sich und begann, auf und ab zu gehen. Schließlich blieb er stehen und drehte sich Cate zu. »Meine Tante versucht, mir aus einer Verlegenheit zu helfen.«

Wieder einmal bestaunte sie seine imponierende Erscheinung. Der Mann war sehr groß. Sein markantes Gesicht wurde von braunen, schulterlangen Wellen eingerahmt. Auf einer Seite trug er einen kleinen Zopf, der hinter dem Ohr lag. Seine Bewegungen, von maskuliner Grazie, vermittelten Autorität und Selbstbewusstsein. Und ihm sollte eine Tante helfen?

»Als ich vor sieben Jahren nach Hause zurückkehrte, erfuhr ich, dass meine Verlobte im Begriff war, einen anderen Mann zu heiraten.« Er wechselte einen schnellen Blick mit seiner Tante. »Ich war sehr erzürnt und vielleicht ein wenig unbeherrscht.« Duncan schnaubte, und Connor bedachte ihn mit einem finsteren Blick. »Jedenfalls ging ich in die Kirche …«

»Du meinst, du stürmtest mitten in der Trauung brüllend den Mittelgang hinauf«, fiel Rosalyn ihm ins Wort.

»Also gut. Ich stürmte den Mittelgang hinauf. Und ich schwor vor Gott …«

»Und dem versammelten Dorf.« Diesmal war es Duncan, der ihn unterbrach.

»Und dem versammelten Dorf«, bestätigte Connor ärgerlich und fuhr fort, »dass ich, da die Frauen in diesem Land falsch und unzuverlässig seien, nie in meinem Leben eine von ihnen heiraten würde.«

»Ein junger Mann mit einem Hang zur Dramatik.« Rosalyn und Duncan nickten einander zu.

»Es reicht.« Connor war sichtlich verlegen ob der Ergänzungen zu seiner Darstellung der Ereignisse. »Sprechen wir über die Gegenwart. Mein Onkel hat sich in den Kopf gesetzt, meine kleine Schwester dem MacPherson zur Frau zu geben. Dem alten MacPherson. Aber Mairi will ihn nicht. Ich kann diese Ehe nur verhindern, wenn ich hierbleibe und sie unter meinem Dach Wohnung und Schutz findet. Aber ich stehe im Dienst des Königs und muss gehen, wann immer er nach mir schickt und wohin immer es ihm gefällt. Er ist nur bereit, mich aus seinen Diensten zu entlassen, wenn ich heirate. Jetzt versteht Ihr wohl, weshalb Ihr gebraucht werdet.« Er lehnte sich an einen Baum und bohrte die Stiefelspitze in den weichen Erdboden.

»Um ehrlich zu sein, nein«, erwiderte Cate. »Ihr seid doch eine anziehende Erscheinung.«

Connor starrte sie mit offenem Mund an, während Rosalyn lächelte und Duncan hustete, als wolle er damit ein Lachen verbergen.

»Ich meine es ernst. Sicherlich gibt es eine Menge Frauen hier, die glücklich wären, Euch zu heiraten. Ich begreife nicht, warum Ihr durch die Zeit reisen musstet, um ausgerechnet mich zu holen.«

»Wegen meines Eides«, erinnerte Connor sie. Er sprach langsam, als sei sie schwer von Begriff. »Meine Ehre verbietet mir, ihn zu brechen. Ich kann also keine Frau von hier heiraten.« Er zuckte mit den Schultern. »Nicht, dass ich es wollte. Ich möchte keine von ihnen.«

»Wollt Ihr den Leuten etwa erzählen, dass Ihr mich aus der Zukunft geholt habt, damit ich Euch heirate?«

»Nein!«, antworteten drei Stimmen wie aus einem Munde.

»Um Himmels willen, nein, Frau. Ihr dürft niemandem davon erzählen.« Connor kam zu ihr herüber, kniete sich vor sie hin und packte sie bei den Oberarmen.

Die Berührung jagte einen Schauer über Cates Rücken und weckte die Erinnerung an die Umarmung in der grünen Lichtsphäre. »Habt Ihr gehört? Niemand darf das erfahren!«

»Lass sie los, Connor. Du machst ihr ja Angst. Sie zittert«, ermahnte Rosalyn ihren Neffen.

Er ließ sie so schnell los, als hätte er sich verbrannt, und setzte sich auf seine Hacken. Sein Gesicht verschloss sich.

»Einige Leute hier …«, Rosalyn hielt inne und suchte nach den richtigen Worten, »… schätzen meine Gabe nicht, und wir wollen sie nicht unnötig beunruhigen.«

Cate überlegte. Wenn das hier tatsächlich Schottland im dreizehnten Jahrhundert war, dann waren Hexen nicht gut angesehen. Das könnte für sie alle sehr schlecht sein.

»Wir werden sagen, Ihr seid ein Geschenk«, nahm Connor den Faden seiner Tante auf. »Die Tochter eines Edelmanns, dem ich während des letzten Kreuzzugs in einer Schlacht in *Outremer* das Leben gerettet habe. Unter diesen Umständen ist es eine Sache der Ehre zu heiraten.«

»Ich denke, Ihr habt nur geschworen, keine Frau von *hier* zu heiraten. Warum habt Ihr Euch nicht einfach eine Ehefrau mitgebracht, als Ihr nach Schottland heimgekehrt seid?«

Seine Züge verhärteten sich. »Als ich schwor, keine Frau von hier zu heiraten, meinte ich überhaupt keine Frau. Indem ich mich des Zaubers bediene, heirate ich zwar, habe aber keine Ehefrau. Ich möchte nicht an eine derartig durchtriebene Kreatur gekettet sein.«

»Und wie erklärt Ihr den Leuten mein Verschwinden nach der Eheschließung?«

»Wir werden sagen, Ihr hättet die Nachricht bekommen, dass Eure Mutter erkrankt sei und ich Euch für eine Weile zu ihr geschickt hätte, damit Ihr sie pflegen könnt.« Connor grinste. »Ihr mögt ein Geschenk sein, aber ich bin kein solcher Unmensch, dass ich Euch davon abhalte, am Bett Eurer Mutter zu sitzen.«

»Ich bin also ein *Geschenk*.« Cate verzog missbilligend das Gesicht. »Aus dem Heiligen Land. Dazu muss ich Euch allen sagen, dass ich keine gute Lügnerin bin. Ich muss so nahe wie möglich an der Wahrheit bleiben, sonst merkt jeder, dass etwas nicht stimmt. Und wie soll jemand glauben, dass ich aus dieser Region stamme? Ich spreche keine der Sprachen dort, ich kenne die Bräuche nicht, und ich sehe ganz sicher nicht wie eine Orientalin aus.«

»Viele gute christliche Ritter sind in *Outremer* geblieben, haben Familien gegründet und sich ein neues Leben aufgebaut. Ich habe mit einigen Seite an Seite gekämpft. Ihr könnt also die Tochter eines von ihnen sein. Außerdem werden Eure seltsame Sprache und Euer seltsames Benehmen und«, er musterte sie mit hochgezogener Braue, »Eure noch seltsamere Kleidung genügen, um die Leute von Eurer Fremdartigkeit zu überzeugen.«

Zum ersten Mal blickte Cate an sich hinunter. Sie hatte völlig vergessen, dass sie die Zeitreise in ihrem Seidenpyjama angetreten hatte. Gott sei Dank hatte sie die Jacke übergezogen. Trotzdem spürte sie glühende Röte in ihr Gesicht steigen. Dann fiel ihr das Hochzeitskleid ihrer Großmutter ein, das sie in letzter Minute mitgenommen hatte. »Einen Moment. Ich hatte etwas bei mir.«

»Ihr meint das Spitzengewand?« Rosalyn begann, das Koch- und Essgeschirr zu säubern. »Das habe ich eingepackt. Ihr bekommt es, wenn wir auf Dun Ard sind.«

»Das klingt aber anders als der Name, den Ihr mir als Euer Zuhause genannt habt«, sagte Cate zu Connor, der sich einige Gepäckstücke aufgeladen hatte.

»Weil es nicht mein Heim *ist*«, warf er ihr schroff über die Schulter hin und entfernte sich.

»Dun Ard Castle ist das Heim meines Bruders Artair.

Unseres Lairds.« Rosalyn warf Duncan, der ihre letzten Worte mit einem Schnauben kommentierte, einen strafenden Blick zu. »Dort leben Mairi und ich, und dort werden wir bekanntgeben, dass Connor und Ihr heiratet. Ihr werdet bis zur Trauung dort bleiben.« Sie tätschelte beruhigend Cates Arm. »Connor hat von Sithean Fardach gesprochen, nicht wahr?« Als Cate nickte, fuhr Rosalyn fort: »Dort wohnt Connor, wenn er in Schottland ist. Es ist unser Stammsitz, der Ort, wo er aufwuchs. Das alte Castle liegt nur ein paar Meilen von dem neuen entfernt.«

»Und warum können wir nicht in Connors Heim wohnen?«

»Wenn Ihr vor der Hochzeit im Heim Eures zukünftigen Ehemanns wohntet, würde es Gerede geben.«

Cate stand auf, um Rosalyn beim Verstauen des Geschirrs und beim Löschen des Feuers zu helfen. »Wo sind die Männer?«, fragte sie mit einem Blick in die Runde.

»Sie holen die Pferde.«

Cate wurde blass. »Pferde?«, wiederholte sie mit erstickter Stimme.

Oh, Gott, bitte nur das nicht.

4

»Nein!«, erklärte Cate kategorisch.

Die Frau ist verrückt.

Wie sie da in ihrer seltsamen Aufmachung, die Arme in die Seite gestemmt, und mit blitzenden, grünen Augen vor ihm stand, sah sie für Connor wie eine der Feen aus, in deren Tal sie sich befanden.

Wie wollte sie denn irgendwohin kommen, wenn sie nicht bereit war, auf ein Pferd zu steigen? Andererseits musste man ihr zugutehalten, dass sie in ihrer Zeit sicherlich anderes gewohnt war.

Der Gedanke weckte die Erinnerung an seinen Besuch in ihrem Schlafzimmer. Als er sie mit ihren nackten Schultern und den sie umschmeichelnden Locken neben dem Bett hatte stehen sehen, war ihm für einen Moment völlig entfallen, weshalb er gekommen war. Auch bei ihrer ersten Begegnung hatte sie diese kämpferische Haltung eingenommen, womit sie jedoch, anstatt ihn einzuschüchtern, seine Phantasie beflügelte. Doch daran zu denken, würde ihn jetzt nicht weiterbringen.

»Nein«, wiederholte Cate entschieden. »Nein, nein, nein. Ich weigere mich. Ich setze mich auf keinen Fall allein auf ein Pferd.« Sie senkte für einen Moment den Blick, und als sie ihn wieder hob, gestand sie trotzig: »Ich fürchte mich vor

Pferden. Ich bin als Kind einmal heruntergefallen und seitdem nie wieder geritten. Tut mir leid, aber ich kann das nicht.« Sie ließ die Arme hängen.

Ihr Geständnis überraschte ihn und weckte sein Mitgefühl. Eine ängstliche Frau war etwas, womit er umzugehen verstand – es war genauso wie bei einem verschreckten Pferd. Man musste sich langsam bewegen, leise sprechen und Autorität beweisen. Schließlich war er verantwortlich für sie. Er hatte geschworen, dafür zu sorgen, dass ihr nichts geschah.

Cate wich zurück, als er sein Pferd auf sie zulenkte. In einer fließenden Bewegung beugte er sich herunter und hob Cate vor sich in den Sattel. Von Panik erfasst, schlug sie wie wild um sich.

»Ruhig, ganz ruhig«, sagte er leise dicht an ihrem Ohr. »Ich habe Euch doch gesagt, dass ich Euch beschützen werde. Ihr reitet mit mir. Ich lasse Euch nicht fallen. Ihr könnt mir vertrauen.«

Connor hielt sie fest umfangen, während ihr Atem sich allmählich normalisierte und sie sich schließlich gegen seine Brust sinken ließ. Er spürte, dass ihr Körper immer noch nicht gänzlich entspannt war, aber zumindest musste er jetzt nicht mehr fürchten, dass sie sich seinem Griff entwand und vom Pferd stürzte.

Eine Weile ritten die vier schweigend dahin. Cates Haar an Connors Kinn ließ ihn ihre Gegenwart keinen Augenblick vergessen. Er hielt sich vor Augen, dass er sie nur aus reinem Pflichtbewusstsein im Arm hielt. *Hast du sie auch nur aus reinem Pflichtbewusstsein geküsst?*, stichelte sein Gewissen. Das war nur eine vorübergehende Schwäche aufgrund des Feenzaubers gewesen, und es würde sich nicht wiederholen, versicherte er sich selbst.

Er richtete sich auf, rückte ein wenig von ihr ab. Sie setzte sich zurecht, und er atmete ihren Duft ein.

Sie roch wie die exotischen Früchte, die er auf dem Kreuzzug im Morgenland kennengelernt hatte. Unwillig schüttelte er den Kopf und versuchte, seine Gedanken in eine andere Richtung zu lenken.

Cate war in ihrem ganzen Leben noch nie so dankbar gewesen, auf festem Boden zu stehen. Jeder Muskel tat ihr weh – ob von den Stunden auf dem Pferderücken oder von dem ständigen Bemühen, der Versuchung zu widerstehen, sich in Connor MacKiernans Umarmung zu entspannen, konnte sie nicht sagen.

Die Ausstrahlung dieses Mannes war gefährlich, drohte sie zu verleiten, sich eine Sicherheit und Zugehörigkeit einzubilden, die es nicht gab.

Sie half Rosalyn, das Lager für die Nacht zu bereiten, und dann saß sie am Feuer und schaute zu, wie die Kaninchen, die die Männer von der Jagd mitgebracht hatten, über dem Feuer brieten.

Ich befinde mich tatsächlich im dreizehnten Jahrhundert. Wie jedes Mal, wenn sie sich gestattete, daran zu denken, drohte sie durchzudrehen.

Plötzlich hatte sie das Bedürfnis, allein zu sein, sich abseits von allem – und von *ihm* – Gedanken über ihre Situation zu machen, sich darauf einzustellen.

»Ich gehe ein paar Schritte.«

»Soll einer von uns Euch begleiten?« Es war das Erste,

was Connor zu ihr sagte, seit er ihr hier auf dem Lagerplatz vom Pferd geholfen hatte.

»Nein«, erwiderte sie schärfer als beabsichtigt und versuchte es mit einem »Aber danke für das Angebot« abzumildern.

»Bleibt in der Nähe, geht auf keinen Fall weiter als bis zum Bach«, ermahnte er sie, schaute sie dabei jedoch kaum an und setzte seine Unterhaltung mit Duncan fort. Schon wieder redete ein Mann mit ihr wie mit einem Kind!

Wütend stapfte Cate davon. Kaum zu glauben, dass sie eine herrische Art bei einem Mann jemals attraktiv gefunden hatte. Diesen kannte sie noch nicht einmal vierundzwanzig Stunden, und schon führte er sich auf, als hätte er das Recht, ihr Vorschriften zu machen. Er war quasi aus dem Nichts aufgetaucht, hatte ihr Leben aus den Angeln gehoben, sie mit dem elektrisierendsten Kuss, den sie je bekommen hatte, verwirrt und dazu gebracht, nur noch an ihn zu denken, und sie dann völlig ignoriert, bis er es an der Zeit fand, ihr wieder einen Befehl zu erteilen.

»Typisch Mann.«

Vor sich hin murmelnd, umrundete sie eine Gruppe von Felsbrocken, hinter der gleich der Bach floss. Sie kniete sich ans Ufer, knöpfte ihre Jacke auf und wusch Gesicht und Hals.

Das eiskalte Wasser kühlte sie äußerlich ab, aber nicht innerlich. Noch immer empört über Connors Verhalten, stand sie auf, drehte sich um – und sah sich einem riesigen, zottigen Untier gegenüber.

Sie tat das einzig Vernünftige, was ihr einfiel.

Sie schrie.

Getrieben von Schreckensphantasien stürmte Connor mit gezogenem Schwert zum Bach. Was war ihm nur eingefallen, einer schwachen, hilflosen Frau zu gestatten, allein in der Wildnis herumzuwandern? Dass ihre Gegenwart ihm das Denken erschwerte, war keine Entschuldigung. Er, und nur er, war für ihre Sicherheit verantwortlich.

Als er die Felsen umrundet hatte, bot sich ihm ein Anblick, der ihn wie angewurzelt stehen bleiben ließ. Cate lag auf dem Rücken, und über ihr stand ein riesiger Hund. Connor wusste nicht, was ihn mehr verblüffte – Cates Kichern oder das riesige Tier, das ihr voller Begeisterung das Gesicht ableckte.

»Wolf!«, rief er. »Lass das arme Mädchen in Ruhe!«

Der Hund spitzte die Ohren und lief zu Connor, der ihn streichelte, während das Tier den Kopf an ihm rieb.

»Wie ich sehe, habt Ihr meinen Freund kennengelernt. Vor Hunden fürchtet Ihr Euch also nicht.«

Cate setzte sich auf und bürstete sich mit den Händen ab. »Ich liebe Hunde. Es tut mir leid, dass ich geschrien habe. Im ersten Moment habe ich das Monstrum einfach nicht als Hund erkannt.« Sie lachte verlegen. »Das ist der größte Wolfshund, den ich je gesehen habe.«

Connor streckte ihr die Hand hin, um ihr aufzuhelfen. Die zarte Röte, die ihr Gesicht, ihren Hals und den Teil ihrer Haut färbte, den die geöffnete Jacke sehen ließ, war höchst reizvoll. Wie weit sie wohl reichte? Irritiert von dieser Überlegung, ließ er Cate los und rieb sich nervös die Hände.

»Für gewöhnlich ist Wolf bei Fremden nicht so zutraulich.« Connor schüttelte den Kopf. »Ich habe schon erlebt, dass er jemanden bei der ersten Begegnung gebissen hat, aber noch nie eine solche Freude. Normalerweise hält er Abstand, wenn ich mit Leuten zusammen bin, die er nicht kennt. Seid Ihr verletzt?«

»Nein, er war sehr liebevoll. Nachdem er mich umgeworfen hatte, zumindest.« Cate lächelte zu ihm auf. Sie wirkte so aufrichtig. Das ist nur eine Maske, ermahnte er sich. Er nahm Cates Arm, um ihr über einen Ast, der am Boden lag, hinwegzuhelfen, führte sie weiter an der Hand, bis sie, dicht gefolgt von Wolf, das Lager erreichten.

Der Wolfshund wich Cate nicht von der Seite. Connor übersah es geflissentlich, als Cate dem Tier beim Abendessen immer wieder einen Happen zusteckte. Am Ende der Mahlzeit wurde offenbar, dass Wolf dem Gast aus der Zukunft verfallen war.

»Hier? Auf der Erde? Im Freien?« Sie hätte es sich denken können. Schließlich befand sie sich im dreizehnten Jahrhundert. Da gab es keine Hotels entlang der Straße. »Haben wir nicht einmal ein Zelt?«

Ihre drei Begleiter starrten sie an, als hätte sie den Verstand verloren.

»Ihr werdet Euch damit abfinden müssen. Es gibt keine vornehmen Gasthäuser an unserem Weg, Milady.« Connors spöttischer Ton passte zu dem überheblichen Blick, mit dem er sie bedachte, als er ihr ein Bündel vor die Füße warf.

Rosalyn und Duncan nahmen ähnlich aussehende Bündel auseinander und bereiteten in sicherem Abstand von dem eingedämmten Feuer ihr Nachtlager. Connor drehte Cate den Rücken zu und entfernte sich mit seinem Bündel unter dem Arm ein Stück.

Sie hob das ihr zugewiesene Bündel auf und folgte ihm. »Ich erwarte kein vornehmes Gasthaus. Allerdings wäre mir jedes Gasthaus lieber als in der Wildnis unter freiem Himmel schlafen zu müssen.«

Er antwortete nicht, schaute sie nicht einmal an, bereitete schweigend sein Lager, kroch dann zwischen die Decken und schloss die Augen.

Sie war nicht bereit, sich schon wieder von ihm wie ein Kind wegschicken zu lassen.

»Was ist, wenn es regnet?«

»Dann zieht Ihr die Decke über den Kopf. Die Wolle wird Euch so gut wie trocken halten.« Seine Augen blieben geschlossen.

»So gut wie trocken«, wiederholte sie. »Was ist, wenn etwas kommt?« Sie machte eine vage Geste in die Dunkelheit, die sie umgab.

Er schnaubte gereizt. »Was soll denn kommen?«

»Ich weiß es nicht. Tiere. Bären. Was immer es hier gibt.« *Käfer. Schlangen.* Oh, Gott, an die hatte sie bisher gar nicht gedacht.

Endlich öffnete Connor die Augen und stützte sich auf einen Ellbogen. »Ihr habt Angst, ja?«

»Nein.« Natürlich hatte sie Angst, aber erst, seit sie angefangen hatte, sich die möglichen Gefahren auszumalen, die da draußen lauern konnten.

Der Blick, mit dem er sie musterte, zeigte deutlich, dass er ihr nicht glaubte. Er stand auf und nahm ihr das Bündel aus den Armen, wickelte es auseinander und legte die Decken neben seinem Schlafplatz aus.

»Da. Legt Euch hin und schlaft. Wir brechen morgen

sehr früh auf und haben einen langen Ritt vor uns. Ich werde mit allem fertig, was aus der Dunkelheit gekrochen kommen kann. Macht Euch keine Sorgen.« Er sah sie abwartend an, während sie auf die Decken hinunterstarrte.

Offensichtlich hatte sie keine Wahl. Also rollte sie sich auf der ausgebreiteten Decke zusammen, und er legte eine wollene Decke über sie und begab sich wieder unter seine.

Etwas Kaltes berührte ihr Gesicht, und sie zuckte zurück.

»Das ist nur Wolf«, flüsterte Connor, legte aber trotzdem schützend seinen Arm über sie.

Diesmal ist es nur Wolf, dachte sie und rückte, dankbar für Connors Schutz, näher an ihn heran. Sollte er doch denken, was er wollte. Sie war nicht wirklich ängstlich, nur vorsichtig. Sie würde nicht mehr darüber nachdenken, was da draußen sein könnte. Sie würde sich darauf konzentrieren einzuschlafen.

Aber es gelang ihr nicht, denn die Angst vor wilden Tieren wich allmählich dem Bewusstsein der Präsenz des Mannes neben ihr. Sie lauschte seinen Atemzügen, hörte sie langsamer und gleichmäßiger werden. Im Schlaf zog er Cate fester an sich, und sie wehrte sich nicht. Die Kraft und Wärme, die er ausstrahlte, hatten etwas Beruhigendes. So in seinem Arm zu liegen, hätte sie leicht dazu verführen können, sich einzubilden, dass mehr hinter seiner Besorgnis um sie steckte als reines Pflichtbewusstsein. Es war ihr unmöglich zu vergessen, wie seine Umarmung sich angefühlt hatte, als er ihr versprach, sie zu beschützen, wie er sie angesehen hatte, bevor er den Kopf neigte, wie die Berührung seiner Lippen sie elektrisiert hatte.

Zu ihrer Überraschung empfand sie mit Wolf an ihren Füßen und Connor an ihrem Rücken trotz aller in der Dunkelheit lauernder Schrecken ein unerklärliches Gefühl der Sicherheit. Als sie schließlich einschlief, geisterte ein attraktiver Krieger durch ihre Träume.

5

Als das auf einem kleinen Hügel thronende Castle in Sicht kam, begann es bereits zu dunkeln. Sie waren die letzte Stunde scharf geritten, weil die Männer das Ziel vor Einbruch der Nacht erreichen wollten.

Schlafmangel und zwei Tage im Sattel hatten Cate erschöpft. Ihre Beine schmerzten, und Muskeln, von deren Existenz sie bisher nichts gewusst hatte, waren völlig verkrampft. Wenn sie wieder zu Hause wäre, würde sie sich nie wieder auf ein Pferd setzen. Im Moment hätte sie alles für eine ausgiebige heiße Dusche gegeben.

Connor lenkte sein Pferd um eine Biegung, wodurch sein Arm sie noch fester umfasste. Die Bewegung weckte die Erinnerung daran, wie es sich angefühlt hatte, nachts neben ihm zu liegen, von ihm gehalten zu werden, und sie musste zugeben, dass *darüber* zu phantasieren bedeutend reizvoller war als über eine heiße Dusche.

Allerdings konnte man beides auch wunderbar kombinieren. Cate schloss die Augen und malte sich eine gemeinsame Dusche mit ihm aus. Unwillkürlich suchte sie seine Nähe, ließ sich gegen ihn sinken, doch im nächsten Moment richtete er sich im Sattel auf und verstärkte seinen Griff.

»Reiter!«, rief Duncan. Er klang nicht allzu erfreut, und die Männer nahmen Rosalyns Pferd hastig in die Mitte.

»Das sind nur Artairs Männer, die kommen, um uns zu eskortieren«, sagte Rosalyn, als die Reiter sie erreichten und sich um die kleine Gruppe scharten.

»Ich grüße Euch, Fergus«, rief sie dem Anführer zu.

»Willkommen daheim, Milady.« Fergus nickte Connor und Duncan zu und musterte Cate neugierig. Auch seine Begleiter betrachteten sie interessiert.

Am Ziel angelangt, stieg Connor ab und hob Cate aus dem Sattel. Zu ihrer Überraschung ließ er sie nicht, wie bisher immer, sofort los, sondern nahm sie beim Arm und zog sie zum Eingang.

»Ich soll Euch zu Eurem Onkel in die Große Halle bringen«, erklärte Fergus unbehaglich, als erwarte er Protest.

»Richtet meinem Onkel aus, dass wir müde von der anstrengenden Reise sind. Ich werde ihn morgen früh aufsuchen.«

Fergus blockierte die Tür, und Cate spürte, wie Connor sich neben ihr anspannte.

»Tut mir leid, Connor. Euer Onkel hat mir Anweisung gegeben, Euch nirgendwo anders hinzuführen als in die Große Halle.« Unglücklich trat er von einem Fuß auf den anderen.

»Bringen wir es hinter uns, Neffe«, flüsterte Rosalyn Connor zu.

»Also gut. Geht voran, Fergus.«

In der spärlich beleuchteten Großen Halle saßen auf einem einen Schritt hohen Podest mehrere Leute an einem langen Tisch. In der Mitte saß ein streng aussehender Mann, der Ähnlichkeit mit Connor hatte. Das musste der Onkel sein. Auf den Stühlen rechts und links von ihm saßen eine hübsche, junge Frau mit glänzenden, schwarzen Haaren und ein attraktiver blonder Mann.

Rosalyn hielt sich beobachtend abseits, Duncan war verschwunden.

»Onkel.« Connor neigte grüßend den Kopf.

»Was gab es denn so Dringendes in Cromarty, dass du dir nicht die Zeit für die Höflichkeit nehmen konntest, mich von deinem Vorhaben zu unterrichten, sondern einfach mitten in der Nacht aufbrachst?«, herrschte Artair ihn über den Tisch hinweg mit zornrotem Gesicht an.

»Also wirklich, Artair – er ist doch kein Kind, das dich um Erlaubnis bitten muss, die Burg zu verlassen«, mischte Rosalyn sich ein. »Er war nur ein paar Tage hier, um Mairi zu besuchen.« Sie trat vor, setzte sich unaufgefordert an den Tisch und bedeutete dem Diener, ihr etwas zu trinken zu bringen. »Außerdem war es früher Abend, als wir losritten, Bruder, nicht mitten in der Nacht.«

Artair bedachte sie mit einem vernichtenden Blick. »Ich wäre dir dankbar, wenn du dich nicht einmischen und den Jungen für sich selbst sprechen lassen würdest, Schwester«, erwiderte er zähneknirschend.

Zu Cates Überraschung war Rosalyn nicht im Mindesten eingeschüchtert. Sie, Cate, zitterte schon angesichts der finsteren Miene.

»Ein Bote hatte die Nachricht gebracht, dass meine Braut im Hafen von Cromarty eintreffen würde, und ich musste sie dort abholen.« Connor zog Cate demonstrativ näher zu sich heran.

»Du hattest auch Zeit, mit Rosalyn darüber zu sprechen«, gab Artair zurück. »Außerdem hat bei mir kein Bote vorgesprochen. Und was redest du da von einer Braut? Als wir das letzte Mal miteinander sprachen, erwähntest du keine Braut. Woher stammt sie denn, dass sie in Cromarty ankam?« Sein feindseliger Blick richtete sich auf Cate.

Hätte Connor sie nicht festgehalten, sie wäre unwillkürlich zurückgewichen.

»Die Nachricht war für mich, nicht für dich, Onkel, also brauchte der Bote nicht bei dir vorzusprechen. Und mit Rosalyn zu sprechen war notwendig, denn ich konnte meine Braut schließlich nicht ohne Anstandsdame reisen lassen.« Connor zuckte scheinbar lässig mit den Schultern, doch sein Körper, das spürte Cate, blieb angespannt. »Sie kommt aus *Outremer*. Ich habe ihrem Vater in einer Schlacht das Leben gerettet, und zum Dank machte er mir seine Tochter zum Geschenk.« Er streifte die Gesichter der vor ihm Sitzenden mit einem Blick und fügte dann hinzu: »Wir werden umgehend heiraten.«

»Heiraten?«, brüllte Artair. »Nicht ohne meine Zustimmung, und die bekommst du nicht. Ich verbiete es.«

Die Frau neben ihm schnappte theatralisch nach Luft. »Eine Heidin? Du hast eine dreckige Heidin in mein Heim gebracht?«

»Anabella.« Artair sagte nur ihren Namen, schaute nicht einmal in ihre Richtung, aber es genügte, um sie zum Schweigen zu bringen.

Connor würdigte die Frau keines Blickes, sah unverwandt seinen Onkel an. »Ich werde sie heiraten – mit oder ohne deinen Segen. Wenn nötig, werde ich mir die Zustimmung des Königs holen, doch um unserer Familie willen würde ich deine vorziehen.«

Artair fixierte Cate noch immer, doch sein Blick war nachdenklich geworden, und als er wieder sprach, war auch sein Ton verändert. »Es ist nicht notwendig, König Alexander in unsere Familienangelegenheiten einzubeziehen. Wenn diese Person nur das Dankesgeschenk eines Heiden ist, dann musst du dich nicht besudeln, indem du sie heiratest. Bring sie nach Sithean Fardach, ins alte Castle, und halte sie dir als Mätresse, wenn du willst.«

Artair stieß dem jungen blonden Mann neben sich den Ellbogen in die Seite und lächelte selbstzufrieden ob seines Einfalls.

»Ihr Vater ist ein reicher Edelmann in seinem Land, Onkel. Ein Mann, den ich respektiere. Ich würde ihn – oder sie – nie in dieser Weise missachten.«

Connors Stimme hatte einen scharfen Unterton, den Cate bei ihm noch nicht gehört hatte. Er ließ sie los, schob sie hinter sich und trat ein paar Schritte vor.

»Wir werden umgehend heiraten.« Er legte leicht die Hand auf den Griff seines Schwertes.

Artair war aufgesprungen, als sein Neffe sich ihm näherte, und die beiden Männer starrten einander an. Die Luft im Raum knisterte förmlich vor Spannung. Die Situation hatte eine unangenehme Entwicklung genommen, eine Entwicklung, die auf Gewalt zusteuerte.

Diese Leute hatten keine Ähnlichkeit mit denen, die sie, Cate, nach ihrer Zeitreise in Empfang genommen hatten. Diese Leute waren absolut widerwärtig. Nur gut, dass sie nicht hier war, um Connor wirklich zu heiraten – auf eine solche Verwandtschaft könnte sie verzichten.

»Die dreckige Heidin kommt daher wie eine billige Hure,

nicht wie ein Edelfräulein«, giftete Anabella. »Zeigt ihre Beine, und sie schämt sich nicht einmal. Ich werde keine Straßendirne unter meinem Dach beherbergen.«

Cate traute ihren Ohren nicht. Was für eine bodenlose Frechheit! Diese Leute sprachen über sie, als wäre sie gar nicht da! Vor lauter Wut bekam sie nur Brocken von der Auseinandersetzung mit. Alle standen jetzt, schrien etwas von »Aufgebot«, »Ehre«, »Heiden« und zeigten mit Fingern auf sie, bis es Cate reichte.

War sie nicht angeblich die Tochter eines vermögenden Edelmanns? Höchste Zeit, dass sie ihrer Rolle gerecht würde.

Gebieterisch hob sie die Hand. »Genug.«

Niemand nahm Notiz von ihr. Connor war noch einen Schritt näher an das Podest getreten und umfasste den Griff seines Schwertes jetzt fester. Auch der junge Mann neben Artair machte sich kampfbereit. Die Lage spitzte sich zu.

»Ich sagte, es ist genug!«, schrie Cate, so laut sie konnte. Tiefe Stille trat ein. »Ich habe mir lange genug angehört, wie Ihr mich schlechtgemacht habt. Jetzt hört Ihr mir zu.«

Geschickt wich sie Connor aus, der sie am Arm zurückhalten wollte, als sie an ihm vorbei nach vorne ging. »Ich werde mich nicht länger auf diese Weise behandeln lassen«, fuhr sie in normaler Lautstärke fort. Sie ging die Stufe zum Podest hinauf, stützte sich mit den Händen auf den Tisch und beugte sich zu den auf der anderen Seite Stehenden vor. »Mein Name ist Caitlyn Coryell, und ich bin weder eine Heidin noch eine Hure.« Nach einem verächtlichen Blick in die Gesichter ihrer Feinde straffte sie sich und sagte von oben herab – was angesichts der Tatsache, dass die anderen, allen voran Connors Onkel, der ihr mit zornblitzenden Augen direkt gegenüberstand, sie weit überragten, eine beachtliche Leistung war: »Ich bin weiter gereist, als die meisten von Euch sich vorstellen können. Ich bin müde, hungrig und schmutzig. Ich brauche ein Zimmer. Ich brauche etwas Ordentliches zu essen. Und ich brauche ein heißes Bad.«

Damit machte sie kehrt. Connor nahm ihren Arm und führte sie hinaus. Sie war froh, dass er sie stützte, denn ihre Beine fühlten sich an wie weiches Wachs. Zu ihrer Überraschung glaubte sie, aus dem Stimmengewirr in ihrem Kielwasser Rosalyns Lachen herauszuhören.

Vor der Halle forderten Erschöpfung und Aufregung ihren Tribut. Cates Knie knickten ein. Connors starke Arme packten zu. Er zog Cate an sich, und sie lehnte den Kopf an seine Brust. Seine tiefe Stimme, mit der er das Wort an eine Frau richtete, die des Weges kam, hatte etwas Beruhigendes. Cate interessierte nicht, was die beiden besprachen, sie schloss die Augen und genoss die schützende Umarmung.

Viel zu bald musste sie ihren sicheren Hafen verlassen und wurde die Treppe hinauf in eine Kammer geführt, wo man ihr kurz darauf etwas zu essen brachte. Sie hatte erst ein paar Bissen hinuntergeschlungen, als ein Zuber hereingeschleppt wurde, dem Mägde mit dampfenden Wassereimern folgten.

Als Letzte erschien Rosalyn, die Arme voller Tücher. Nachdem die Mägde sich entfernt hatten, schloss sie die Tür.

»Hier sind Handtücher und ein Nachthemd. Bis Ihr morgen früh aufsteht, habe ich auch etwas zum Anziehen für Euch gefunden. Euer Gemach liegt neben dem meinen. Wenn Ihr also irgendetwas braucht, klopft einfach bei mir.«

Cate senkte den Blick und bemühte sich, die aufsteigenden Tränen zurückzublinzeln. »Es tut mir leid, dass ich so unhöflich zu Euren Verwandten war, Rosalyn. Ich konnte es nur einfach nicht mehr ertragen, wie verächtlich sie mich ansahen und über mich sprachen, als wäre ich nicht anwesend – und diese Frau war einfach schrecklich.«

»Anabella? Ich hätte mir für meinen Bruder eine andere Ehefrau gewünscht. Macht Euch ihretwegen keine Vorwürfe. Ihr habt nichts gesagt, was die Gesellschaft da unten nicht verdient hätte. Ihr habt das gut gemacht. Behauptet Euch nur. Aber jetzt steigt in den Zuber, bevor das Wasser kalt wird, und dann schlüpft ins Bett. Connor spricht gerade mit seinem Onkel, um alles zu klären. Ruht euch aus.«

Rosalyn umarmte sie und ging.

Cate zog ihren Seidenpyjama aus und ließ sich in den Bottich gleiten. Für die ausnahmslos großen Mitglieder dieser Familie musste das kleine Ding extrem unbequem sein, aber für sie, Cate, hatte es genau die richtige Größe.

Das Wasser war warm, und die Seife duftete nach Lavendel. Während Cate sich in herrlicher Ruhe den Reiseschmutz abwusch, ließ sie die Begegnung in der Großen Halle Revue passieren. Niemand, der sie kannte, hätte ihr einen solchen Auftritt zugetraut, und sie errötete im Nachhinein vor Verlegenheit.

Dann dachte sie an Connor. Wie er da mit der Hand auf dem Griff seines Schwertes gestanden hatte, war er die Verkörperung eines Kriegers aus alter Zeit gewesen. Cate schüttelte über sich selbst den Kopf: Connor *war* ein Krieger aus alter Zeit!

In Gedanken an ihn lächelnd, spülte sie die Seife aus

ihren Haaren. Als sie aus dem Zuber stieg und sich in das Handtuch wickelte, fühlte sie sich wesentlich besser. Das Nachthemd war viel zu lang, aber im Bett konnte sie gemütlich die Füße hineinwickeln.

Auf dem Weg in den Schlaf sah sie im Geist wieder Connor kampfbereit in der Großen Halle stehen und empfand erneut das Gefühl von Sicherheit, das er ihr mit seinen starken Armen vermittelt hatte. Das hatte sie auch letzte Nacht im Wald empfunden. Mit all diesen Eindrücken war die Erinnerung an seinen Kuss verwoben, die leichte Berührung ihrer Lippen durch die seinen. Es war eine berauschende Mischung.

6

Als Cate aus ihren Träumen erwachte, die von ungewöhnlich blauen Augen und ungewöhnlich starken Armen beherrscht wurden, und sich streckte, stießen ihre Füße gegen etwas Warmes, Struppiges.

Verblüfft setzte sie sich auf. »Wolf! Wie bist du denn reingekommen?« Der Hund sah sie freundlich an und kratzte sich gemächlich.

»Ich habe ihn hereingelassen. Er hatte so herzzerreißend vor Eurer Tür gewinselt. Das ist allerdings merkwürdig. Er ist bisher nie in die Burg gekommen, wenn Connor sich hier aufhielt.«

Cate war beim ersten Wort herumgefahren und hatte eine junge Frau mit einem dicken blonden Zopf über der Schulter in einem der Stühle am Feuer sitzen sehen. Eine jüngere Ausgabe von Rosalyn.

Die junge Frau stand auf, kam herüber, schob Wolf beiseite, setzte sich aufs Bett und zog die nackten Füße unter sich.

»Ich bin Mairi«, sagte sie und betrachtete Cate neugierig. »Und Ihr sollt Connors Frau werden, ja?«

Das also war seine Schwester. Auch sie hatte diese unglaublich blauen Augen.

»Ich bin Cate.« Sie streckte ihr die Hand hin.

»Ich werde Euch nicht die Hand küssen«, sagte Mairi ablehnend. »Sie haben mich schon gewarnt, dass Ihr Euch wie eine Königin benehmt.«

Cate ließ ihre Hand sinken. »Ich hatte nicht erwartet, dass Ihr sie küsst. Wo ich herkomme, geben wir einander die Hand zur Begrüßung.«

»Dann stimmt es also«, sagte Mairi mit leuchtenden Augen. »Ihr kommt aus *Outremer*. Oh, ich würde auch gerne in ferne Länder reisen und Abenteuer erleben! Ihr müsst mir alles über Euch erzählen.« Sie zog die Beine an, schlang die Arme darum und schaute Cate erwartungsvoll an.

Die Situation erinnerte Cate an eine Pyjamaparty. Alles, was fehlte, war ein Erwachsener, der sie ermahnte, leiser zu sein.

Wie aufs Stichwort klopfte es an der Tür, und Rosalyn trat, wiederum mit einem Arm voll Tüchern, ein.

»Mairi! Was tust du denn hier, Mädchen?«, schalt sie, doch ihre Augen lächelten.

Mairi setzte sich ordentlich hin. »Ich wollte sie unbedingt sehen. Ich hätte nicht gedacht, dass ich einmal eine Schwester bekommen würde. Connor sagte doch immer, er würde nie heiraten.« Mit blitzenden Augen setzte sie hinzu: »Ich wollte mit eigenen Augen sehen, wie eine ›ausländische Dirnenprinzessin‹ aussieht.«

»Anabella hat also schon mir dir darüber gesprochen.« Rosalyn schüttelte missbilligend den Kopf.

»Nein, Tantchen – Florie hat es mir erzählt.« Sie drehte sich Cate zu. »Florie ist eine Magd, aber ich mag sie sehr. Sie erzählt mir alles.« Wieder zu ihrer Tante gewandt, fuhr sie fort: »Sie sagt, Anabella hätte gestern Abend einen richtigen Wutanfall bekommen.« Sie strahlte vor Begeisterung. »Allein dafür werden Euch hier viele wohlgesinnt sein, Cate. Lasst Euch von dieser schrecklichen Frau nicht unterkriegen.« Sie schaute wieder zu ihrer Tante. »Florie sagt, Artair wäre noch schlimmer gewesen, er hätte gebrüllt, dass er seine Pläne einer ausländischen Dirne wegen nicht ändern würde.«

»Ich dachte mir schon, dass er nicht einfach aufgeben würde«, sagte Rosalyn.

Mairi lehnte sich nach hinten auf die Ellbogen. »Das ist doch ganz unwichtig, Tante. Gegen die Macht der Feen kann er nichts ausrichten, und das müsste er eigentlich wissen. Schließlich ist er dein Bruder.«

»Er schien gestern Abend wirklich sehr wütend zu sein«, warf Cate ein.

»Ja, das war er«, bestätigte Rosalyn. »Aber er wird schon zur Vernunft kommen. Doch bis es so weit ist, sollten wir Augen und Ohren offen halten.«

»Genau deshalb bin ich hier.« Mairi lächelte schelmisch. »Um zu berichten, was ich gehört habe. Und um meine neue Schwester in Augenschein zu nehmen.«

»Es ist ganz gut, dass du hier bist, Kind. Wir haben heute viel zu tun. Cate muss die Gewänder anprobieren, und du kannst sie dann zu Beitris hinunterbringen, damit die Mädchen sie ändern.« Rosalyn musterte Cate, die aus dem Bett gestiegen war, prüfend. »Sie sind bestimmt alle viel zu lang.«

»Das glaube ich auch«, meinte Mairi. »Sie ist ja so klein.«

Cate seufzte. Typisch ihr Glück: Nicht genug, dass sie in eine andere Zeit entführt worden war, man hatte sie auch noch an einen Ort gebracht, wo die Frauen an Amazonen erinnerten. Sie waren fast so groß wie Connor. Wieder erschien das Bild von ihm vor ihrem geistigen Auge, wie er in der Großen Halle drohend seinem Onkel gegenübertrat. Gestern war sie mit diesem Bild eingeschlafen, und jetzt sah sie es schon wieder. Jeder ihrer Gedanken schien zu ihm zu führen. Die vertraute Wärme stieg ihr ins Gesicht.

»O nein, Cate, macht Euch keine Sorgen. Es ist keine Mühe, die Sachen zu ändern.«

Cate war froh, dass Mairi ihr Erröten falsch interpretiert hatte.

Zu dritt begannen sie die Kleidungsstücke zu sichten und die in Frage kommenden zum Ändern zurechtzulegen. Schließlich fanden sie sogar ein Kleid und Unterkleid, das Cate, über einem Gürtel geschoppt, auch ohne Kürzen tragen konnte.

Mairi verschwand mit einem Arm voll Arbeit für die Näherinnen, und Rosalyn begann, Cates Haare zu flechten.

»Ist es nicht Zeitverschwendung, all diese Kleidungsstücke zu ändern?«, fragte Cate. »Ich bin doch nur ein, zwei Tage hier.«

Rosalyn hielt mitten in der Bewegung inne, antwortete jedoch nicht.

Cate wurde misstrauisch. »Ist es nicht so?« Sie drehte sich um. Connors Tante vermied es, ihrem Blick zu begegnen. »Das kann nicht wahr sein!«, fuhr Cate auf.

»Wir haben etwas außer Acht gelassen«, gestand Rosalyn unbehaglich. »Das Aufgebot muss verlesen und die Dörfler und Pächter müssen eingeladen werden.«

Als Cate etwas sagen wollte, nahm Rosalyn ihren Kopf

zwischen die Hände und drehte ihn nach vorne, um mit ihrer Arbeit fortzufahren. »Wir gehen gleich hinunter und reden mit Connor. Dann kann er Euch alles erklären.«

Es hatte keinen Sinn, die Frage vor sich herzuschieben. »Wie lange?«

»Nicht lange. Sobald alles seine Ordnung hat, findet die Hochzeit statt.«

»Über wie viel Zeit reden wir? Drei, vier Tage?«

Das wäre nicht so schlimm. Angesichts des Speisenangebots wurde ihre Sehnsucht nach einem Abstecher zu Taco Bell zwar zusehends größer, aber andererseits könnten ihr ein paar weitere Tage hier bei der Lösung ihres Zehnpfundproblems helfen.

Doch Mairi hatte acht oder neun Kleidungsstücke und Ärmelschoner zum Ändern gebracht, und Rosalyn antwortete schon wieder nicht.

»Rosalyn?«

»Also gut«, sagte Connors Tante unwillig, während sie Cates Zopf mit dem Stück Stoff zuband, das Cate vorher benutzt hatte. »Das Aufgebot muss an drei aufeinanderfolgenden Sonntagen in der Kirche verlesen werden.«

Cate fuhr herum. »Drei Wochen!«, rief sie mit überschnappender Stimme. »Ich kann doch nicht drei Wochen hierbleiben!«

»Ihr könnt erst nach der Hochzeit gehen. Diese Bedingung habt Ihr selbst gestellt, als Ihr am Clootie-Wasserfall zu den Feen gesprochen habt. Erinnert Ihr Euch nicht mehr? Ihr habt darum gebeten, gut nach Hause gebracht zu werden, nachdem Ihr Eure Aufgabe erfüllt habt. Der Zauber wird erst dann in Kraft treten.«

»O nein.« Nicht drei Wochen in diesen Mauern! »Nein, nein, nein.« Sie erhob sich von dem Stuhl, auf dem sie gesessen hatte, und begann, auf und ab zu gehen. Es musste einen Ausweg geben. Dazu hatte sie nicht zugestimmt.

»Wo ist Connor?«

Connor war nicht vorbereitet auf die geballte Wut, die in das von der Sonne beleuchtete hochliegende Zimmer gestürmt kam, in dem er wartete. Cate bot in dem blauen Kleid, unter dem an Ärmeln und Hals weiß das Unterkleid hervorspitzte, zwar den Anblick eines wohlerzogenen Edelfräuleins, doch das Bild wurde in dem Moment zerstört, als sie den Mund öffnete.

»Drei Wochen?«, fauchte sie ihn mit funkelnden Augen an. »Habt Ihr nicht gesagt, ich werde umgehend zurückgebracht?« Sie baute sich vor ihm auf, stemmte einen Arm in die Seite und stach mit dem Zeigefinger der anderen Hand auf seine Brust ein. »Ihr habt mich angelogen!«

Connors Miene verfinsterte sich. Niemand sprach in diesem Ton mit ihm. »Lasst uns allein«, befahl er.

Duncan verließ augenblicklich den Raum, aber Rosalyn blieb in der Tür stehen.

»Es ziemt sich nicht, dass Ihr beide hier allein seid«, argumentierte sie, doch Connor ließ den Einwand nicht gelten.

»Hinaus!«, bellte er, und Rosalyn ließ hinter sich die Tür ins Schloss fallen.

Wütend starrte er auf Cate hinunter. Wütend starrte sie zu ihm hinauf.

»Ich lüge nicht. Nie.«

»Natürlich nicht. Alle Männer sind ehrlich.« Ihre Stimme troff von Sarkasmus. »Ich bleibe nicht drei Wochen hier! Auf keinen Fall!« Wieder stach sie auf seine Brust ein, um ihren Worten Nachdruck zu verleihen.

Er fing ihre Hand ein und drückte sie auf sein heftig klopfendes Herz. Aus irgendeinem Grund war es ihm ungeheuer wichtig, dass Cate ihm glaubte, was er ihr zu sagen hatte.

»Ich bin nicht ›alle Männer‹. Ich bin ich, und ich lüge nicht. Ich habe Euch versprochen, dass Ihr nach der Hochzeit heimkehren werdet, und so wird es geschehen. Aber damit wir heiraten können, muss an drei aufeinanderfolgenden Sonntagen das Aufgebot verlesen werden. Artair besteht auf dem alten Brauch.«

»Alter Brauch? Was ist, wenn wir per Handschlag heiraten? Ich habe gelesen, dass das hier ein alter Brauch ist.«

Sie mochte ja allerhand gelesen haben, aber sie hatte noch eine Menge zu lernen über alte Bräuche. Er würde gleich mit dem Unterricht beginnen.

»Heirat durch Handschlag ist zwar ein alter Brauch, aber nach einem Jahr wären wir wieder frei, wenn wir das wollen, und dafür wird der König mich nicht aus seinen Diensten entlassen.« Er hob ihr Kinn mit dem Finger seiner anderen Hand an und schaute Cate in die Augen. »Vier Wochen. Drei Sonntage für das Aufgebot und dann die Hochzeit. Ich muss darauf bestehen. Aber danach werdet Ihr heimgebracht. Es sind nur vier Wochen, aber sie sind entscheidend für Mairis Zukunft. Ich kann nicht zulassen, dass sie mit einem Mann verheiratet wird, den sie nicht liebt.«

Cates Kampfgeist erlosch, und sie senkte den Kopf. Sie versuchte nicht, Connor ihre Hand zu entziehen, und er ließ sie nicht los. Als sie den Kopf hob, sah er Cates Augen glänzen.

»Ihr wollt mich doch wohl nicht mit Tränen erweichen, oder?«, sagte er. Ein beliebtes Mittel der Frauen, ihren Willen zu bekommen, aber er würde hart bleiben. Er umfasste mit der anderen Hand ihr Kinn und schaute sie eindringlich an. Sie musste begreifen, was auf dem Spiel stand.

Sie atmete tief ein, und dann kehrte die Cate zurück, die er kannte.

»Also schön. Vier Wochen. Keinen Tag länger. Abgemacht?«

»Abgemacht. Vier Wochen. Das Aufgebot wird gleich morgen zum ersten Mal verlesen. Wir werden zusammen zum Gottesdienst gehen, um uns zu vergewissern.«

Plötzlich wurde ihm bewusst, dass er noch immer ihre Hand hielt. Hastig gab er sie frei und ging ans andere Ende des Raumes, schuf Abstand zwischen ihnen.

Cate strich sinnend mit dem Daumen über die Hand, die er so lange gehalten hatte.

»Habe ich Euch weh getan?« Er hatte geglaubt, er hätte sie ganz sanft umfasst.

»Was?«, fragte sie, als wüsste sie nicht, was er meinte. »Nein, nein«, antwortete sie dann. »Es ist alles in Ordnung. Ich habe nur … es ist alles in Ordnung.« Sie bemerkte, was sie mit ihrem Daumen tat, und verbarg ihre Hände hinter dem Rücken.

Ah, da war sie wieder, die zarte Röte, die ihr ins Gesicht stieg. Connor musste zugeben, dass dieses Schauspiel ihm gefiel.

Er räusperte sich, um sie zu veranlassen, wieder aufzuschauen. »Heute Abend gibt es zur Feier unserer Verlobung ein Fest.«

»Ein Fest? Ich hatte nicht erwartet, dass Eure Familie Eure Verlobung mit der dreckigen, kleinen Heidin feiern würde.«

»Ja, sie waren wirklich nicht sehr entgegenkommend gestern Abend.« Connor schüttelte den Kopf. »Aber wir haben uns später geeinigt.« Natürlich hoffte sein Onkel, dass sich innerhalb der Aufgebotsfrist doch noch eine Möglichkeit für die Verwirklichung seines Plans ergeben würde, aber da hoffte er vergebens. Die Hochzeit würde stattfinden, der König würde ihn, Connor, entlassen, und er wäre frei, um über Mairi zu wachen.

»Jedenfalls tut es mir leid, dass ich so unhöflich zu Euren Verwandten war. Ich war erschöpft, und sie waren … nicht, was ich erwartet hatte.«

»Ihr habt keinen Anlass, Euch zu entschuldigen. Eure Worte haben uns allen zu denken gegeben.« Er kam zu ihr zurück und reichte ihr den Arm. »Darf ich Euch jetzt zu einem Rundgang einladen, damit Ihr einen Eindruck gewinnen könnt? Das wollte ich schon vor unserer kleinen Auseinandersetzung tun.«

»Eine gute Idee.« Sie nahm seinen Arm und lächelte zu ihm auf.

Diese Frau hatte etwas Unschuldiges, was ihn völlig entwaffnete, und es fiel ihm schwer, sich vor Augen zu halten, dass Frauen vor nichts zurückschreckten, um ihren Willen zu bekommen.

Und dass Connor MacKiernan sich nie wieder von einer Frau täuschen lassen würde.

7

»Beruhige dich, Vater.« Blane streckte die Hand nach ihm aus, ließ sie unter dem vernichtenden Blick jedoch sinken.

Artair starrte seinen älteren Sohn an. Begriff er nicht, worum es ging? »Ich soll mich beruhigen?«, wiederholte er wütend. »Wie könnte ich? Es gilt, schnellstens eine Möglichkeit zu finden, Connors Hochzeit mit dieser ausländischen Hure zu verhindern.« *Muss nachdenken. Muss nachdenken.* In seinem Kopf überschlugen sich die Gedanken, und wieder einmal spürte er einen pochenden Schmerz hinter seiner Stirn kommen. *Nicht jetzt. Nicht jetzt.*

»Lass die beiden doch heiraten. Es wird uns etwas anderes einfallen. Die Idee, Mairi mit dem MacPherson zu vermählen, hat mir nie gefallen.«

»Nein!«, brüllte Artair. »Der Handel ist abgeschlossen. Ich kann ihn nicht mehr rückgängig machen.« Blane, der Sohn, der eines Tages als Laird in seine Fußstapfen treten würde, hatte allen Grund, die Durchführung dieses Plans zu unterstützen. »Bedenke, du würdest alles verlieren, wenn Connor mir meine Position als Laird streitig machte.«

»Connor hat mir schon so oft gesagt, dass ihm nicht daran gelegen sei, Oberhaupt des Clans zu werden.«

»Pah!«, spuckte Artair. »Glaube nie den Worten eines

Feindes, Sohn. Niemals.« Und Connor war der Feind, davon war er überzeugt. »Zuerst will er den MacPherson gegen mich aufbringen, indem er ihm Mairi vorenthält, und dann, wenn ich keine Verbündeten mehr habe, erklärt er mir den Krieg, um mir alles zu nehmen.« *Alles. Ich werde alles verlieren.* Nach allem, was er für seinen undankbaren Neffen getan hatte. Und jetzt fiel ihm auch noch sein Sohn in den Rücken. Anstatt ihm zu helfen. »Du musst etwas unternehmen.«

»Was erwartest du von mir, Vater?«

»Dass du diese Hochzeit vereitelst. Wenn er nicht heiratet, muss er an den Königshof zurück, und alles wird gut. Wir haben vier Wochen Zeit, Blane. Nutze sie.«

»Wie du wünschst, Vater.« Blane deutete eine Verbeugung an und entfernte sich.

Sollte Connor sich ruhig in Sicherheit wiegen. Blane würde schon etwas einfallen.

Und wenn nicht – es gab auch andere Möglichkeiten.

8

Cate war nervös. Sie wartete schon mindestens eine halbe Stunde darauf, zu dem Fest in der Großen Halle abgeholt zu werden. Inzwischen wünschte sie beinahe, sie hätte zugestimmt, zusammen mit Mairi oben in Anabellas Gemach auf Connor zu warten, doch die Vorstellung, dieser Frau ohne ihn an ihrer Seite gegenüberzutreten, hatte sie davon abgehalten. Jetzt jedoch erschien ihr die Warterei beinahe ebenso schlimm.

Wieder strich sie sich die Haare glatt und fragte sich bestimmt zum zehnten Mal, ob sie vielleicht einen Fehler gemacht hatte. Rosalyn und Mairi hatten ihr Haar in Zöpfen hochstecken wollen, und sie hatte sich erfolgreich mit dem Argument dagegen verwahrt, dass sie nicht mit einem Vogelnest auf dem Kopf bei ihrer Verlobungsfeier erscheinen wolle.

Stattdessen hatte sie ihre Haare offen herunterfallen lassen, nur an den Seiten jeweils eine Strähne über das Ohr nach hinten gelegt und beide Strähnen mit dem Stoffstreifen zusammengebunden, dem einzigen Haarschmuck, der ihr hier zu Verfügung stand.

Der nächste Streitpunkt war die Kopfbedeckung mit dem albernen Kinnband, die die Frauen ihr aufzwingen wollten. Cate verweigerte auch diese. Sie kam aus einem fremden

Land, und die Leute hier würden akzeptieren müssen, dass sie andere Vorstellungen hatte.

Sie hätte viel für einen Spiegel gegeben. Das Leinenunterkleid fühlte sich merkwürdig auf der Haut an. Was den BH anging – der Mairi unendlich faszinierte –, hatte sie sich schließlich bereit erklärt, darauf zu verzichten, ihn zu tragen, da man bei dem Schnitt des smaragdgrünen Kleides die Träger gesehen hätte.

Zum x-ten Mal strich Cate über das reichbestickte Gewand aus weicher Wolle. Sie versuchte, sich einzureden, dass es ihr nicht auf Connors Meinung über ihr Aussehen ankam, sondern sie einen guten Eindruck auf die Leute machen wollte, die sie gestern Abend kennengelernt hatte, doch sie nahm es sich nicht ab. Sie wollte *für ihn* gut aussehen.

»Ganz schön blöd, Cate. Er ist auch bloß ein Mann.«

Und wie alle Männer war er, was die Wahl seiner Ehefrau anging, nur auf seinen Vorteil bedacht. Connor wollte sie nur heiraten, um mit ihrer Hilfe seine Schwester vor der Heirat mit einem ungeliebten Mann zu bewahren. Zugegebenermaßen ein nobles Motiv, aber einzig und allein *seine* Angelegenheit. Sie, Cate, war ausschließlich Mittel zum Zweck. Austauschbar.

Ein leises Klopfen schreckte sie aus ihren Gedanken auf. Sie strich sich ein letztes Mal über Haare und Kleid und öffnete die Tür.

»Guten Abend«, sagte Connor mit einer leichten Verbeugung.

Er sah atemberaubend aus. Das sein Gesicht in weichen Wellen umrahmende Haar betonte die markanten Züge und faszinierenden Augen. Es juckte Cate in den Fingern, den kleinen Zopf hinter sein Ohr zu schieben. Connor trug ein hochgeschlossenes weißes Leinenhemd und wie üblich ein Plaid, den oberen Teil des gegürteten Überwurfs über der linken Schulter drapiert, aber dieses Plaid war offensichtlich neuer als das, mit dem sie ihn bisher gesehen hatte, denn die Farben leuchteten intensiver. Eine Smaragdnadel schmückte es an der Schulter.

Cates Blick glitt nach unten, und unwillkürlich schoss ihr die alte Frage durch den Kopf, was die Schotten unter dem Kilt trugen.

Er räusperte sich, und als sie hochschaute, lächelte er, als hätte er ihre Gedanken gelesen.

Wieder stieg die grässliche Hitze von ihrem Hals auf. Verzweifelt suchte Cate nach Worten, um ihr Erröten zu überspielen. »Ich hoffe, es macht Euch nichts aus, mich in meinem Zimmer abzuholen. Immerhin ziemt es sich nicht, dass Ihr Euch in meinem Schlafgemach aufhaltet. Eure Schwester bot mir an, im Gemach Eurer Tante auf Euch zu warten, aber ich wollte nicht ohne Euch mit ihr zusammentreffen.«

Sie presste die Lippen aufeinander, um ihr Geplapper zu stoppen, und musste sich gewaltsam davon abhalten, wieder über ihr Kleid zu streichen.

»Ich war schon einmal in Eurem Schlafgemach.« Dieses Lächeln! Cates Herzschlag setzte für eine Sekunde aus. »Aber warum wäre Rosalyns Gesellschaft Euch zuwider gewesen?«

»Ich sprach von Eurer Tante Anabella.«

Sein Gesicht bekam einen harten Ausdruck, und sein Körper versteifte sich. »Anabella ist nicht meine Tante. Sie ist die Frau meines Onkels, mehr nicht.«

»Ich denke, wir sollten hinuntergehen«, wechselte Cate das ihm offensichtlich unangenehme Thema. »Ich bin so weit.«

»Nein, es fehlt noch etwas.« Connor trat an ihr vorbei ins Zimmer und sah sich suchend um. »Ah, da ist es ja.« Er durchquerte den Raum und nahm die Kette, die ihn zu ihr geführt hatte, von der Truhe neben dem Bett. »Ihr habt Euer Verlobungsgeschenk nicht angelegt.«

Er trat hinter sie, um ihr die Kette umzulegen, und Cate hob ihre Haare an, damit er den Verschluss im Nacken schließen könnte.

»*Jetzt* seid Ihr so weit.« Er legte leicht die Hände auf ihre Schultern.

Cate spürte es bis in die Zehenspitzen. Ein Zittern durchlief sie. Wo er sie berührte, schien ihre Haut zu glühen.

Langsam senkte sie den Arm. Connors eine Hand kam nach vorne und umfasste den Anhänger. Cate stockte der Atem.

»Dieser Stein wird allen zeigen, wer und was Ihr seid«, sagte er leise mit rauher Stimme.

»Und wer *bin* ich?«, hörte sie sich atemlos fragen.

Connor ließ sie los und trat ihr gegenüber. »Die Verlobte von Connor MacKiernan.«

Er berührte die Nadel an seiner Schulter. Der Stein glich ihrem Anhänger aufs Haar. Einen Moment lang dachte sie, Connor würde sie küssen, doch er tat es nicht.

Stattdessen bot er ihr seinen Arm, und sie ließ sich in die Große Halle hinuntergeleiten. Ihre andere Hand glitt zu ihrer Kette hinauf. Ihr »Verlobungsgeschenk« und seine Nadel schienen ein Set zu sein. Wie war das möglich? Verstohlen betrachtete sie das reizvolle Profil des neben ihr hergehenden Mannes und fragte sich, ob er ihr diese Frage wohl beantworten würde. Immerhin war sie jetzt gewissermaßen ein Teil dieser Geschichte.

Während im Hintergrund Musik spielte, trugen Diener einen Gang nach dem anderen auf. Einiges war sogar recht schmackhaft. Das Einzige, was Cate wirklich bemängelte, waren die Getränke. Diese Leute tranken von morgens bis abends Alkohol zum Essen. Zwar war ihr auf ihren Wunsch hin bisher Wasser gebracht worden, aber den Blicken nach hielt man sie für verrückt.

Heute Abend jedoch war die Dienerschaft derart im Stress, dass Cate keine Sonderwünsche zu äußern wagte und sich, vor die Wahl zwischen Ale und gewürztem Wein gestellt, für den Letzteren entschied. Der allerdings war, obwohl mit Honig gesüßt, so sauer, dass sich ihr Magen zusammenzog, und er wirkte auch in keiner Weise beruhigend.

Cate saß natürlich mit an der hohen Tafel, zwischen Connor und Rosalyn. Artair und Anabella, denen sie bis zum Essen erfolgreich aus dem Weg gegangen war, saßen weiter unten in der Mitte an dem langen Tisch. Überall in der Halle waren Tische aufgestellt worden, an denen gutgelaunte Menschen saßen. An einem in der Nähe des Eingangs hatte sie Duncan entdeckt.

Cate fühlte sich angesichts der neugierigen Blicke wie ein Insekt in einem Schaukasten und dementsprechend unbehaglich. Zweifellos auch das Hauptthema der Gespräche zu sein tat ein Übriges. Connor hatte seit dem Beginn des

Festmahls kein Wort mit ihr gesprochen, ignorierte sie völlig. Das war ihr nach seinem vorherigen Verhalten absolut unbegreiflich.

Eigentlich sollte es ihr nichts ausmachen, aber es kränkte sie. Noch schlimmer war, dass sie nicht wusste, was sie mehr irritierte: seine mangelnde Aufmerksamkeit oder ihre Reaktion darauf.

Im Moment unterhielt er sich angeregt mit dem jungen Mann zu seiner Linken, bei dem es sich, wie Rosalyn ihr erklärt hatte, um seinen Cousin Lyall handelte. Rosalyn war von der Tafel aufgestanden und sprach unten in der Halle mit Duncan. Mairi war nirgends zu sehen.

Cate war heiß, sie hatte Durst und fühlte sich verlassen. Wenn sie nicht aufpasste, würden ihr die Nerven durchgehen. Sie musste sich unbedingt beruhigen.

Sie erinnerte sich an den Söller abseits der Halle, den sie auf ihrem Rundgang mit Connor gesehen hatte. Frische Luft würde ihr bestimmt guttun.

Nachdem sie zum Seitenausgang hinausgeschlüpft war, ging Cate bis an die Brüstung des Austritts, lehnte sich darüber und atmete tief die kühle Abendluft ein, die nach dem Wald duftete, der sich jenseits des Scheins der Fackeln, am Fuß der Burg erstreckte. Genau das hatte sie gebraucht.

Sie begann sich gerade zu entspannen, als sich plötzlich von hinten ein Arm um ihre Taille schlang. Erschrocken wirbelte sie herum und sah sich Auge in Auge mit dem jungen Mann, der gestern Abend neben Artair gesessen hatte.

Er trat zurück und hob die Hand, um ihrem Protest zuvorzukommen. »Ich wollte Euch nicht erschrecken, Cousine, aber ich fürchtete, Ihr würdet über die Brüstung fallen.« Sein Lächeln erreichte seine Augen nicht.

»Cousine?« Sie entfernte sich von der Brüstung, jedoch nur einen Schritt nach vorne und zur Seite, um dem Mann nicht zu nahe zu kommen. Er hatte etwas an sich, was ihr Unbehagen bereitete.

»Blane MacKiernan.« Er neigte leicht den Kopf. »Ältester Sohn von Artair, Laird der MacKiernans. Falls Ihr Connor heiratet, werdet Ihr meine Cousine.«

Er musterte sie, als wolle er ihre Reaktion auf ihn abschätzen.

»Ihr meint, *wenn* ich ihn heirate – nicht *falls*.«

Er lächelte dünn. »So, wie Ihr gestern Abend gesprochen habt, scheint Ihr eine ungewöhnlich kluge Frau zu sein.« Wieder hielt er inne, um sie zu mustern. »Ich habe Euch einen Vorschlag zu machen, den Ihr, wie ich glaube, vernünftig finden werdet.«

»Einen Vorschlag?«, fragte sie misstrauisch.

»Ich schlage Euch vor, anstatt meinen Cousin zu heiraten, *meinen* Antrag anzunehmen.«

Wieder dieser prüfende Blick.

»Was?« Cate rang sich ein Lachen ab. »Wäre das Eurem Cousin gegenüber nicht ausgesprochen niederträchtig?«

Blane zuckte mit den Schultern. »Er ist ein erwachsener Mann. Er würde es überleben.« Spöttisch verzog er den Mund. »Anabellas Zurückweisung hat er schließlich auch überlebt.«

Sie war die Verlobte gewesen, die einen anderen Mann geheiratet hatte? Das erklärte Connors Haltung ihr gegenüber. »Sie hat ihn gegen seinen eigenen Onkel getauscht?«

»Das wusstet Ihr nicht? Sie mag verwöhnt sein und launisch, aber sie ist nicht dumm. Mein Vater ist der MacKiernan, Oberhaupt des Clans. Er konnte ihr ein Leben in Wohlstand bieten. Connor ist nur ein Krieger. Was hätte sie von ihm erwarten können? Eine zerbröckelnde Burg und kein Vermögen. Sie hat eine kluge Wahl getroffen. Und die Möglichkeit biete ich Euch ebenfalls.«

»Wie konnte Euer Vater seinem Neffen das antun? Wusste er nicht, dass Anabella mit Connor verlobt war?« Das wäre die einzig vertretbare Entschuldigung.

»Natürlich wusste er es.« Wieder zuckte er mit den Schultern. »Aber mein Vater ist der Laird. Er wollte eine junge, schöne, willige Frau, und Anabella überlegte nicht lange.«

Blanes Gefühlskälte entsetzte sie.

»Ich fürchte, ich bin begriffsstutzig, denn ich verstehe nicht, weshalb Ihr mich heiraten wollt. Ihr kennt mich doch überhaupt nicht.«

Wieder dieses kalte Lächeln. Er trat auf sie zu und nahm sie bei den Oberarmen. »Ihr seid eine begehrenswerte Frau, eine Mischung aus natürlicher Schönheit und Klugheit. Allein das würde jedem Mann genügen.« Als er sich ihr entgegenneigte, entwand Cate sich seinem Griff, stieß ihn mit beiden Händen vor die Brust und wich bis zur Brüstung zurück.

Er war ein attraktiver Mann, groß, blond und muskulös. Viele Frauen würden sich von seinen sinnlichen Zügen angezogen fühlen. Er strahlte ein unerschütterliches Selbstvertrauen aus. Doch seine Arroganz war abstoßend, und er hatte etwas Einschüchterndes. Und Cate hatte das Gefühl, dass ihm nicht zu trauen war.

Er erinnerte sie an jemanden. An Richard. Abgesehen von der Statur und der Haarfarbe hatten sie äußerlich nicht viel gemeinsam, aber ihr Verhalten war identisch. Und sie hatten beide diesen Blick.

Plötzlich wurde ihr bewusst, dass sie die ganze Zeit nicht an Richard gedacht hatte und es jetzt nur tat, weil sie es mit einem Mann zu tun hatte, der ihr so unangenehm war, dass sie eine Gänsehaut bekam, wenn er sie berührte. Dieser Mann war mit Vorsicht zu genießen.

»Natürlich schmeichelt mir Euer Angebot, aber ich kann es nicht annehmen.« Sie versuchte zu lächeln, doch es gelang ihr nicht.

»Sehr unvernünftig«, schalt er und kam näher. »Connor wird nie Laird der MacKiernans werden – das werde *ich*.« Wieder das Lächeln. »Er mag in jungen Jahren angenommen haben, dass das sein Weg wäre, aber das Schicksal wollte es anders. Als sein Vater starb, wurde mein Vater Clanoberhaupt, und ich werde ihm nachfolgen.«

»Warum? Ihr sagt doch, ursprünglich sei Connors Vater der Laird gewesen. Warum ist er ihm dann nicht nachgefolgt?«

»Weil er damals noch ein Kind war.« Sein Blick wurde wieder prüfend. »Ihr seht also, ich bin die vernünftige Wahl. Ich kann Euch ein Leben bieten, wie er es nie können wird.«

»Das ist sehr interessant, Blane, aber es hat keinen Einfluss auf meine Entscheidung. Ich heirate Connor nicht wegen eines Titels oder eines Vermögens.«

»Ihr fühlt Euch doch hoffentlich nicht verpflichtet, weil Euer Vater durch Euch eine Schuld tilgen wollte? Er ist weit weg. Er wird nie erfahren, was aus Euch geworden ist. Ihr müsst das Beste aus Eurem Leben machen.«

Offenbar war Blane kein Mann, der leicht aufgab. Sie musste einen Grund finden, den dieser sture Kerl anerkannte. Liebe? Gute Idee. Da Männer davon nichts verstanden, konnten sie auch nicht dagegen argumentieren.

Cate atmete tief durch, um ihr wild klopfendes Herz zu beruhigen. »Vielleicht kann ich Euch erklären, warum meine Wahl unabänderlich ist. Ich habe Connor nicht erst bei meiner Ankunft hier kennengelernt. Als ich ihn zum ersten Mal sah, stand ich in meinem Schlafgemach.« Er war sichtlich gefesselt. »Es war meine eigene Entscheidung, ihm hierher zu folgen und ihn zu heiraten, nicht die meines Vaters. Mein Vater hätte mich nie zu einer Heirat gezwungen.«

Nichts davon war gelogen. Sie war sehr zufrieden mit sich.

Bis sie die Wut in Blanes Augen flackern sah. Cate presste sich gegen die Söllerbrüstung und begann, nervös mit ihrer Kette zu spielen.

Blane beobachtete ihre Finger. »Wenn ich Euch richtig verstehe, dann beruht Eure Entscheidung auf Liebe. Aber Connor wird Eure Gefühle niemals erwidern. Er ist nicht fähig zu lieben. Ihr werdet ein trostloses Leben führen.«

Sie zuckte wegwerfend mit den Schultern. »Es kümmert mich nicht, was er für mich empfindet – für mich zählt nur, was ich für ihn empfinde.«

»Gefühle sind ein schlechter Ratgeber. Eure Denkungsweise bestätigt wieder einmal, dass man Frauen nicht erlauben sollte, selbständig Entscheidungen zu treffen. Liebe ist kein Heiratsgrund. Eine Eheschließung ist ein Geschäft zwischen zwei Parteien, die jeweils etwas besitzen, was der andere haben will.«

Er streckte die Hand aus, umfasste den Anhänger und beugte sich vor.

Wieder befreite sie sich und versuchte, Blane wegzustoßen, aber diesmal rührte er sich nicht. Mit der Brüstung im Rücken hatte sie keine Möglichkeit zu entkommen.

Vorhin in ihrem Gemach war Connor einen Moment lang versucht gewesen, schwach zu werden, sich Cate als seine wahre Verlobte vorzustellen.

Als sie ihm – wie bei ihrer ersten Begegnung mit offen herabfallendem Haar – die Tür geöffnet hatte, hätte er schwören können, Verlangen in ihrem Blick zu sehen. Und als er die Hände auf ihre Schultern legte und sie erbeben spürte, fragte er sich, was er wohl in ihrem Blick sehen würde, wenn er sie jetzt zum Bett trüge und bei ihr bliebe.

Doch er war zur Vernunft gekommen. Es fiel ihm nicht leicht, und von dem Moment an, da sie miteinander die Große Halle betraten, wahrte er sicherheitshalber Abstand zu ihr. Und es half.

Bis sie den Raum verließ.

Kurz nachdem sie durch die Seitentür auf den Söller hinausgeschlüpft war, sah er seinen Cousin folgen. Dass er, Connor, den beiden nachging, tat er nur aus Besorgnis um sie. Jedenfalls redete er sich das ein.

Nachdem er lautlos die Tür hinter sich geschlossen hatte, konnte er, trotz der äußerst spärlichen Beleuchtung, Cate mit seinem Cousin schäkern sehen. Sie ging sogar so weit, die Hände an seine Brust zu legen! Na und? Sollte sie doch tun, was sie wollte. Es kam ihm nur darauf an, dass sie ihr Versprechen hielt, ihm bei der Rettung seiner Schwester zu helfen. Sobald sie ihre Aufgabe erfüllt hätte, könnte sie in ihre Zeit zurückkehren und sich mit Männern amüsieren, solange sie Lust hatte.

Als er näher schlich, stellte die Situation sich ihm völlig anders dar. Cate erinnerte ihn an ein verängstigtes Reh, als Blane den Anhänger umfasste und sich in der offensichtlichen Absicht vorbeugte, Cate zu küssen.

Sie hatte Blane nicht liebkost – sie hatte ihn wegstoßen wollen.

Connor musste alle Selbstherrschung aufbieten, um sich nicht auf seinen Cousin zu stürzen und ihm seine Faust in das hübsche Gesicht zu rammen.

»Ich hoffe, ich störe nicht«, sagte er höflich und trat in das Licht der Fackel.

»Connor!«, rief Cate erleichtert. Sie wollte zu ihm, doch Blane hielt noch immer den Anhänger in der Hand.

»Blane?« Connor warf einen vielsagenden Blick auf die Hand seines Cousins.

»Ich habe nur gerade dein Geschenk für deine reizende Verlobte bewundert. Ist dir aufgefallen, dass der Stein die Farbe ihrer Augen hat?« Lächelnd ließ er den Anhänger los und trat zurück.

»Ja, das ist mir aufgefallen, Cousin«, antwortete Connor zähneknirschend und wandte sich Cate zu. »Ich bringe Euch Euren Umhang – die Abendluft ist kühl.«

Sie schenkte ihm einen dankbaren Blick, als er ihr den Mantel umlegte. Als er sie zittern spürte, war er erneut versucht, seinem Cousin ins Gesicht zu schlagen, doch er beherrschte sich. »Kommt, lasst uns wieder ins Warme gehen.«

»Hat diese Kette nicht deiner Mutter gehört?« Blane lächelte, beobachtete Connor dabei jedoch scharf. »Ich hätte nicht gedacht, dass du deine Auserwählte einmal mit etwas aus dem Besitz deiner Mutter schmücken würdest.«

Blane wollte ihn reizen, aber er würde sich auf keinen Kampf einlassen. Er musste an Cate denken. Schließlich hatte er versprochen, sie zu beschützen. »Wie du siehst, habe ich es getan. Ich werde mich mit dir nicht über meine Mutter oder meine Verlobte unterhalten.« Wieder unterdrückte er den Wunsch, seinem Cousin eine schlagkräftige Lektion zu erteilen. Er würde ihm stattdessen eine Warnung zukommen lassen – aus Anstand, denn immerhin waren sie von einem Blut.

»Ich danke dir, Cousin«, sagte er freundlich.

Blane war verwirrt. »Wofür?«

»Dass du in meiner Abwesenheit auf meine Verlobte geachtet hast, natürlich. Wäre sie allein gewesen, hätte sich vielleicht jemand an sie herangemacht. Und es wäre mir äußerst unangenehm, wenn sie auf dem Fest zu ihren Ehren mit ansehen müsste, dass ich jemanden töte, weil er seine Hände nicht von der Frau lassen konnte, die mir gehört.«

Blane neigte den Kopf. »Es war mir wie stets ein Vergnügen, dir von Nutzen sein zu können, Cousin.«

»Ich denke, wir gehen zurück zu den Gästen«, sagte Connor und bot Cate seinen Arm.

»Ihr wisst, dass er nicht bei mir war, um mich vor Zudringlichkeiten zu bewahren, oder?«, flüsterte sie, als er die Tür hinter ihnen schloss.

»Selbstverständlich.« Connor lenkte sie zu der Treppe, die zu den Gemächern hinaufführte. »Macht Euch keine Gedanken. Er wird Euch nicht noch einmal belästigen, denn er weiß jetzt, dass ich, was Euch angeht, nicht mit mir spaßen lasse.«

»Wohin gehen wir?« Sie schaute mit ihren unschuldigen Augen zu ihm auf, und er verspürte den überwältigenden Wunsch, sie in die Arme zu nehmen.

Energisch rief er sich zur Ordnung. Dass sie Blane zurückgewiesen hatte, bedeutete nicht, dass sie etwas für ihn, Connor, empfand. Sie wartete nur darauf, endlich wieder nach Hause zu kommen. Dass er sich von ihr angezogen fühlte, rührte allein daher, dass er sich das Vergnügen versagt hatte, sich seinen Cousin vorzunehmen. Sein Körper verlangte nach Entspannung, das war alles.

»Es ist schon spät, und wir müssen morgen früh aufstehen, wenn wir zum Gottesdienst gehen wollen. Ihr wollt doch hören, wie das Aufgebot verlesen wird, oder?« Als sie nickte, schob er sie auf die Treppe zu. »Ich werde Mairi suchen und Euch zur Gesellschaft nach oben schicken. Geht jetzt.« *War das Enttäuschung, was er da in ihren Augen sah?*

Sie stieg ein paar Stufen hinauf, drehte sich um und kam wieder so weit herunter, dass sie sich mit ihm auf gleicher Höhe befand.

»Danke, dass Ihr mein Ritter in schimmernder Rüstung wart.«

Ehe er sich's versah, beugte sie sich vor, nahm sein Gesicht in die Hände und küsste ihn leicht auf den Mund.

»Und dafür, dass Ihr mich vor dem blonden Drachen gerettet habt.«

Damit entschwand sie nach oben.

Connor war so beschäftigt damit, wie sich Cates Hände auf seiner Haut angefühlt hatten, dass er es gar nicht registrierte.

9

Cate ließ sich rückwärts aufs Bett fallen. Connors Ausdruck entschädigte sie für alle sie vielleicht morgen erwartenden Zumutungen. Sie hatte den Mann tatsächlich aus der Fassung gebracht!

Gespannt wartete sie auf Mairi, um mehr über ihn zu erfahren. Sie dachte daran, wie er sie als Ritter in schimmernder Rüstung vor dem unheimlichen Blane gerettet hatte – und an den Kuss auf der Treppe.

Wobei das nicht wirklich ein Kuss gewesen war. Eher ein Impuls ihrerseits – ohne jegliche Reaktion von seiner Seite. Wenn sie danach nicht gleich davongelaufen wäre … Vielleicht hätte er sie dann geküsst, wie er es vor ihrer gemeinsamen Zeitreise getan hatte. In Erinnerung daran strich sie sich mit der Fingerspitze über die Lippen.

Ein lautes Klopfen riss sie aus ihrem Tagtraum.

»Was ist los mit mir?«, murmelte sie, stand auf und ging zur Tür. Es war keine gute Idee, über Connor zu phantasieren. Hatte sie nicht gerade erst durch Richard einen Beweis für ihre mangelnde Menschenkenntnis erhalten? Sie würde nicht noch einmal den Fehler begehen, einen Mann zu idealisieren.

Mairi brachte einen Krug von dem gewürzten Wein mit, der bei dem Festmahl in Strömen geflossen war. Cate fand sogar den Geruch ekelhaft. Mairi hingegen schien das Getränk zu mögen. Und es machte sie redselig, was Cates Interessen sehr entgegenkam.

»Wollt Ihr wirklich nichts davon?« Mairi ließ sich auf dem Fell vor dem Kamin nieder.

»Nein, danke. Ich verstehe nicht, wie Ihr dieses Zeug trinken könnt.« Cate schnitt eine Grimasse. Mairi lachte schallend und streckte ihre nackten Füße Richtung Feuer.

Cate, die bereits im Nachthemd war, gesellte sich zu dem Mädchen. »Warum sehe ich Euch nie mit Schuhen? Besitzt Ihr keine?«

»Natürlich«, erwiderte Mairi indigniert. »Einen ganzen Haufen. Na ja – drei Paar.« Sie beugte sich herüber und sagte in verschwörerischem Ton: »Ich trage sie nie, weil es Anabella verrückt macht, mich barfuß zu sehen. Und inzwischen habe ich mich daran gewöhnt.« Sie wackelte mit den Zehen.

»Daraus schließe ich, dass Ihr Eure Tante nicht mögt.«

»Ich verabscheue diese Hure.« Mairi lehnte sich an den hinter ihr stehenden Stuhl. »Und ich tue alles, um ihr das Leben schwer zu machen.«

Sie zog eine Braue hoch.

Wie Connor, dachte Cate.

»Sie hat meinen Bruder gedemütigt, statt seiner meinen Onkel geheiratet.« Sie bebte förmlich vor Empörung. »Andererseits war es das Beste, was sie für Connor tun konnte, auch wenn er das nicht einsieht. Sie hat ihn nie geliebt. Sie liebt nur sich selbst und ihre feinen Kleider und ihre Stellung als Burgherrin.« Sie schaute eine Weile sinnend auf ihre nackten Zehen, wandte sich dann Cate zu und sah sie prüfend an. »Er braucht eine Frau, die ihn liebt.«

Ein Themenwechsel war angesagt. »Erzählt mir etwas über die hiesigen Hochzeitsbräuche, Mairi.«

»Das Aufgebot wird dreimal verlesen, damit jemand, der einen Einwand gegen die Heirat hat, diesen vorbringen kann. Nach dem dritten Verlesen macht das Brautpaar sich auf, um die Dörfler und Pächter zur Trauung und zum anschließenden Fest auf die Burg einzuladen.«

»Zu Fuß?«, fragte Cate.

Mairi lachte hellauf. »Nein, das würde zu lange dauern. Zu Pferde, natürlich.«

»Warum schicken sie keine Boten? Das ginge doch viel schneller.«

Und es wäre wesentlich angenehmer für Bräute, die sich vor Pferden fürchteten.

»Es ginge vielleicht schneller, aber der Brauch will es anders. So bekommt der Bräutigam Gelegenheit, den Leuten seine Auserwählte vorzustellen – wie sie aussieht, wie sie spricht, wie sie mit Menschen umgeht, wie gut sie reitet. Das hat mit dem männlichen Stolz zu tun.«

»Was ist, wenn sie, sagen wir, zum Beispiel nicht gut reiten kann?«, fragte Cate bang.

»Das wäre natürlich peinlich für den Bräutigam.« Mairi lachte in sich hinein.

Und wieder war Zeit für einen Themenwechsel.

»Wie alt seid Ihr, Mairi?«

»Ende nächsten Monats werde ich achtzehn. Dann will mein liebender Onkel mich verheiraten.«

Cate war überrascht. »Es scheint Euch gar nichts auszumachen, dass Ihr jemanden heiraten sollt, den Ihr nicht liebt.«

»Nicht liebt?« Mairi schnaubte. »Ich kann nicht einmal die Gegenwart des alten Bocks ertragen. Er stinkt, und die Mägde sagen, dass er seine Frauen schlägt. Drei hat er schon ins Grab gebracht.« Das Mädchen verlieh seinen Worten mit einem Nicken Nachdruck und trank einen Schluck.

»Das ist ja schrecklich. Habt Ihr keine Angst? Was ist, wenn es tatsächlich zu dieser Hochzeit kommt?«

Mairi lächelte auf eine Weise, dass Cate beinahe erwartete, dass das Mädchen herüberlangte und ihr den Kopf tätschelte.

»Das wird nicht geschehen, und deshalb muss ich auch keine Angst haben. Connor und Rosalyn, Duncan und Lyall werden es nicht zulassen. Sie haben mich immer beschützt.«

»Aber es ist hier doch üblich, dass Frauen gegen ihren Willen verheiratet werden, für gewöhnlich sogar viel jüngere, als Ihr es seid«, erinnerte Cate sich an ihr Geschichtsstudium. An Mairis Stelle wäre sie in Panik.

»Ja, schon, aber bei uns ist das anders. Rosalyn hat Euch die Legende erzählt, oder?« Cate nickte, und Mairi fuhr fort: »Ich besitze die Zauberkraft nicht – sie wird nur von Mutter an Tochter weitergegeben.« Sie lächelte schelmisch. »Wenn ich sie besäße, wüsste ich einige Leute, denen ich eine Lektion erteilen würde. Mein *Vater* besaß die Kraft, und so fließt, auch wenn ich sie nicht besitze, doch Feenblut in meinen Adern, und ich bin durch den Segen geschützt. Der Legende nach gibt es für jeden von uns nur eine wahre Liebe, und als Tochter der Feen habe ich Anspruch darauf, meine Wahl selbst zu treffen.«

»Aber wenn das so ist – warum ist Euer Onkel dann entschlossen, Euch einen Ehemann aufzuzwingen?«

»Es bei Rosalyn zu versuchen, würde er nie wagen, aber da ich die Tochter eines Sohnes bin und nicht die Tochter einer Tochter, glaubt er, den Fluch nicht fürchten zu müssen. Er hat hohe Schulden bei MacPherson und will sie durch mich tilgen. Ich wäre genauso wenig wert, wie er es ist, wenn ich ihn gewähren ließe.«

Sie hatte es kaum ausgesprochen, als ihre Augen sich weiteten und sie die Hand vor den Mund schlug. »Oh, Cate! Es tut mir leid. Ich wollte damit nicht sagen, dass Euer Vater und Ihr nichts wert seid! Rosalyn hat recht: Ich sollte denken, bevor ich rede.« Sie war am Boden zerstört. Dicke Tränen liefen ihr über die Wangen.

Cate, die das Mädchen ins Herz geschlossen hatte, konnte nicht zulassen, dass Mairi sich Vorwürfe wegen einer reinen Erfindung machte.

Sie nahm die Hände der jungen Frau in die ihren. »Ihr habt keinen Grund, Euch zu grämen, Mairi. Es ist nicht, wie Ihr denkt. Mein Vater hat mich nicht wirklich hergeschickt. Ich bin aus freien Stücken gekommen. Es war meine Entscheidung, Connor zu folgen. Mein Vater ist ein wundervoller Mann. Er würde mich niemals zu etwas zwingen.« Sie lachte. »Und wenn er es tatsächlich versuchen sollte, würden meine Brüder es nicht zulassen.«

»Ihr habt Brüder? Erzählt mir von ihnen.« Mairi entzog ihr eine Hand und trocknete sich damit die Wangen. »Wie viele sind es? Und wie sind sie so?«

»Sie sind, wie man sich ältere Brüder vorstellt. Manchmal ärgere ich mich über sie, weil sie alle drei glauben, besser als ich zu wissen, was gut für mich ist.«

Mairi nickte. »Wie Connor.«

»Aber sie lieben mich sehr. Sie würden alles tun, damit mir nichts geschieht und ich glücklich bin.«

Wieder nickte Mairi. »Wie Connor.«

Plötzlich wurde Cate klar, weshalb sie sich diesem jungen Mädchen so schnell verbunden gefühlt hatte. Obwohl sie in verschiedenen Welten lebten, hatten sie vieles gemeinsam. Sie waren behütet aufgewachsen und auf der Suche nach der wahren Liebe. Sie, Cate, hatte sich gerade davor bewahrt, einen Mann zu heiraten, den sie nicht liebte, und nun hatte sie die Gelegenheit, auch Mairi davor zu bewahren.

»Ich hatte ursprünglich auch drei Brüder.« Mairis Augen füllten sich erneut mit Tränen.

»Was ist aus den anderen geworden?«

»Dougal, der Älteste, fiel in der gleichen Schlacht wie mein Vater«, sie fuhr sich mit dem Handrücken über die Augen, »und Kenneth stürzte auf der Jagd vom Pferd und brach sich das Genick.«

»Das tut mir leid, Mairi. Waren sie Connor ähnlich?«

»Das kann ich nicht sagen. Als ich geboren wurde, waren mein Vater und Dougal bereits tot, und Kenneth sehe ich nur als großen, lachenden Jungen, der mich hochnahm und in die Luft warf.« Sie setzte sich aufrecht hin. »Connor sagt, die beiden waren stark und ehrlich, und wenn er das sagt, dann war es so. Ich zünde jedes Jahr an ihren Geburtstagen eine Kerze an, damit sie wissen, dass ich an sie denke.« Sie seufzte. »Nicht lange nach Kenneths Tod wurde Connor fortgeschickt, zur Ausbildung nach Britannien. Connor war wütend. Ich war damals noch klein, aber ich erinnere mich gut daran. Im Jahr darauf starb meine Mutter.«

»Dann hattet Ihr eigentlich nur Rosalyn.« Cate wollte

sich gar nicht vorstellen, ohne ihre Brüder aufgewachsen zu sein. »Aber sie war bestimmt gut zu Euch.«

»Ich könnte Rosalyn nie vergelten, was sie für mich getan hat. Sie war mehr eine Mutter für mich als eine Tante. Aber ich hatte ja auch noch Lyall, den Jüngsten von Artair. Während Connors Abwesenheit war *er* mein Freund und Beschützer. Er mag Anabella genauso wenig wie ich. Für ihn ist sie auch nur die Frau seines Vaters, und er findet, dass es ein großes Glück für Connor war, dass sie ihn nicht wollte. Lyall ist immer für mich da, wenn ich ihn brauche. Er will auch nicht, dass ich den MacPherson heirate.« Mairi trank wieder einen Schluck.

»Lyall ist also Blanes Bruder. Sind die beiden einander ähnlich?« Falls ja, würde Cate ihm nach Möglichkeit ebenfalls aus dem Weg gehen.

»Überhaupt nicht. Er ist mehr wie Connor. – Blane!« Mairi schüttelte angewidert den Kopf. »Er ist wie sein Vater! Und er tut alles, was sein Vater sagt. Und er trinkt zu viel. Es ist eine Schande, dass er der nächste Laird wird.«

Nach einer Weile nachdenklichen Schweigens sagte sie: »Eigentlich wäre Connor unser Clanoberhaupt. Aber dann fiel die Position Kenneth zu, den mein Onkel vertrat, bis er achtzehn wurde, und nach Kenneths Tod machte er sich zum Erben.« Sie beugte sich zu Cate und flüsterte: »Sie hassen Connor, weil sie ihn fürchten. Jedes Mal, wenn er nach Hause kommt, mächtiger und wertvoller für den König, haben sie Angst, dass er ihnen alles nimmt.« Sie richtete sich auf und schaute Cate an. »Ich hoffe, Ihr heiratet meinen Bruder nicht, weil Ihr die Ehefrau des Lairds werden wollt. Mein Onkel und mein Cousin sind so dumm – sie begreifen nicht, dass Connor gar nicht will, was sie haben. Er will nicht die Verantwortung für all die Menschen tragen. Er sagt, er habe alle Hände voll damit zu tun, sich um mich und Rosalyn zu kümmern. Er wird unseren Onkel nie herausfordern. Das würde Krieg bedeuten, und Connor sagt, er hat zu viele auf dem Schlachtfeld sterben sehen, um die Menschen, die er liebt, dieser Gefahr auszusetzen. Mein armer Bruder. Er hat so viel durchgemacht.« Cate bedauerte sowohl die junge Frau als auch den Mann, über den sie sprachen. Es war albern, aber sie wollte ihm das Leben nicht noch zusätzlich schwermachen.

Ein Gedanke schoss ihr durch den Kopf.

»Seid Ihr gut im Reiten, Mairi?«

»Ja.« Das Mädchen schaute sie fragend an. »Ihr nicht?«

»Ich kann überhaupt nicht reiten! Pferde ängstigen mich zu Tode.« Sie nahm allen Mut zusammen. »Könntet Ihr es mir vielleicht beibringen? Vor dieser Rundreise zu Pferde, meine ich. Könnten wir es heimlich tun, als Überraschung für Connor? Ich möchte nicht, dass er sich meiner schämen muss.«

»Das müsste gehen.« Mairi musterte sie nachdenklich. »Weiß Connor es?«

»Dass ich nicht reiten kann? Natürlich.«

»Das meinte ich nicht. Weiß er, dass Ihr nicht hier seid, weil Euer Vater Euch geschickt hat, sondern, weil Ihr ihn liebt?«

Cate starrte sie sprachlos an. Was sollte sie darauf antworten?

10

Als Cate aufwachte, dachte sie nicht zum ersten Mal, dass sie mit Freuden tausend Dollar für eine Tasse Kaffee bezahlen würde. Oder für einen Schokoriegel. Oder für einen schottischen Frühstückstee, den es allerdings erst in ein paar hundert Jahren geben würde. Oder für irgendeine andere Form von Koffein.

Wenn sie das nächste Mal ins Mittelalter reiste, würde sie sich entsprechende Vorräte mitnehmen. Für den Moment tröstete sie sich mit dem Vorsatz, sich sofort nach ihrer Rückkehr in ihrem Starbucks an der Ecke einen grande – nein, einen venti – Frappuccino zu genehmigen. Mit extra Schlagsahne. Zum Teufel mit den Kalorien.

Als sie sich streckte, stieß ihr Fuß gegen ihren ständigen Bettgenossen Wolf. Er leckte ihre Zehen ab und schlief weiter. Der Hund verbrachte jede Nacht mit ihr und jeden Tag. Connor meckerte, dass sie das Tier verweichliche und es kein geeigneter Begleiter mehr für einen Krieger sei.

Anabellas Kommentare waren viel schlimmer. Ihre Abneigung gegen den Hund war allerdings nur einer der Gründe dafür, dass Cate ihn in ihrem Bett schlafen ließ. Es war sehr beruhigend, einen Wachhund von der Größe eines kleinen Pferdes bei sich zu haben – eines kleinen Pferdes mit sehr großen Zähnen.

Während sie sich anzog, dachte sie über ihre bisherigen zwei Wochen hier nach. Die Mahlzeiten wurden ausnahmslos in der Großen Halle eingenommen, und das nicht nur von der Familie, sondern auch von den Soldaten und Arbeitern, die auf der Burg lebten.

Wenn alle versammelt waren, verkündete Anabella, was Cate insgeheim »Die Bosheit des Tages« nannte. Die Frau hatte immer etwas auszusetzen.

Blane hatte seit der Szene auf dem Söller nie wieder das Wort an sie gerichtet, aber Cate fühlte sich jedes Mal unbehaglich, wenn sie bemerkte, dass er sie beobachtete.

Artair ignorierte sie konsequent. Wahrscheinlich fand er sie nach der Feststellung am ersten Abend, dass sie nicht in seine Familie passte, keiner weiteren Aufmerksamkeit würdig.

Connor begegnete ihr höflich, aber distanziert, und sie hatte den Eindruck, dass er ihr aus dem Weg ging. Er verbrachte Stunden auf dem Kampfplatz, um an der Waffe zu trainieren, was ihr ganz recht war, denn seine Nähe brachte sie aus dem Konzept. Warum das so war, wusste sie nicht, und sie wollte es auch nicht wirklich ergründen.

Mairi und sie waren schnell gute Freundinnen geworden und verbrachten die meiste Zeit zusammen. Eines Tages waren sie in den Wald gegangen, um Kräuter zu sammeln, doch stattdessen hatten sie in dem hindurchfließenden Bach herumgealbert wie Kinder. Cate hatte Mairi erzählt, dass, wo sie herkam, die Frauen ihre Zehen mit Farbe und Schmuck verzierten. Mairi war so begeistert von der Vorstellung, dass Cate ihr spontan ihren Glückssteinring schenkte. Er passte perfekt, wie gemacht für Mairis Zehe.

Kichernd malten die beiden sich aus, wie entsetzt Anabella sein würde, wenn sie ihn sähe.

Am aufregendsten war es, wenn sie und Mairi im Schutz der Bäume hinter dem Kampfplatz Connor beim Schwertkampftraining beobachteten. Der Mann war erstaunlich. Keiner von denen, gegen die er kämpfte, hatte eine Chance, ihn zu besiegen. Und wenn er sein Hemd auszog, stockte Cate der Atem.

Wenn sie sicher sein konnten, dass Connor beschäftigt war, stahlen sie sich zum Reitunterricht davon. Cate hatte schon beachtliche Fortschritte gemacht. Für ihre Verhältnisse zumindest. Sie konnte jetzt allein auf einem Pferd sitzen, ohne in Panik zu geraten.

Sie kam zu spät zum Frühstück und beschloss, sich auf dem Weg zu Mairi, die sicher schon im Stall auf sie wartete, in der Küche ein Stück Brot mitzunehmen.

»Komm, mein Junge.« Sie tätschelte Wolf den Kopf, als sie mit ihm durch die Große Halle Richtung Küche ging. »Wir finden bestimmt auch etwas für dich.«

»Jetzt spricht sie schon mit einem Tier.«

Verwünscht. Anabella saß mit ein paar Frauen in der Großen Halle an einem Tisch.

»Was kann man von so einer auch anderes erwarten.« Sie redete zwar mit den Umsitzenden, doch ihre Worte waren zweifellos für Cate bestimmt.

Das Publikum kicherte ungeniert und wartete gespannt auf eine Reaktion.

»Sie kommt aus einem Land dreckiger Heiden und weiß es nicht besser. Sie lässt das ekelhafte Vieh sogar bei sich im Bett schlafen.«

»Besser, als was *du* bei dir schlafen lässt«, murmelte Cate in sich hinein.

»Was war das?«, fragte Anabella in scharfem Ton.

»Oh, ich wünschte Euch nur einen guten Morgen. Es tut mir leid, dass ich mich nicht zu Euch gesellen kann – ich muss dringend in die Küche, einen Happen essen.«

»Wenn Ihr nicht so lange im Bett faulenzen würdet, könntet Ihr das Frühstück gemeinsam mit uns allen einnehmen.« Erneutes Gekicher.

»Ihr werdet auf keinen Fall das schmutzige Tier mit in meine Küche nehmen.«

Cate führte Wolf zum Ausgang und öffnete die Tür, um ihn hinauszulassen. »Warte auf mich. Ich bringe dir was Gutes mit.« Sie streichelte ihm den Rücken und kehrte in die Große Halle zurück. Als sie den Hinterausgang fast erreicht hatte, ergriff Anabella wieder das Wort.

»Dreckige Kreaturen haben in meiner Küche nichts zu suchen – aber wenigstens ist der Hund draußen.« Diesmal folgte ihrer Bemerkung schallendes Gelächter.

Cate ging weiter, als hätte sie es nicht gehört. Ihr Gesicht glühte vor Scham und Wut, doch das zu sehen, gönnte sie Anabella nicht.

Aber als Cate sich in der Küche ein altbackenes Brötchen aus dem Korb nahm, stellte sie fest, dass sie keinen Hunger mehr hatte.

Als Cate den Stall betrat, fand sie dort nicht, wie erwartet, ihre Freundin vor, sondern Blane. Abrupt blieb sie stehen. Mairi, die gleich nach ihr eintraf, schien ebenso wenig erfreut, ihn zu sehen.

»Spionierst du uns nach?«, verdächtigte sie ihn.

»Unsere Mairi und ihr freches Mundwerk«, spöttelte er, biss von dem Apfel ab, den er in der Hand hielt, und warf ihn weg. »Nein, ich bin hier, um zu helfen.«

»Und welche Art Hilfe bietest du an, Blane?« Mairi stemmt die Arme in die Seite und beäugte ihn misstrauisch.

»Vater hat Lyall auf eine Erledigung geschickt und mich beauftragt, an seiner Stelle herzukommen, damit du nicht enttäuscht bist.« Er sprach zu Mairi, doch sein Blick ruhte auf Cate.

Mairi überlegte. »Also gut, Blane. Aber du darfst es niemandem verraten. Keiner Menschenseele. Versprich es.«

»Ich verspreche es.« Er verbeugte sich tief. »Zu Euren Diensten, liebreizende Jungfern.«

Mairi seufzte. »Es sollte eine Überraschung für dich sein, Cate. Ich wollte, dass Lyall uns hilft, aber jetzt werden wir uns mit *ihm* begnügen müssen.« Naserümpfend machte sie eine Kopfbewegung in Blanes Richtung. »Ich dachte, wir suchen uns heute eine Wiese. Dort kannst du dich im Schritttempo in aller Ruhe daran gewöhnen, auf einem Pferd zu sitzen.«

Als Cate kopfschüttelnd den Mund öffnete, hob Mairi die Hand. »Hier im Stall wirst du das Reiten nie lernen. Wir müssen ins Gelände. Blane kann mit den Pferden vorausgehen, und wir stoßen dann zu ihm. Die Zeit läuft uns davon. Wenn du es wirklich willst, müssen wir jetzt anfangen.«

»Also schön«, ergab Cate sich seufzend in ihr Schicksal.

Mairi hatte recht. Auf ein Pferd steigen und darauf sitzen zu können genügte nicht. Sie wünschte nur, sie müsste sich nicht ausgerechnet vor Blane zum Narren machen.

Das Klirren von Metall auf Metall dröhnte in Connors Ohren, das Vibrieren des Stahls übertrug sich auf seine Hand, als er den Hieb seines Gegners parierte. Hier war er in seinem Element, hier fühlte er sich wohl. Hier war nicht Nachdenken vonnöten, nur eine körperliche Reaktion, die ihm längst in Fleisch und Blut übergegangen war.

Er warf einen prüfenden Blick nach hinten zu den Bäumen. Als er seine Schwester und Cate das erste Mal von dort hatte herüberspähen sehen, war er überrascht gewesen, doch inzwischen wartete er sogar auf die heimlichen Besucherinnen. Obwohl er sich entschlossen hatte, Abstand zu der Frau zu halten, musste er sich eingestehen, dass es ihn stolz machte, dass sie ihn jeden Tag hier beobachtete. Welcher Krieger würde das nicht schätzen?

Er wich einem Angriff aus, aber nur knapp. Fast hätte der Schlag seinen Arm getroffen. Connor rief sich zur Ordnung und konzentrierte sich auf die nächsten Attacken. Aber die Männer hier waren keine ernsthaften Gegner für ihn, und so ließ seine Aufmerksamkeit bald wieder nach.

Wo waren die Mädchen? Entweder versteckten sie sich heute besser, oder sie waren nicht gekommen.

Nachdem er den letzten Gegner für heute besiegt hatte, sah er Wolf am Eingang zum Kampfplatz stehen. Seltsam. Normalerweise wich der Hund Cate nicht von der Seite.

»Connor!« Duncan kam angelaufen.

Kein gutes Zeichen. Sein alter Freund bewegte sich gewöhnlich nur noch im Kampf schnell.

»Ich fürchte, wir haben ein kleines Problem.« Duncan stemmte die Arme in die Seite und versuchte, zu Atem zu kommen.

Connor wusste, ohne zu fragen, dass das Problem Cate war.

Nach einem langen Fußmarsch trafen sie Blane an der von ihm vorgeschlagenen Stelle. Vor ihnen lag, auf drei Seiten von Wald eingerahmt, eine sanft hügelige Wiese, die sich bis in die Unendlichkeit zu erstrecken schien. Nicht nur das ideale Gelände für Cates Vorhaben, sondern auch weit genug von der Burg entfernt, dass niemand von dort Zeuge ihrer Bemühungen würde.

Doch es gab eine Schwierigkeit. »Es geht nicht«, sagte Cate.

Die beiden anderen schauten sie von ihren Pferden herab verständnislos an.

»Hier ist nichts zum Draufsteigen – so komme ich nicht in den Sattel.«

Blane stieg lachend ab, kam zu ihr und hob sie aufs Pferd.

Schweigend folgten sie, Blane vorneweg, dem Bach, der sich meilenweit durch die Wiese schlängelte. Obwohl sie im Schritt ritten, zitterten Cates Beinmuskeln schon bald vor Anstrengung, und ihre Finger waren völlig verkrampft, so fest umklammerte sie die Zügel.

Doch sie war stolz auf sich. Sie hielt sich allein auf einem Pferd, und das nun schon eine weite Strecke. Vielleicht würde sie es doch noch lernen.

Schließlich hielt Blane an und drehte sich um. »Ich glaube, das reicht. Meinst du nicht auch, Mairi? Sie sieht schon ganz erschöpft aus, und wir müssen den Weg ja wieder zurück.«

»Du hast recht. Komm, Cate, wir kehren um. Du hast dich heute wacker gehalten.«

»Vielleicht sollten wir ein Weilchen rasten, bevor wir den Rückweg antreten«, schlug Blane vor. »Gleich hier.« Er nahm Cate die Zügel aus der Hand und zog ihr Pferd auf den Waldrand zu. Mairi folgte. »Dort ist es schattig. Das ist angenehmer für Euch.«

Mairi saß ab und führte ihr Pferd an den Bach zurück, kniete sich ans Ufer und schöpfte mit hohlen Händen Wasser in ihr Gesicht.

Cate zuckte zusammen, als plötzlich Blanes Hand auf ihrem Bein lag. »Soll ich Euch herunterheben, Caitlyn?«

Sie schüttelte seine Hand ab. »Nein. Ich bleibe hier oben.« Sie zwang sich, ihn anzusehen. »Aber ich danke Euch.«

»Wie Ihr wollt.« Mit gesenkter Stimme, so dass nur sie es verstehen konnte, setzte er hinzu: »Wie es scheint, ist es eine Gewohnheit von Euch, falsche Entscheidungen zu treffen.« Kopfschüttelnd stolzierte er zum Bach.

Cate bewegte ihre Finger, um sie zu lockern. Schon jetzt tat ihr jeder Knochen im Leib weh, und sie hatten noch einen langen Weg vor sich. Sie hätte sich gerne die Beine vertreten, aber um von dem blöden Pferd herunterzukommen, hätte sie sich von diesem Mann anfassen lassen müssen.

Als sie gerade darüber nachdachte, was genau ihr eigentlich so missfiel an ihm, spürte sie plötzlich einen scharfen Schmerz im Rücken und hörte im nächsten Moment ein dumpfes Geräusch hinter sich.

Ihr Pferd wieherte erschrocken, stieg und preschte dann los wie von Furien gehetzt. Cate klammerte sich verzweifelt fest, doch schon nach kurzer Zeit verließen sie die Kräfte, und sie stürzte aus dem Sattel. In dem Sekundenbruchteil, bevor sie auf dem Boden aufschlug, zuckte die Erinnerung durch ihren Kopf, wie weh es getan hatte, als ihr das damals zum ersten Mal passiert war.

Connor, der sein Pferd am Waldrand gezügelt hatte, traute seinen Augen kaum.

Duncan hielt neben ihm an. »Da sind sie ja. Alle drei – wie Hendri gesagt hat.« Er war misstrauisch geworden, als er gesehen hatte, wie die beiden jungen Frauen sich aus dem Stall fortstahlen, und als er dem Stalljungen eine Kupfermünze zusteckte, hatte der ihm bereitwillig berichtet, was er mit angehört hatte.

Er war mit der Information sofort zu Connor gegangen, und sie waren umgehend losgeritten.

Als Connor sich noch zu erklären versuchte, was er sah, fing Wolf neben ihm zu knurren an.

Ein schlechtes Zeichen. Er vertraute Wolfs Instinkten – sie hatten ihn schon mehr als einmal gerettet. Connor stand in den Steigbügeln auf und blickte um sich. Im selben Moment hörte er Cate aufschreien und sah ihr Pferd durchgehen.

»Großer Gott!« Duncan ritt los, aber da flog Connor bereits an ihm vorbei.

Connor mahnte sich energisch zur Ruhe, als er neben der leblos im Gras liegenden Gestalt auf die Knie fiel. Lass sie nicht sterben, betete er inständig, lass es nicht noch einmal geschehen. Er hätte bei ihr sein müssen – wie damals bei seiner Mutter. Es war seine Schuld.

Seit dem Verlobungsfest war er Cate so weit wie möglich aus dem Weg gegangen. Ihre Nähe weckte Gefühle in ihm, mit denen er nicht umzugehen wusste, Wünsche, auf deren Erfüllung er kein Recht hatte. Aber er hätte auf Cate achten müssen. Er war für sie verantwortlich. Schließlich hatte er sie hergeholt.

Unwillig schüttelte er den Kopf. Jetzt war nicht der richtige Zeitpunkt für Selbstvorwürfe. Er musste feststellen, wie schwer sie verletzt war.

Vorsichtig drehte er sie auf den Rücken. Ihre Augen waren geschlossen. Blut sickerte aus einer Platzwunde am Haaransatz. Einige Locken hatten sich aus dem Zopf gelöst und ringelten sich um ihr Gesicht. Sanft strich er sie nach hinten.

Die eine Wange war durch eine Schürfwunde verunziert. Connor tastete am Hals nach dem Puls. Erleichterung durchströmte ihn, als er ihn kräftig und gleichmäßig schlagen spürte.

Als er gerade ihre Arme auf etwaige Verletzungen überprüfen wollte, kamen Mairi und Blane bei ihnen an.

»Ist es schlimm, Connor?« Sie begann zu schluchzen. »Es ist meine Schuld. Ich hätte wissen müssen, dass sie noch nicht so weit war. Was habe ich ihr angetan?« Sie sank neben Cate auf die Knie und schlug die Hände vors Gesicht.

Sie brauchten einen Karren. Ohne zu wissen, wie schwer sie verletzt war, wagte Connor nicht, sie für den weiten Heimweg in den Sattel zu setzen.

»Blane!«

Sein Cousin starrte scheinbar gedankenverloren in den Wald.

»Blane!«, brüllte Connor, und diesmal wurde er gehört. »Reite zur Burg und hole einen Karren. Und Decken.«

Ohne ein Wort trieb Blane sein Pferd an und ritt davon.

Connor nahm Cates kalte Hände in seine. »Wacht auf«, flehte er. »Seht mich an!« Er langte zu seiner Schwester hinüber, riss mit einem Ruck einen Streifen von ihrem hervorspitzenden Unterkleid ab und zerriss diesen in kleine Stücke.

Die Aktion ließ Mairi aus ihrer Erstarrung erwachen. Sie sprang auf und schwang sich auf ihr Pferd.

»Ich reite ihm nach. Der dumme Kerl denkt bestimmt nicht daran, Rosalyn mitzubringen. Sie wird wissen, wie Cate zu behandeln ist. Ich hole sie.«

Als sie in gestrecktem Galopp davonritt, kam Duncan mit Cates durchgegangenem Pferd daher, das er eingefangen hatte.

»Kann ich etwas tun?«, fragte er, auf Cate hinunterschauend.

»Nein. Sie lebt, aber ich weiß nicht, wie schwer sie verletzt ist. Reite Mairi nach – es ist zu gefährlich, sie sich selbst zu überlassen.« Er tupfte mit einem der Stofffetzen das Blut von Cates Stirn.

»Hier, Jungchen.« Duncan warf ihm eine kleine Flasche zu. »Das ist gut zur Wundreinigung. Und es hilft gegen die Schmerzen.« Der alte Recke grinste. »Dieses Lebenswasser hat auch mir schon oft geholfen.«

Connor nickte seinem Freund dankbar zu und befeuchtete das Tuch mit ein paar Tropfen von dem Destillat. Als er sich wieder Cate zuwandte, sah er, dass sie zu ihm aufblickte.

Sie lächelte schwach. »Ihr seid stets zur Stelle, um mich zu retten. Immer, wenn ich Euch brauche, seid Ihr da. Ein wahrer Ritter.«

Ihre Worte beschämten ihn. Er war *nicht* da gewesen, als sie ihn brauchte.

Leise stöhnend versuchte sie, sich aufzusetzen, doch er hielt sie zurück.

»Haltet Euch ruhig, Caty. Ich weiß noch nicht, ob ihr Euch etwas gebrochen habt.«

Die Wunde auf der Stirn war nicht tief und hatte schon fast zu bluten aufgehört, aber es hatte sich eine große Beule an der Stelle gebildet. Als Connor die Verletzung abtupfte, wollte Cate, scharf die Luft einziehend, den Kopf wegdrehen, aber er hielt ihn fest.

»Was macht Ihr mit mir, um Himmels willen?«, beschwerte sie sich.

»Ich reinige die Wunde auf Eurer Stirn, damit Ihr kein Fieber bekommt. Und dann werde ich Euch auf Knochenbrüche untersuchen.«

Sie schloss die Augen.

Nachdem Connor einen anderen Lappen befeuchtet hatte, sah er befremdet seine Hand zittern, als er die Abschürfung auf der Wange betupfte.

Wieder zog Cate hörbar die Luft ein, und diesmal schlug sie nach seiner Hand.

»Der Arm ist offensichtlich nicht gebrochen«, scherzte Connor. Er ließ das Tuch ins Gras fallen und machte sich daran, Cate von oben bis unten abzutasten.

»Hört auf. Das tut weh. Es ist nichts gebrochen.« Als er sie erneut daran hinderte, sich aufzusetzen, schlug sie wieder nach seinen Händen. »Hört auf, mich zu stoßen und zu piken, Connor.«

Er kam zu dem Schluss, dass es ihr weniger schaden würde, wenn er ihr erlaubte, sich aufzusetzen, als wenn er sie weiter daran hinderte, und leistete ihr Hilfestellung.

Sie schlang die Arme um sich und schloss stöhnend die Augen. »Autsch. Alles tut mir weh. Ich hasse diese verdammten Pferde.«

Sie machte zwar nicht den Eindruck, als hätte sie sich ernstlich verletzt, aber bei Kopfwunden wusste man nie, und Connor machte sich große Sorgen. Er hatte oft genug erlebt, dass Krieger sich nach der Schlacht mit scheinbar nicht mehr als einer kleinen Beule zum Schlafen niederlegten und nicht mehr aufwachten. Und Cate war kein Krieger. Er würde dafür sorgen müssen, dass sie nicht einschlief.

Erst als er seine Untersuchung fortsetzte, fiel ihm auf, dass das Kleid hinten an der Schulter zerrissen und die Haut darunter abgeschürft war. Die Haut war bereits blau verfärbt. Obwohl diese Wunde tiefer war als die andere, brauchte sie nicht genäht oder schlimmer noch ausgebrannt zu werden. Er müsste sie nur reinigen, um das Wundfieber zu verhindern. Cate würde nicht erfreut sein, dachte er in sich hineinlächelnd.

»Autsch! Lasst mich in Ruhe! Ihr habt mich jetzt genug drangsaliert!«

Er reichte ihr Duncans Flasche. »Trinkt einen Schluck. Das wird Eure Schmerzen lindern.«

Cate schüttelte sich. »Ich hasse Alkohol. Aber Pferde hasse ich noch mehr. Ich biete Euch einen Handel an«, sagte sie zähneknirschend.

»Lasst hören.«

»Wenn Ihr mir versprecht, dass ich nie wieder allein auf einem Pferd sitzen muss, dass ich, wann immer ich irgendwohin reiten muss, vor Euch im Sattel sitze und Ihr mich haltet, dann trinke ich, was Ihr wollt. Schwört es bei Eurer Ehre.«

Er hätte ihr fast alles versprochen. Dass ihr Wunsch sich als etwas herausstellte, was er bereits beschlossen hatte, machte es ihm leicht. In diesem Moment hätte er sie am liebsten in die Arme genommen, wo er sie in Sicherheit wüsste.

Stattdessen legte er eine Hand auf sein Herz und sagte feierlich: »Ich verspreche es. Ich schwöre es bei meiner Ehre.« Er drückte ihr die Flasche in die Hand. »Jetzt trinkt!«

»Oh, Himmel. Das schmeckt ja schlimmer als Codys Drambuie!«

Connor führte ihre Hand mit der Flasche wieder zu ihrem Mund. Nach dem zweiten Schluck tränten Cate die Augen.

Er zwang sie zu einem dritten.

Als sie kurz darauf wieder schrie, als er ihre Schulter mit Duncans Lebenswasser reinigte, wünschte er, er hätte etwas davon zu seiner eigenen Beruhigung zurückbehalten.

11

Gottlob hatte sie recht. Connor konnte keinen Bruch feststellen. Jetzt war seine Hauptaufgabe, Cate am Einschlafen zu hindern.

»Wie lange müssen wir denn noch hier warten?«

Sie klang schläfrig. Ob das eine Folge der Kopfwunde war oder die Auswirkung des Destillats, vermochte er nicht zu sagen.

»Ein paar Stunden werden wir uns schon gedulden müssen.« Bis dahin würde es dunkel sein. Glücklicherweise war der Himmel klar, sie könnten für den Heimweg also auf das Licht des Mondes zählen.

»Es ist doch albern, hier herumzusitzen. Das mit dem Karren war eine dumme Idee.«

Mit ihren wirren Locken und der verdrießlichen Miene wirkte sie wie ein kleines Mädchen.

»Mir ist kalt, Connor.« Sie schaute stirnrunzelnd zu ihm auf. »Ich friere, ich habe Hunger, und es tut mir alles weh. Ich will ein heißes Bad. Ich will nach Hause. Ich will sofort nach Hause.«

»Es sind nur noch zwei Wochen, Caty. In zwei Wochen könnt Ihr wieder nach Hause.«

Er konnte sie nicht ansehen. Der Gedanke, dass sie fortgehen würde, verursachte ihm eine seltsame Beklemmung.

Er musste an etwas anderes denken. Beispielsweise, wie er sie wärmen könnte, bis der Karren einträfe.

»Nein!«, holte sie ihn in scharfem Ton aus seiner Überlegung. »Ich spreche nicht von meinem Zuhause. Ich meine das Zuhause *hier*. Ihr habt festgestellt, dass nichts gebrochen ist. Warum können wir nicht auf Eurem Pferd reiten? Warum müssen wir hierbleiben?«

»Ich habe nur Eure Bequemlichkeit im Sinn«, erwiderte er.

»Ha! Als ob stundenlanges Geholpere in einem Karren bequemer wäre als von Euch ge…« Sie brach ab, schüttelte den Kopf und fuhr leise fort: »Ich will einfach hier weg, Connor.«

Sie hatte recht. Es gab wirklich keinen Anlass, länger zu warten. Warum war er nicht selbst zu diesem Schluss gelangt und hatte entsprechend entschieden? Sie müssten ja schließlich nicht galoppieren. Warum benahm er sich in ihrer Gesellschaft nur immer so töricht?

Er stand auf, band ihr Pferd an seinen Sattel, hob Cate hinein, saß hinter ihr auf und schloss sie beschützend in seine Arme.

Wahrscheinlich waren die rhythmische Gangart seines Pferdes und die Stille des Waldes daran schuld, dass Cate immer wieder wegdämmerte. Connor rüttelte sie dann zwar sanft wach, aber es half jedes Mal nur für kurze Zeit. Er musste mehr tun. Sie zum Reden bringen sollte helfen. Aber wie das anstellen?

Nun, es gab da diese Frage, die neuerdings zunehmend an ihm nagte. Er räusperte sich.

»An dem Tag, als ich Euch abholte, sagtet Ihr, Ihr wäret mit einer Hochzeit beschäftigt gewesen. Wessen Hochzeit?«

Mit angehaltenem Atem wartete er auf die Antwort, obwohl er nicht begriff, weshalb sie ihm so wichtig war.

»Meiner«, antwortete Cate.

Natürlich. Das hätte ihm klar sein müssen. Es erklärte, weshalb es sie so bestürzt hatte, länger hierbleiben zu müssen. Ihr Bräutigam wartete auf sie. Und er, Connor, hatte keinen Gedanken daran verschwendet, aus welcher Situation er sie riss – die Sorge um seine Schwester hatte alles andere in den Hintergrund gedrängt.

Zu seiner Verblüffung spürte er Zorn auf den Unbekannten in sich aufsteigen, der Cate in ihrer Zeit sehnsüchtig erwartete. »Werdet Ihr diesen Cody heiraten?«

»Wie kommt Ihr denn auf Cody?«, fragte sie erstaunt.

Er bemühte sich redlich, gelassen zu wirken. »Ihr habt ihn vorhin erwähnt. Ihr sagtet etwas über seinen Drambuie.«

»Cody ist mein Bruder. Ich habe drei Brüder.«

»Und wie heißt der Mann, den Ihr heiratet?«, fragte er vor lauter Ungeduld schärfer als beabsichtigt.

»Richard.« Sie gähnte. »Aber ich heirate ihn nicht.«

»Richard ist der Mann, den Ihr heiratet, aber Ihr heiratet ihn nicht?« Er war verwirrt, aber auch seltsam erleichtert.

»Ich war mit Richard verlobt.« Sie hob die Hand. »Seht Ihr? Das ist mein Verlobungsring.« Der Stein blitzte im Mondlicht, als sie die Hand hin und her drehte, bevor sie sie wieder in den Schoß legte. »Aber ich werde Richard nicht heiraten.«

»Dieser kleine Stein war sein Verlobungsgeschenk für Euch?« Er überlegte einen Moment und sagte dann: »Mein Geschenk für Euch ist viel größer.«

»Ja, Connor. Viel größer.« Sie begann zu kichern.

»Heiratet Ihr ihn deshalb nicht – weil er arm ist?«, wollte er wissen, als sie sich beruhigt hatte.

»Nein. Er verdient eine Menge Geld. Er hat ein schönes Haus, schöne Kleider und einen schönen Porsche.« Sie schaute zu ihm auf und sah seinen fragenden Blick. »Ein Porsche ist ein Fahrzeug in meiner Zeit – wie Euer Karren, aber viel bequemer. Nein, ich heirate Richard nicht, weil ich ihn nicht liebe.« Sie legte den Kopf an seine Brust. »Aber ich will nicht mehr über Richard reden. Allein an ihn zu denken macht mich wütend.«

»Hat er Euch schlecht behandelt? Hat er Euch verletzt?« Connor zog unwillkürlich die Zügel an. Sein Pferd protestierte, und er lockerte den Zug.

»Das Einzige, was er verletzt hat, waren meine Gefühle. Er ließ mich glauben, dass er mich liebte, doch er tat es nicht. Aber es kränkt mich nicht mehr, denn inzwischen weiß ich, dass ich ihn nie wirklich geliebt habe. Es ist vorbei.« Sie seufzte tief.

Cate mochte sagen, dass es vorbei war, aber ihr Seufzer sprach dagegen. Richard musste ein gewissenloser Kerl sein, dass er so mit ihrem Herzen gespielt hatte. Connor lächelte grimmig, als er sich ausmalte, dem Mann eine Lektion zu erteilen.

Cate drohte wieder einzunicken. »Was ist dieser Drambuie, von dem Ihr spracht, und warum hatte Euer Bruder ihn?«, beeilte Connor sich, sie daran zu hindern.

»Es ist wirklich lustig, dass Ihr danach fragt, da der Drambuie hier in Schottland erfunden wurde. Entschuldigt, das könnt Ihr natürlich nicht wissen, denn er wurde erst zur Zeit von Bonnie Prince Charlie erfunden, in ungefähr fünfhundert Jahren von heute an gerechnet. Drambuie ist ein Whisky-Likör, der nach Kräutern und Honig schmeckt.« Sie schüttelte den Kopf. »Gott, ich hoffe, dass ich nichts durcheinanderbringe, indem ich Euch Dinge aus Eurer Zukunft erzähle. Diese Situation ist so unglaublich. Jedenfalls schenkte mir mein Bruder den Drambuie zum Geburtstag. Zum einundzwanzigsten.«

Sie war nun schon so lange hier, und er wusste noch so wenig über die Frau, die er in den Armen hielt. »Und wie alt seid Ihr jetzt? Immer noch einundzwanzig?«

»Nein.« Sie kicherte. »Ich werde erst in rund siebenhundert Jahren geboren. Das ist ein beeindruckendes negatives Alter.« Nach einem neuerlichen Kicheranfall wurde sie ernst. »Ich bin vierundzwanzig. Vor einem Monat geworden.«

»Erzählt mir von Euren Brüdern.«

»Wie ich schon sagte, sind es drei. Sie sind alle älter als ich. Cass ist der älteste, Cody der mittlere und Jesse der jüngste. Mein Dad hat eine Schwäche für den Wilden Westen.« Sie schnaubte. »Ich werde nicht versuchen, Euch zu erklären, was es damit auf sich hat. Jedenfalls war mein Vater schon immer fasziniert von den seiner Meinung nach missverstandenen Persönlichkeiten dieser Epoche, und deshalb bekamen meine armen Brüder jeweils den Namen des Mannes, für den er sich gerade besonders interessierte. Als ich geboren wurde, bestand meine Mutter darauf, selbst den Namen für mich auszusuchen.« Cate lachte glucksend. »Ein Glück, sonst hieße ich Belle Star. Mein Vater liest noch heute alles über den Wilden Westen, was er in die Finger kriegt. Er sagt, die Männer hätten damals einen Moralkodex gehabt, der erinnerungswürdig sei.« Sie verfiel in Schweigen.

»Erzählt mir mehr von Eurer Familie.«

Sie seufzte. »Ich will nicht mehr über sie reden. Es macht mich traurig. Sie sind so weit weg.« Ihre Stimme war nur noch ein Flüstern, als sie hinzufügte: »Ich vermisse meine Familie.«

Wieder seufzte sie. »Mein Vater sagt immer, dass Ehrlichkeit die größte Tugend ist, die wir besitzen, aber auch die anfälligste. Ich habe ein schlechtes Gewissen, Connor – ich war vorhin nicht ganz ehrlich zu Euch, was unseren Handel anging.« Sie schüttelte den Kopf. »Es stimmt zwar, dass ich Pferde fürchte und nie wieder allein reiten möchte, aber das war nicht der einzige Grund dafür, dass ich Euch das Versprechen abnötigte, immer mit Euch zusammen reiten zu dürfen. Ich suchte einfach nach einer Begründung, Euch so wie jetzt nahe sein zu können.« Sie schlug die Augen nieder. »Es tut mir leid, dass ich Euch enttäuschen muss, Connor. Ich wollte wirklich reiten lernen, damit Ihr Euch meiner nicht schämen müsstet. Bitte glaubt mir. Es tut mir so leid.«

Er zügelte das Pferd, um ihr seine ganze Aufmerksamkeit schenken zu können, und sah, als Cate aufschaute, Tränen in ihren Augen glänzen. »Ich weiß nicht, wovon Ihr sprecht. Ihr habt nichts getan, weswegen ich mich Eurer schämen müsste.«

»Noch nicht.« Ihre Augen liefen über. »Aber Mairi hat

mir erzählt, dass die Leute, wenn wir sie gemeinsam zur Hochzeit einladen, Euch danach beurteilen werden, was für eine Braut Ihr Euch ausgesucht habt. Wenn sie sehen, dass ich nicht einmal reiten kann, werden sie denken, dass ich auch sonst nichts kann, was eine Ehefrau können muss, und Euch für Eure Wahl verachten.« Immer neue Tränen kamen. »Es tut mir leid, dass ich es nicht geschafft habe. Ich hatte mich so darauf gefreut, Euch zu überraschen, Euch stolz auf mich zu machen.«

Er strich ihr übers Haar. »Beruhigt Euch. Es kümmert mich nicht, dass Ihr nicht reiten könnt. Im Gegenteil. Ich habe Euch viel lieber nah bei mir, und ich schäme mich nicht im Geringsten, mit einer schönen Frau im Arm bei den Leuten zu erscheinen.« Behutsam wischte er ihr mit dem Daumen die Tränen von den Wangen.

Was er dann tat, war nicht klug, aber er wollte nicht klug sein. Als er den Kopf neigte, weiteten Cates Augen sich zuerst und schlossen sich dann. Ihre Lippen waren weich und öffneten sich bereitwillig. Er wollte den Kuss gerade vertiefen, als er das Rattern von Rädern und das Klimpern eines Geschirrs näher kommen hörte.

Verdammt. Sein Cousin hätte sich ruhig noch etwas Zeit lassen können.

12

Cate beugte in dem Zuber den Kopf zurück, um ihre Haare auszuspülen.

Sie war so erschöpft gewesen, dass sie den ganzen Tag verschlafen hatte. Wahrscheinlich würde sie noch immer schlafen, wenn Rosalyn sie nicht mit einem heißen Bad aus dem Bett gelockt hätte.

Ein Blick aus dem Fenster zeigte ihr, dass die Sonne bereits untergegangen war. Angesichts des hell lodernden Feuers im Kamin war ihr das gar nicht aufgefallen.

Zufrieden seufzend streckte sie sich in dem Bottich aus. Sie war vom Pferd gefallen, hatte Schrammen und blaue Flecke, aber das Ende ihres Abenteuers war das alles wert gewesen.

Was für ein Kuss. Der erste, den er ihr in der magischen Sphäre gegeben hatte, war nichts dagegen gewesen.

Seit dem Abend auf der Treppe hatte sie sich gefragt, wie ein leidenschaftlicher Kuss von Connor wohl sein würde, doch ihre Phantasie war dem Mann nicht gerecht geworden. Die Erinnerung daran ließ ihren ganzen Körper kribbeln und ihre Wangen glühen.

Natürlich war sie vorher schon geküsst worden, aber sie konnte sich nicht als erfahrene Frau bezeichnen. Der einzige andere Mann, der sie geküsst hatte, war Richard. Verglichen mit Connor hatte er sich ausgesprochen ungeschickt angestellt.

Wenn sie noch Zweifel an ihrer Entscheidung gehabt hätte, sich von Richard zu trennen – jetzt hatte sie keine mehr. Bei ihm hatte sie sich nie so gefühlt. Als schwebe sie. Als wolle sie singen und tanzen. Als solle es ewig so weitergehen.

Natürlich würde es nicht ewig so weitergehen.

Sie würde bald nach Hause zurückkehren. Zurück in ihre eigene Zeit.

Der Gedanke ernüchterte sie wie ein Eimer kaltes Wasser. In zwei Wochen würde sie von hier fortgehen und Connor nie mehr sehen. Sie würde weit weg sein, wieder in ihrer Zeit, in ihrer Welt. Das wusste er genauso gut wie sie. Er hatte es gestern Abend zur Sprache gebracht, sie, wie er meinte, mit dem Hinweis getröstet, dass es nur noch zwei Wochen wären.

Plötzlich erschien ihr das Wasser, in dem sie lag, unangenehm kühl, der Druck des Holzzubers an ihrer verletzten Schulter schmerzhaft. Sie kam sich so idiotisch vor. Dass Connor sie leidenschaftlich geküsst hatte, bedeutete doch nicht, dass er sie heiß und innig liebte. Richard hatte seine kleine Sekretärin schließlich auch leidenschaftlich geküsst. Na ja, so gut er es eben konnte.

Sie durfte nicht vergessen, dass Connor auch bloß ein Mann war und wie alle Männer seine Bedürfnisse befriedigte. Er brauchte sie wie Richard – er brauchte schlicht und einfach eine Ehefrau. Nach der Hochzeit würde sie in der grünen Lichtsphäre nach Hause transportiert, und Connor würde sein altes Leben weiterleben. Schließlich hatte er von

Anfang an keinen Zweifel daran gelassen, dass er keinen Bedarf an einer Ehefrau hatte.

Die Erfahrung mit Richard hätte sie eigentlich lehren sollen, dass es die wahre Liebe, von der sie träumte, nicht gab.

Aber sie machte sich schon wieder etwas vor. Sie konnte nicht aufhören, daran zu denken, wie Connor sie im Arm gehalten und es abgelehnt hatte, sie die Reise in dem Karren fortsetzen zu lassen. Wie er sie in ihr Zimmer hinaufgetragen und aufs Bett gelegt hatte. Wie er sie angesehen und mit dem Daumen ihre Wange gestreichelt hatte, bevor er sie Rosalyns Fürsorge überließ.

»Ach, hör doch auf!«, sagte sie laut.

»Was?«

Cate fuhr herum. Sie war so tief in Gedanken gewesen, dass sie Rosalyn, die mit Handtüchern und Salbentiegeln vor ihr stand, nicht hatte eintreten hören.

»O nein, tut mir leid – ich meinte nicht Euch, Rosalyn. Ich habe wieder mit mir selbst geredet.«

Rosalyn zog dic Brauen hoch, fragte jedoch gottlob nicht nach.

»Hier, wickelt Euch das um und dann lasst mich Euch anschauen.«

Prüfend musterte sie Cates Gesicht. »Die Platzwunde auf der Stirn und die Abschürfung auf der Wange heilen gut.« Nachdem sie beides mit einer Salbe behandelt hatte, versorgte sie die Schulterverletzung. Dann wollte sie gehen, aber Cate hielt sie zurück.

»Ich weiß es nicht, aber ich denke, ich bin zuerst mit der Schulter aufgeschlagen und dann mit dem Gesicht.« Sie lächelte selbstironisch. »Nicht besonders graziös. Ich verstehe überhaupt nicht, wieso es passierte. Wie auch immer – auf der anderen Seite, unterhalb des Schulterblatts ist eine Stelle, die wirklich weh tut. Könntet Ihr einen Blick darauf werfen?«

Cate ließ ihr Handtuch entsprechend weit herunter. »Ich kann mir nicht erklären, wie ich mich bei dem Sturz dort verletzen konnte.« Sie hörte, wie Rosalyn scharf die Luft einzog.

»Ist es schlimm?« Wieder einmal wünschte sie, sie hätte einen Spiegel.

»Was ist das?« Rosalyn strich vorsichtig über Cates Schulterblatt.

»Oh, das meine ich nicht. Der Schmerz sitzt unterhalb davon. Ist da etwas zu sehen?«

»Ja, ein Bluterguss«, antwortete Rosalyn, zeichnete mit dem Finger jedoch weiter das Muster auf Cates Schulterblatt nach. »Aber was ist *das?*«

»Ein Muttermal. Es sieht merkwürdig aus, nicht? Ich bemerkte es, als ich einmal nach dem Baden aus der Wanne stieg und mich von hinten im Spiegel sah. Damals war ich vier oder fünf, und ich dachte, ich blute, rannte, nach meinem Vater schreiend, splitternackt den Flur hinunter. Sie lachte in sich hinein. »Meine Brüder ziehen mich noch heute damit auf. Cass, mein ältester Bruder, sagt, wenn man die Augen zusammenkneift und den Kopf zur Seite neigt, sieht das Mal wie eine Blume aus. Da ich mich so nicht sehen kann, weiß ich nicht, ob er damit recht hat.«

»Es ist jedenfalls ein ungewöhnlich dunkles Feenmal«, sagte Rosalyn.

Cate lächelte sie über die Schulter an. »Ihr redet wie meine Großmutter. Als ich mich beschwerte, wie hässlich das Mal aussehe, nannte sie es meinen ›Feenkuss‹. Meine Großmutter und meine Mutter hatten das gleiche.«

»Natürlich – von der Mutter an die Tochter weitergegeben«, murmelte Rosalyn.

»Ja, es scheint so. Heute stört es mich nicht mehr – ich bin nur froh, dass es nicht im Gesicht sitzt.«

»Ich habe noch nie ein so dunkles Mal gesehen.« Rosalyns Hand wanderte abwärts, und Cate zuckte, als Connors Tante die schmerzende Stelle berührte.

»Autsch. Da ist es. Woher kann das kommen?«

Sie lächelte. »Ich weiß es nicht – doch die Farbe passt zu Eurem Feenkuss.« Es sieht aus, als hätte jemand einen Stein nach Euch geworfen. Aber wer sollte das gewesen sein, noch dazu da draußen in der Einsamkeit?«

Die Frage nagte an Cate, während sie sich anzog. Sie hatte das Gefühl, etwas Wichtiges vergessen zu haben – wie manchmal zu Hause in ihrer Zeit, wenn sie unterwegs nicht mehr wusste, ob sie den Herd oder ihren Lockenstab ausgeschaltet hatte.

Sie dachte darüber nach, während sie ihre Haare flocht und auch noch, als nach dem Essen Mairi den Kopf zur Tür hereinstreckte. Das Mädchen hüpfte durchs Zimmer, ließ sich auf dem Fell vor dem Kamin nieder und streckte wie immer die nackten Füße Richtung Feuer.

»Rosalyn hat beim Abendessen erzählt, dass du dich schnell erholst. Anabella war nicht erfreut darüber.«

Cate konnte sich lebhaft vorstellen, dass die Burgherrin ein paar ätzende Bemerkungen losgelassen hatte. »Das ist das Gute am Kranksein: Ich bekomme das Essen heraufgebracht und muss Anabellas Bosheiten nicht hören.«

»Du siehst schon wieder ganz wohl aus – abgesehen von den hässlichen Schrammen im Gesicht, doch die verschwinden wieder. Aber ich bin gestern zehn Jahre gealtert. Dich ohnmächtig im Gras liegen zu sehen war viel schlimmer für mich als später Connors Vorhaltungen.«

»Er hat dir Vorhaltungen gemacht? Weshalb? Hat er dich angeschrien?«

»Er schreit mich nie an. Aber er war sehr zornig, weil ich mit dir reiten gegangen war, ohne ihm vorher Bescheid zu sagen. Als hätte ich dich in die Wildnis verschleppt!« Sie verdrehte die Augen. »Ich war sehr erleichtert, dass er das Abendessen nicht mit uns einnahm.«

»Er ist nicht erschienen?« Cate war erstaunt. Connor hatte sie zwar in der ganzen Zeit nach Möglichkeit gemieden, die Mahlzeiten jedoch stets gemeinsam mit der Familie und ihr eingenommen.

»Nein. Als er mir vor der Großen Halle all die Gefahren aufzählte, die ich nicht bedacht hatte, kam Rosalyn, die deine Verletzungen versorgt hatte, aus deinem Gemach herunter und ermahnte ihn, sich in Selbstbeherrschung zu üben, und dann sagte sie noch, er solle bedenken, dass die Feen einem zwar die Wünsche erfüllen, aber nach ihrem eigenen Gutdünken. Er bekam einen roten Kopf und stürmte wütend Richtung Ausgang. Rosalyn lachte nur.« Mairi lehnte sich auf den Unterarmen zurück und schüttelte den Kopf. »Männer sind merkwürdig. Immer müssen sie sich beweisen. Als Jungen werfen sie mit Steinen, später kämpfen sie mit Schwertern. Oder sie machen sich mit Worten wichtig.«

»Ich bin ganz deiner Meinung.« Cate ließ sich neben Mairi nieder, und eine Weile hingen sie beide ihren Gedanken nach.

Cates ungutes Gefühl erwachte aufs Neue, und der Auslöser war das zuerst von Rosalyn und jetzt von Mairi erwähnte Stichwort »Stein«.

»Mairi, ist dir gestern irgendetwas aufgefallen, bevor mein Pferd durchging?«

»Was meinst du?«

»Hast du vielleicht etwas gehört?«

»Nein. Ich war doch am Bach, und dann kam auch noch Blane und redete irgendwelchen Unsinn auf mich ein.«

Cate rappelte sich auf. »Sorgst du dafür, dass mich niemand sucht?«

Mairi schaute sie erschrocken an. »Wohin willst du denn jetzt bei Nacht und Finsternis?«

»Frag nicht. Wenn ich recht habe, erzähle ich dir nachher alles.« Als sie die Enttäuschung ihrer Freundin sah, setzte sie hinzu: »Ich erzähle es dir auch, wenn ich *nicht* recht habe. Einverstanden?«

»Was bleibt mir anderes übrig?« Mairi begleitete ihre Freundin zur Tür.

Cate überlegte, ob sie Connor einweihen sollte, verwarf den Gedanken jedoch. Sie brauchte erst den Beweis für ihren Verdacht.

Vor der Tür empfingen sie Kälte und Nieselregen, und sie wünschte, sie hätte einen Umhang. Sie hatte zwar daran gedacht, eine Kerze mitzunehmen, aber nun wurde ihr bewusst, dass sie keine Ahnung hatte, wie sie sie anzünden sollte. Jetzt hätte sie eine Taschenlampe brauchen können. Einen Moment lang war sie versucht umzukehren, doch dann entschied sie, sich an ihren Plan zu halten.

Wenn ihr Verdacht richtig war, müsste ihr Pferd an der Hinterhand einen Bluterguss haben, wie sie ihn auf dem Rücken hatte. Sie erinnerte sich, ein dumpfes Geräusch gehört zu haben, bevor das Tier durchging. War es von einem Stein getroffen worden?

Als sie durchnässt und frierend den Stall betrat, sah sie einen weichen Lichtschein aus einem angrenzenden Raum dringen. Wahrscheinlich schlief dort der Stallbursche. Hoffentlich war er nicht da. Zu ihrer Erleichterung war der kleine Raum leer – bis auf eine Pritsche, eine Truhe und eine in einer Laterne brennende Kerze.

Cate zündete ihre Kerze daran an. Die Flamme mit der Hand schützend, machte sie sich auf die Suche nach dem Pferd, auf dem sie gestern geritten war. Es dauerte nicht lange, bis sie es entdeckte. Das Tier wirkte riesig im Kerzenlicht, aber Cate schluckte ihre Angst hinunter. Glücklicherweise stand das Pferd so, dass sie keine Mühe hatte zu finden, was sie vermutete. Den Beweis hatte sie jetzt – nun musste sie nur noch herauskriegen, wer hinter der Attacke steckte und warum.

Connor stand im Nieselregen auf dem Wehrgang und bemühte sich, den Tumult in seinem Innern in den Griff zu bekommen.

Diese Frau machte ihn völlig verrückt. Die letzten zwei Wochen hatte er sie so weit als möglich gemieden, sich auf dem Kampfplatz bis zur Erschöpfung verausgabt, alles, um genau das zu verhindern, wozu er es dann gestern Abend hatte kommen lassen. Was war er für ein Narr.

Er hatte geschworen, sie zu beschützen, aber um das zu tun, musste er in ihrer Nähe sein, und wie es schien, konnte er nicht die Finger von ihr lassen, wenn er in ihrer Nähe war. Sie schaute ihn mit ihren smaragdgrünen Augen an, und seine Lenden erwachten zum Leben, und er konnte nicht mehr klar denken. Zum ersten Mal, seit er erwachsen war, wusste er nicht, was er tun sollte.

Er fragte sich, ob Rosalyn ihn durchschaut und deshalb ihre Bemerkung über die Feen gemacht hatte. Wollte sie ihm damit sagen, dass das der Preis war, den er dafür zahlen musste, seine Feenvorfahren um Hilfe gebeten zu haben? In den vergangenen sieben Jahren hatte er gelernt, seine Gefühle in Schach zu halten, und er würde sich nicht gestatten, einer Frau wegen die Kontrolle über sich zu verlieren.

Er musste sich vor Augen halten, wer und was Cate war. Trotz des seltsamen Besitzwunsches, der ihn jedes Mal anwandelte, wenn er in ihre Nähe kam, wäre er gut beraten, sich zu erinnern, dass sie ihm nicht gehörte. Sie trug das Verlobungsgeschenk eines anderen, des Mannes, der sie, wenn sie heimkehrte, für sich beanspruchen würde.

Richard.

Sie hatte zwar gesagt, dass sie ihn nicht heiraten würde, dass für sie Liebe Vorrang vor Reichtum und Macht habe, aber sie war auch nur eine Frau wie jede andere, und wenn sie nach Hause zurückkehrte, würde sie sich für den Reichtum und die Macht entscheiden. Warum trug sie sonst den Ring?

Er täte gut daran, sich, wenn er sie auf den Stufen der

Kirche ehelichte, daran zu gemahnen, dass es ihr nichts bedeutete als die Erfüllung einer Aufgabe, damit sie heimkehren konnte. Und sie würde heimkehren. In weniger als vierzehn Tagen.

Zu Richard.

Es würde Richard sein, der in ihren grünen Augen ertrank und ihre weichen Lippen genoss. Connor hasste den Mann wegen seines teuren Karrens, aber vor allem, weil er einen Besitzanspruch besaß, den er siebenhundert Jahre in der Zukunft erheben würde.

»Ich dachte mir, dass ich dich hier finde.« Connor schrak aus seinen Gedanken hoch, als Duncan neben ihn trat.

»Es ist nicht klug, sich bei Nacht anzuschleichen, Duncan«, sagte er unfreundlich.

»Ich bin nicht geschlichen, ich bin regelrecht getrampelt – du warst der Unachtsame. Und ich wäre dir dankbar, wenn du mich nicht anblaffen würdest. Ich bin es nicht, auf den du wütend bist.«

»Verzeih mir, mein Freund. Du hast vollkommen recht.« Connor seufzte tief. »Ich kann mich selbst nicht leiden heute Nacht.«

Nach all den Jahren, die sie gemeinsam durch dick und dünn gegangen waren, schuldete er Duncan Ehrlichkeit.

»Du musst dich nicht entschuldigen. Ich weiß, was für ein Durcheinander unser kleines Mädchen in dir angerichtet hat.«

»Von welchem kleinen Mädchen sprichst du?«

»Versuche nicht, mir etwas vorzumachen, Jungchen. Ich kenne dich, seit du in den Windeln lagst.« Duncan schnaubte. »Du stehst bei diesem Wetter hier oben und beißt um dich. Ich habe keinen Zweifel daran, wer für deine Laune verantwortlich ist, aber ich weiß nicht, wie du das Problem lösen willst.«

»Es gibt kein Problem zu lösen. In vierzehn Tagen wird geheiratet, und danach kehrt sie heim, und ich bin frei und kann mich um Mairi kümmern. So war es geplant, so wird es gemacht.«

Eine Weile schauten beide in den spärlich beleuchteten Burghof hinunter.

»Du hast also nicht daran gedacht, sie zu fragen, ob sie hier bei dir bleibt?«, fragte Duncan behutsam, als wolle er die ungeheure Bedeutung seiner Worte abmildern.

»Sie hätte keinen Grund zu bleiben. Sie ist nicht meine Frau. Und es wartet ein reicher Mann in ihrer Zeit auf sie. Richard.« Er kämpfte den Drang nieder auszuspucken, um den ekelhaften Geschmack loszuwerden, den das Aussprechen des Namens hinterlassen hatte. »Der Ring, den sie trägt, ist sein Verlobungsgeschenk an sie.«

»Der kleine Stein? Nicht gerade beeindruckend für einen reichen Mann«, meinte Duncan.

»Nein.«

»Aber dieser Richard ist jetzt sehr weit entfernt von ihr, oder?«

Connor nickte bedächtig. »Ja, sehr weit entfernt.« Duncan musste das doch verstehen. Frauen mochten in Herzensangelegenheiten ruchlos vorgehen, doch er könnte das nicht. Es ginge gegen seine Ehre.

»Ich würde nie einem Mann die Frau stehlen.« Seine Stimme klang hart und kalt.

»Das hatte ich auch nicht angenommen – doch etwas,

was freiwillig gegeben wird, kann nicht gestohlen werden.«

»Sie hat mir nichts gegeben, Duncan.«

»Das mag sein, aber ich habe gesehen, wie sie sich gestern Abend an dich klammerte – und wie du sie ansahst.«

»Sie war verletzt«, erwiderte Connor steif. »Ich bin verantwortlich für ihre Sicherheit, und ich hatte versagt. Ich habe eine Rolle zu spielen, und ich spiele sie. Das ist alles. Ich habe nicht den Wunsch, mich an eine Frau zu binden.«

Wieder starrten die Männer schweigend in die Nacht.

Schließlich stieß Duncan Connor in die Seite. »Da du eine Rolle spielst, wie du sagst, Jungchen, ist es, glaube ich, an der Zeit für deinen nächsten Auftritt.« Er zeigte in den Hof. »Wenn mich nicht alles täuscht, ist das deine Braut, die da unten herumschleicht.«

Connor spähte in die Tiefe und stieß einen Fluch aus.

Es war tatsächlich Cate. Was hatte sie um diese Zeit im Burghof zu suchen?

»Großer Gott. Sie trägt nicht einmal einen Umhang. Sie muss bis auf die Haut durchnässt sein. Als Nächstes wird sie Fieber kriegen.«

Die Frau war wirklich eine Plage. Unbedacht begab sie sich von einer misslichen Lage in die nächste.

Er sollte sie einfach sich selbst überlassen. Oder sie über die Schulter werfen und wegtragen. Oder sie fesseln und in sein Gemach sperren. Er kochte vor Zorn.

Sie verschwand im Stall.

Um eine wie sie vor Schwierigkeiten zu bewahren, müsste ein Mann Tag und Nacht auf sie aufpassen.

Fluchend machte er sich auf den Weg zur Treppe.

Als Cate sich langsam dem Ausgang des Stalles näherte, löschte ein Luftzug ihre Kerze aus.

Im nächsten Moment spürte sie zu ihrem Entsetzen heißen Atem an ihrem Nacken, und dann wurde es hell. Cate fuhr herum.

Ein paar Meter von ihr entfernt steckte Blane eine Fackel in einen Wandhalter. Als er auf sie zukam, wich sie zurück, doch es blieb ihr nicht viel Platz bis zur Wand.

Er war ihr jetzt so nahe, dass er sie berühren konnte, und das tat er, fuhr mit dem Daumen über die Schürfwunde auf ihrer Wange. Cate drehte den Kopf zur Seite.

Wieder strich Blane mit dem Daumen über ihre Verletzung. »Wenn Ihr meine Frau wäret, hätte ich nicht zugelassen, dass Euch das geschah.«

Obwohl es Cate widerstrebte, sich auf eine Diskussion mit ihm einzulassen, erwiderte sie: »Ihr wart gestern dabei und *habt* es zugelassen.«

»Ja – weil Ihr nicht meine Frau *seid.*«

Sein Blick glitt abwärts, und Cate wurde bewusst, dass ihre durchnässte Kleidung mehr enthüllte als verbarg. Hastig verschränkte sie die Arme. Er lächelte anzüglich, und seine Augen glitzerten. Der Fackelschein verlieh ihm etwas Unheimliches.

»Mein Angebot gilt noch. Manchmal entscheiden wir uns nicht für das, was wir uns wünschen, sondern für das kleinere von zwei Übeln. Auf lange Sicht würdet Ihr ein Leben mit mir vielleicht angenehmer finden als mit meinem Cousin.«

Cate stockte der Atem, als Blanes Hand von ihrem Gesicht zu ihrer Kehle wanderte. Nervös biss sie sich auf die

Unterlippe, was sie jedoch sofort bereute, als er seinen Blick auf ihren Mund heftete und sich die Lippen leckte.

Sie wägte im Geist ihre Chancen ab. Blane war zwar nicht so groß und muskulös wie Connor, überragte sie jedoch um einiges. Körperlich wäre sie ihm nicht gewachsen, und obwohl er getrunken hatte – sein Atem roch nach Alkohol –, glaubte sie auch nicht, ihn durch Schnelligkeit austricksen zu können.

Was war ihr nur eingefallen, bei Nacht, allein und unbewaffnet den Wohnturm zu verlassen? Jetzt blieb ihr nichts anderes übrig, als Souveränität zu heucheln.

»Meine Entscheidung, Connor zu ehelichen, steht fest«, erklärte sie. »Es war nett, mit Euch zu plaudern, aber ich muss jetzt gehen.«

Als hätte er nichts gehört, nahm er ihren Zopf und riss den Stoffstreifen ab, mit dem sie ihn zusammengebunden hatte. Als er mit der anderen Hand die Verschnürung ihres Oberkleids zu öffnen begann, packte Cate Panik, und sie bedauerte, keinen der Selbstverteidigungstricks zu beherrschen, die Jesse ihr immer hatte beibringen wollen. Jetzt hätte sie einen brauchen können.

Sie versuchte, Blane wegzustoßen, doch er drückte sie mit seinem Körper an die Wand.

»Ihr wolltet Euch wohl hier mit Connor treffen.« Seine Stimme klang heiser, sein Atem strich heiß an ihrem Ohr vorbei. »Nun, wie es scheint, hat er etwas Besseres zu tun. Das sollte Euch veranlassen, Eure Entscheidung zu überdenken. Ich werde Euch dabei helfen.«

Er presste seinen Mund auf ihren, grub seine Zähne in ihre Unterlippe.

»Sie braucht deine Hilfe nicht«, kam in diesem Moment ein volltönender Bariton aus dem Hintergrund.

Blane löste sich so weit von ihr, dass sie an ihm vorbei Connor sehen konnte, der am Rand des Fackelscheins stand. Seine Haare waren tropfnass, der kleine Zopf klebte an seiner Wange, seine rechte Hand lag auf dem Griff seines Schwertes. Und in seinen Augen stand grimmige Entschlossenheit.

Blane war ihr unheimlich vorgekommen, aber Connor wirkte lebensgefährlich.

Blane entfernte sich langsam seitwärts von ihr, wobei er die Schnüre ihres Kleides durch seine Finger laufen ließ, und Cate merkte plötzlich, dass sie den Atem angehalten hatte. Blane blieb in etwa einem Meter Abstand von ihr stehen.

Connor hatte sich nicht von der Stelle gerührt.

Die beiden Männer starrten einander an, fochten einen urzeitlichen Kampf der Willenskräfte aus.

»Verzeih, Cousin«, sagte Blane schließlich und neigte leicht den Kopf. Dann hielt er den Stoffstreifen hoch, den er Cate aus den Haaren gezogen hatte. »Ich nehme an, das ist dein Zeichen. Jedenfalls sind das deine Farben, nicht wahr?«

Connors Augen blitzten noch immer gefährlich, doch seine Stimme klang ruhig, als er sagte: »Ja, Cousin, das hast du richtig erkannt. Aber du wusstest ja schon vorher, dass sie mir gehört.«

Cate schmeckte Blut, wo Blane sie gebissen hatte, und fuhr sich mit dem Handrücken über den Mund. Sie hörte einen Schmerzenslaut und erkannte erschrocken, dass sie ihn selbst ausgestoßen hatte.

Augenblicklich war Connor bei ihr. Mit zitternden Fingern band er ihr Kleid zu. Dann zog er ihr die Hand vom Mund. Als er das Blut daran sah, versteinerten sich seine Züge, er drehte sich zur Seite und trat auf seinen Cousin zu.

Wieder starrten die Männer einander an, diesmal aber nur kurz, denn Connor bückte sich und hob den Stoffstreifen auf, den Blane hatte fallen lassen. Dann richtete Connor sich auf, holte aus und schlug Blane mit voller Kraft mit dem Handrücken auf den Mund. Blane stolperte rückwärts und landete hart auf dem festgestampften Boden. Vorsichtig betastete er seine blutenden Lippen, schüttelte den Kopf und warf Connor einen finsteren Blick zu.

Connor beugte sich über ihn und sagte leise, aber deutlich: »Das war meine letzte Warnung, Cousin. Cate gehört mir. Ich werde dich heute nicht töten, weil du getrunken hast und ich zu deinen Gunsten annehme, dass der Alkohol dir das Hirn vernebelt hat.« Er hielt inne, atmete tief durch, als kämpfe er um Beherrschung, und setzte dann hinzu: »Aber merke dir meine Worte: Wenn du sie jemals wieder berührst, wirst du durch meine Hand den Tod finden.«

Cates Arm umklammernd, durchquerte Connor den Burghof. Cate musste rennen, um mit ihm Schritt zu halten, doch das kümmerte ihn nicht. Er schäumte vor Wut. Aber da war noch ein anderes Gefühl. Ein Gefühl, mit dem er keine Erfahrung hatte.

Angst.

Angst vor dem, was Cate hätte zustoßen können, Angst vor dem, was ihr noch zustoßen könnte.

Inzwischen war das Nieseln in Regen übergegangen, aber Connor merkte es nicht, nahm seine Umgebung erst wieder wahr, als Cate stolperte.

Ohne ihren Arm loszulassen, hob er mit geschlossenen Augen sein Gesicht dem Himmel entgegen, atmete tief und versuchte verzweifelt, den Tumult in seinem Innern unter Kontrolle zu bekommen. Während die Tropfen auf ihn herunterprasselten, durchlebte er wieder und wieder, was sich im Stall zugetragen hatte, sah Blane Cate bedrängen, sah ihr geöffnetes Oberkleid und das nasse Unterkleid, hörte ihren Schmerzenslaut, sah das Blut an ihrer Hand. Ihr Blut.

Er senkte den Kopf, öffnete die Augen und schaute auf Cate hinunter. Auch sie hatte das Gesicht mit geschlossenen Augen dem Himmel zugewandt, der Zopf hatte sich gelöst, und ihr Haar hing in nassen Strähnen auf die Schultern herab. Sie sah zart und zerbrechlich aus, und sein Magen verkrampfte sich, als ihn wieder diese seltsame Angst überfiel.

»Ich bringe Euch in Euer Gemach, und dort bleibt Ihr.«

»Ich will jetzt nicht in mein Zimmer«, protestierte sie. »Ich muss mit Euch reden.«

»Ihr tut, was ich sage!«

»Aber ich …«

»Kein Wort mehr!«, unterbrach er sie.

Die Angst war vergangen, er konnte wieder klar denken.

»Ihr werdet gehorchen. Ihr werdet Euer Gemach in Zukunft nur in Begleitung verlassen. Ich werde dafür sorgen, dass Ihr nicht wieder in Gefahr geratet, solange Ihr hier seid. Das ist meine Pflicht.«

Er sah Rebellion in ihren Augen funkeln, aber er würde

sich auf kein Streitgespräch einlassen. Als er sie an sich riss und ihr den zum Protest geöffneten Mund mit dem seinen verschloss, tat er es in der Absicht, sie für ihre Aufsässigkeit zu bestrafen, doch als er ihre weichen Lippen spürte, konnte er an nichts anderes mehr denken als an sein Verlangen nach ihr, und er legte seine Seele in den Kuss.

Als er sich schließlich zwang, von Cate abzulassen, blieben ihre Lippen leicht geöffnet.

Um nicht wieder schwach zu werden, beschloss er, den Gedanken, der ihm oben auf dem Wehrgang gekommen war, in die Tat umzusetzen. Er hob sie hoch, warf sie über die Schulter und trug sie die Treppe hinauf in den Wohnturm. Triumphierend lächelnd hörte er sie vor Überraschung nach Luft schnappen. Er hatte sie zum Schweigen gebracht.

Zumindest für einen Moment.

»Lasst mich auf der Stelle runter!«, fauchte sie und drosch mit den Fäusten auf ihn ein, aber sie hätte genauso gut auf die Steinmauern um sie herum einschlagen können.

Als sie sich gerade so weit gesammelt hatte, um Connor berichten zu können, was sie entdeckt hatte, küsste er sie, dass ihr Hören und Sehen verging, und dann warf er sie sich, ohne ihr Gelegenheit zu geben, zu sich zu kommen, wie einen Sack Schmutzwäsche über die Schulter und schleppte sie durch die Gänge der Burg und die Wendeltreppe hinauf.

»Seid still«, grollte er und umfasste ihre Beine noch fester.

Schließlich blieb er stehen, und sie erkannte, dass sie vor

ihrem Zimmer angekommen waren. Er stieß die Tür auf, stampfte zum Bett und ließ Cate darauf fallen.

»Was ist passiert?«, rief Mairi erschrocken und sprang von ihrem Platz am Feuer auf. »Was tust du …«

»Hinaus!« Ohne den Blick von Cate zu lösen, deutete er auf die Tür.

»Aber was …«

»Hinaus!«, bellte er, und Mairi gehorchte.

»Hört zu, Connor – so geht das nicht. Ihr könnt mich nicht …«, begann Cate.

Er ließ sie den Satz nicht beenden. »Ich kann Euch nicht Tag und Nacht bewachen, Frau, und da Ihr nicht in der Lage seid, auf Euch selbst zu achten, muss ich auf andere Weise verhindern, dass Ihr Euch wieder in Gefahr begebt. Ich dulde keinen Widerspruch. Ihr bleibt in diesem Raum, es sei denn, Duncan oder ich begleiten Euch.«

Sein Atem ging stoßweise, und Cate glaubte nicht, dass das von der Anstrengung herrührte, sie hier heraufgetragen zu haben. Der Mann war wütend.

»Ich muss dringend mit Euch reden – über …«

»Ruhe! Ich werde verhindern, dass Ihr noch einmal in Gefahr geratet. Es gibt Menschen, die Euch übelwollen …«

Menschen, die ihr übelwollten? Das versuchte sie ihm doch dauernd zu erklären! »Genau darüber müssen wir unbedingt sprechen …«

»Es gibt darüber nichts zu sprechen. Ihr werdet tun, was ich sage, oder ich schwöre, ich binde Euch an dieses Bett.«

»Was?« Für wen hielt er sich? Sie stand auf und trat vor ihn hin. »Ihr habt nicht das Recht, mich so zu behandeln.«

»Oh, doch, ich habe das Recht. Ich habe geschworen,

Euch zu beschützen, und das werde ich tun. Auch wenn es anscheinend gegen Euren Willen geschieht.«

»Ihr könnt mich nicht herumkommandieren, mich hier einsperren und meine Zustimmung erwarten.«

Einen Moment lang starrten sie einander an, dann beugte er sich vor und hob sie auf seine Arme.

»Ich erwarte nicht, dass Ihr zustimmt«, flüsterte er dicht an ihrem Mund, bevor er ihn in Besitz nahm.

Cate wollte Connor eigentlich wegstoßen, doch ihre verräterischen Arme hoben sich, um sich um seinen Hals zu schlingen. Kurz bevor sie ihr Ziel erreichten, landete Cate wieder rücklings auf dem Bett.

Connor war mit wenigen Schritten an der Tür. »Was ich erwarte, ist, dass Ihr für den Rest der Nacht in diesem Bett bleibt und darüber hinaus, wie befohlen, in diesem Gemach.« Damit verließ er das Zimmer.

Cate warf ihm ein Kissen hinterher, doch es landete nach nur kurzem Flug und unbefriedigend leise auf dem Boden.

13

»Ja, sie hat mein Angebot auch diesmal abgelehnt.« Ein kaltes, nasses Tuch auf seinen geschwollenen Mund drückend, ging Blane ein paarmal auf und ab, bevor er sich mit finsterer Miene wieder seinem Vater zuwandte. »Aber ich hätte sie noch umgestimmt, wenn Connor nicht gekommen wäre.«

Das spöttische Lachen seines Vaters brachte ihn in Rage. Wütend warf er das Tuch auf den Boden. Die Wirkung des Ales war – wie stets – zu schnell verflogen, und nun musste er seiner Situation ohne jeden Schutz ins Auge blicken.

»Sie war kurz davor, schwach zu werden, Vater. Ich spürte es. Ich hätte ihre Meinung ändern können.«

»Das ist unwichtig. Du willst sie doch ohnehin nicht.« Der alte Mann tippte sich nachdenklich ans Kinn. »Wir werden sie beiseiteschaffen. Das ist die einzige Möglichkeit.«

»Nein. Du hast gesagt, dass ich das Problem auf meine Weise lösen darf.« Er musste sich etwas einfallen lassen. Auf der Stelle. »Ich habe es mir anders überlegt«, erklärte er. »Ich will sie jetzt doch.«

»Weil sie Connor gehört? Weil *er* sie will?«

»Vielleicht. So wie *du* damals wolltest, was ihm gehörte.«

Einen Herzschlag später setzte er hinzu: »So wie du wolltest, was seinem Vater gehörte.«

»Hüte deine Zunge«, herrschte Artair ihn an. »Ich bin der Laird.« Er beugte sich zu Blane vor. »Connor darf nicht hierbleiben. Wir müssen dafür sorgen, dass er zu seinem König und an den Hof zurückkehrt. Ich will nicht alles verlieren.« Wieder tippte er sich ans Kinn, doch jetzt war der Rhythmus hektisch.

»Kämpfe mit ihm um das Mädchen, wenn du sie unbedingt willst«, sagte eine harte Stimme aus dem Schatten.

»Nein«, erwiderten beide Männer wie aus einem Munde.

»Das geht nicht.«

Blane hatte schon immer vermutet, dass er Connor körperlich nicht gewachsen wäre, und diese Nacht war es zur Gewissheit geworden. Er hätte nicht einmal nüchtern eine Chance gegen seinen Cousin.

»Wir dürfen uns nicht den Zorn des Königs zuziehen, indem ich Connor verletze. Die Hochzeit muss auf andere Weise verhindert werden. Ich werde darüber nachdenken.« Artair richtete sich zu seiner vollen Größe auf, nahm all seinen Mut zusammen und flüsterte in das Dunkel hinein: »Wir müssen auch bedenken, dass er unter Rosalyns Schutz steht.«

»Dann schafft sie auch beiseite«, gab die Stimme erbarmungslos zurück.

»Hast du den Verstand verloren?« Jetzt lag Angst in Artairs Stimme. Er drehte sich Blane zu. »Deine Methode hat nicht gewirkt. Nach deinem letzten Zusammentreffen mit deinem Cousin ist es vielleicht am besten, wenn du ein paar Tage nicht seine Aufmerksamkeit auf dich ziehst. Reite zum

MacPherson. Versichere ihm, dass unsere Schulden zum Monatsende beglichen werden.«

»*Deine* Schulden, Vater«, korrigierte Blane. »Ich werde ihm die Begleichung *deiner* Schulden versichern.« Blane hasste den MacPherson beinahe ebenso wie seinen Vater. Er vollführte einen Kratzfuß und ging.

»Du darfst nie, nie wieder davon sprechen, Rosalyn etwas anzutun. Denke nicht einmal daran. Du kennst die Legende. Es wäre unser Ende.« Halb verrückt vor Angst lief Artair aus dem Raum.

Die Stimme aus dem Dunkel schickte ihm eine bitterspöttische Bemerkung hinterher: »Gott bewahre mich vor abergläubischen Narren und Feiglingen.«

14

Cate hatte Connor nicht mehr gesehen, seit er sie vier Nächte zuvor wie einen Sack auf dem Bett abgeladen hatte.

Er war seinerzeit nicht bereit gewesen, mit ihr zu reden, und er war auch seitdem nicht bereit, obwohl sie wiederholt Mairi und Rosalyn gebeten hatte, ihm auszurichten, dass sie ihn dringend sprechen müsse. Wie es schien, gab es für ihn, wenn er einmal etwas entschieden hatte, keine Diskussion mehr und keinen Kompromiss.

Und sie hatte sich beschwert, dass ihre Brüder ihr das Leben schwermachten!

Als ihr einfiel, dass Wolf seit ihrem Unfall verschwunden war, musste sie Duncan beinahe auf Knien anflehen, es Connor auszurichten.

Duncan! Der machte sie genauso wütend. Jedes Mal, wenn sie die Tür öffnete, stand er davor. Sie schnitt eine Grimasse, als sie sich ins Gedächtnis rief, wie sie ihm hoch und heilig versprochen hatte, sich nicht aus dem Zimmer zu rühren, während er Connor ihre Nachricht überbrächte. Er hatte ihr verboten, auch nur einen Fuß in den Burghof zu setzen, gedroht, sie über die Schulter zu werfen, wie Connor es getan hatte, wenn sie nicht ein »braves Mädchen« wäre. Die letzten zwei Tage hatte er ihr nicht einmal erlaubt, ihr Zimmer zu verlassen.

Diese Männer waren doch total übergeschnappt.

»Zum Teufel mit den beiden. Ich hasse es, zu Stubenarrest verdonnert zu sein wie ein ungezogenes Kind.« Sie warf sich aufs Bett und starrte wütend zu dem Baldachin hinauf.

Außerdem hatte sie von Mairi erfahren, dass Connor gemeinsam mit Duncan im Nebenzimmer eingezogen war – wahrscheinlich, um sicherzugehen, dass sie sich nicht irgendwann nachts davonstahl.

Das war das Schlimmste, denn wenn sie rückhaltlos ehrlich zu sich war, musste sie zugeben, dass sie es kaum ertrug, hier im Bett zu liegen und zu wissen, dass Connor sich nebenan befand und doch unerreichbar für sie war.

Letzte Nacht hatte sie in der Hoffnung, etwas von drüben zu hören, sogar das Ohr an die Wand gepresst, aber natürlich drang kein Laut durch die dicke Steinmauer.

Nachdem er sie im Stall gerettet hatte, war er stinkwütend gewesen, hatte sie brutal durch den Burghof gezerrt – aber dann hatte er sie plötzlich geküsst, und das auf eine Weise, wie sie noch nie geküsst worden war. Danach hatte sie gedacht, dass vielleicht …

»Blödes Weib!«, schimpfte sie sich.

Sie war total neben der Spur. Auf der Zeitreise mussten ihre Gehirnzellen durcheinandergeschüttelt worden sein. Seit sie hier war, hatte sie sich nicht mehr in der Gewalt. Dieser arrogante Neandertaler musste sie nur ansehen, und schon fing ihr Herz an zu hämmern, ihre Hände begannen zu zittern, und sie wollte … nun, was immer sie wollte, würde ganz sicher nicht passieren.

Sie musste unbedingt einen klaren Kopf bekommen und

Connor aus ihren Gedanken verbannen. Cate atmete langsam und konzentrierte sich darauf, zu entspannen, nichts mehr zu denken.

Tief einatmen, tief ausatmen, wie im Yogakurs.

Aber als sie die Augen schloss, sah sie Connor vor sich. Wie er ihre Hand nahm. Wie er, von Regen triefend, zornig und voller Angst auf sie herunterschaute, wie er sie an sich zog und küsste.

»Herrgott noch mal!« Sie war noch nie gut gewesen in diesem Bewusstseinserweiterungs- und Entspannungsmist. Wütend setze sie sich auf und schlug mit den Fäusten auf die Matratze ein.

Cates Blick wanderte zu der Truhe neben dem Bett. Da lag der Anhänger, der Connor seinen Worten nach zu ihr geführt hatte, starrte sie wie ein großes, grünes Auge unverwandt von dem Nest aus an, zu dem der Stoffstreifen geschlungen war, mit dem sie seit ihrem ersten Tag hier in dieser Zeit ihre Haare zusammengebunden und den Connor neben sie aufs Bett geworfen hatte.

Blane hatte das Band als Connors Zeichen gedeutet, und es würde eher die Hölle zufrieren, als dass sie, Cate, es noch einmal trüge.

Sie erhob sich und begann, auf und ab zu gehen, während sie über ein weiteres großes Ärgernis der letzten Tage nachdachte – das Geheimnis der Steinwürfe.

Sie hatte mit Connor darüber sprechen wollen, zuerst in der Nacht, als sie ihre Vermutung bestätigt gefunden hatte, und dann später, aber er war ja nicht bereit, sie anzuhören.

Sie scheute sich, Mairi oder Rosalyn ins Vertrauen zu ziehen, denn sie wollte keine von beiden in Gefahr bringen.

Wenn sie ihnen erzählte, dass jemand ihr Pferd absichtlich erschreckt hatte, würden sie vielleicht auf eigene Faust Nachforschungen anstellen. Oder, noch schlimmer, den Übeltäter sogar finden. Und was dann?

Noch immer ruhelos hin und her gehend, versuchte sie, die Puzzleteile zu einem Bild zusammenzufügen, als draußen auf dem Korridor Stimmen laut wurden. Sie riss die Tür auf und sah, dass Duncan Mairi den Zutritt verwehrte.

»Du hörst mir nicht zu, Mädchen. Sie geht nirgendwohin, bis Connor wieder hier ist.«

»Und du hörst *mir* nicht zu, du großer Esel!«, schrie Mairi ihn an. »Er *ist* wieder hier! Und er hat Wolf mitgebracht und …« Sie entdeckte Cate. »Du musst mit mir kommen, Cate! Wolf ist verletzt.«

Mit der Kraft der Verzweiflung versuchte Cate, sich an Duncan vorbeizuzwängen, doch er blockierte die Tür unverrückbar wie ein Fels.

»Verdammt, Duncan! Lasst mich raus! Das ist ein Notfall!« Wieder mühte sie sich vergeblich.

»Es mag ein Notfall sein, aber Ihr geht nirgendwohin. Ich darf Euch an Euer Versprechen erinnern. Connor hat gesagt, Ihr bleibt drin, also bleibt Ihr drin.« Er drehte sich zu ihr um, schob sie ein Stück zurück und begann, die Tür zuzuziehen.

»Mairi!«, rief Cate panisch. »Komm wieder und erzähl mir, was …«

Die Tür schloss sich.

Während Cate neuerlich durch den Raum tigerte und wartete, wurde ihr wieder einmal bewusst, dass Zeit tatsächlich relativ ist: Die Minuten dehnten sich zu Ewigkeiten.

»Er wird ganz bestimmt wieder gesund?«, fragte Cate zum x-ten Mal, und Mairi bestätigte es wieder mit einem Nicken.

Die beiden saßen auf dem Fell vor dem Kamin und aßen zu Abend. Wenigstens hatte Duncan Cate Gesellschaft genehmigt.

»Nachdem du Duncan endlich dazu bewegt hattest, ihm von Wolfs Verschwinden zu berichten«, die Mädchen tauschten einen Männer-sind-ja-so-dumm-Blick, »war Connor sofort losgeritten, um ihn zu suchen. Er war zwei Tage unterwegs. Connor sagt, dass der Pfeil im Bein wie ein Pfropfen wirkte und so verhinderte, dass Wolf verblutete. Connor hat seinen Hund noch im Wald von dem Pfeil befreit und die Wunde gleich an Ort und Stelle versorgt, und nun befindet Wolf sich in seinem Gemach. Duncan wird sich um ihn kümmern.«

Cate schnaubte. »Wie will er das machen, wenn er den ganzen Tag vor meiner Tür Gefängniswärter spielt?«

»Jetzt steht er nicht dort. Die drei bewachen dich von Connors Gemach aus.« Sie beugte sich zu Cate und flüsterte: »Soviel ich gehört habe, bevor sie mich bemerkten, ist für morgen der Ausritt geplant.«

Connor war zwei Tage weg gewesen. Nun war er wieder da. Nebenan. Und sie hatte es nicht gewusst.

Verwünschter Kerl.

Jetzt freute sie sich tatsächlich auf den Ausritt, denn er würde ihr die Gelegenheit verschaffen, Connor zu sagen, was sie auf dem Herzen hatte.

Mairi redete noch immer. »… und Anabella schimpfte, dass du so viel Arbeit machst, weil dir die Mahlzeiten heraufgebracht werden müssen.« Kichernd lehnte sie sich an den hinter ihr stehenden Stuhl. »Ich wünschte, du hättest ihr Gesicht sehen können, als Rosalyn zu ihr sagte, wie sehr du die Mahlzeiten in ihrer, Anabellas, Gesellschaft vermisst.«

Beide prusteten los.

»Ich fange an zu glauben, dass deine Tante Rosalyn einen boshaften Humor besitzt«, sagte Cate.

»Ja. Sie hat an den einfachsten Dingen die größte Freude.«

Sie kicherten.

»Habe ich sonst noch etwas verpasst?«

»O ja – ich fürchte, ich werde alt. Das Schönste hätte ich beinahe vergessen!« Mairis Augen strahlten. »Stell dir vor, der König wird Eurer Hochzeit beiwohnen! Die Neuigkeit hat Lyall gestern mitgebracht. Ich habe allerdings noch nicht allein mit ihm sprechen können. Ich war in der Großen Halle, als er heimkehrte. Zuerst waren alle besorgt wegen seines verbundenen Arms, aber dann erzählte er uns vom Besuch des Königs, und plötzlich redeten alle durcheinander. Anabella war außer sich vor Aufregung über die Nachricht. Wahrscheinlich überlegt sie fieberhaft, wie sie den König beindrucken kann.«

»Nimmt der König an vielen Hochzeiten teil?«

»Nein. Er kommt, weil er Connor favorisiert.« Mairi neigte den Kopf zur Seite. »Ich habe gehört, dass Connor dem König einmal das Leben gerettet hat, doch ich habe meinen Bruder nie bewegen können, mir davon zu erzählen. Er spricht mit mir nie über die Dinge, die er im Dienst des Königs erlebt. Aber mit Lyall redet er offenbar. Die beiden stecken auf dem Kampfplatz stundenlang die Köpfe zusammen, wenn er vom Hof nach Hause kommt.« Seufzend schüttelte sie den Kopf. »Manchmal fühle ich mich schrecklich ausgeschlossen.«

Cate wusste, wovon das Mädchen sprach. Obwohl sie im Familienbetrieb mitarbeitete, wurde sie nie in Diskussionen über Taktiken oder aktuelle Operationen einbezogen. Und auch zu Hause sprach keiner mit ihr darüber.

Es war merkwürdig. Ständig fand sie Parallelen zwischen sich und Mairi, zwischen Connor und den Männern in ihrer Familie. Und wieder fiel ihr auf, wie wenig die Männer sich in der Zeit zwischen dieser und ihrer verändert hatten.

Aber wenn sie ihrer neuen Freundin so zuhörte, galt für die Frauen das Gleiche. Man müsste Mairi nur in ein T-Shirt und eine Jeans stecken, und schon würde sie in jede Gruppe junger Frauen passen, die in Denver die Straße hinunterschlenderten. Nach einem Blick auf Mairis nackte Füße und den Smaragdring, der an ihrer Zehe blitzte, revidierte Cate diesen Gedanken, was den Ort anging: Mairi würde besser nach Boulder passen.

»Ich werde zur Hochzeit sogar Schuhe tragen«, erklärte Mairi mit einem tiefen Seufzer. »Anabella wird zwar bestimmt eine bissige Bemerkung darüber machen, aber ich will nicht, dass Connor sich vor dem König für mich schämen muss.« Sie errötete. »Ich habe noch nie einen König gesehen.«

»Dann sind wir schon zu zweit«, murmelte Cate nachdenklich.

Das Leben wurde immer seltsamer. Wenn sie daran dachte, wie beeindruckt Richard gewesen war, weil zu ihrer Hochzeit ein paar Kongressmitglieder und ein Senator kommen sollten. Hier würde sie in Anwesenheit von König Alexander III. von Schottland getraut, und das wäre nicht ihr Verdienst, sondern Connors.

»Konntest du den Spuren folgen?« Duncan saß auf einem Hocker am Feuer.

Connor schüttelte den Kopf. »Der Regen hat alles weggewaschen. Ich fand nur innerhalb des Waldrands Hufabdrücke, nahe der Stelle, an der das Pferd durchging.« Er lehnte sich auf dem Stuhl zurück, den er sich dicht an die offene Tür gezogen hatte. Von hier aus konnte er Cates Tür und den Korridor überblicken und sicherstellen, dass niemand ihn und Duncan reden hörte. »Wenn mir Wolfs Verschwinden gleich selbst aufgefallen wäre, hätte ich ihn früher gesucht und vielleicht mehr Hinweise entdeckt.«

Ja, vielleicht, aber um welchen Preis? Er wäre nicht da gewesen, als Cate im Stall belästigt wurde. Noch heute, vier Tage danach, spürte er das unangenehme Kribbeln, das mit seiner Angst und seiner Wut einhergegangen war.

»Dann hast du also so gut wie nichts herausgefunden.« Bedauernd den Kopf schüttelnd, beugte Duncan sich zur Seite und streichelte den neben ihm schlafenden Hund.

»Ich habe immerhin herausgefunden, dass Cates Sturz gewollt war. Und dass sie Wolf töten wollten, weil er sie entdeckte.«

»Sie?«

»Ja. Es waren mindestens zwei Reiter.«

»Und was tun wir jetzt?«

»Versuchen zu erahnen, was sie als Nächstes tun könnten, und uns dafür bereithalten.«

Connor war überzeugt, dass sein Onkel dahintersteckte, doch er hatte keinen Beweis.

Er hasste diese Ungewissheit. Es war wie mit den Intrigen am Hof des Königs. Die waren das Einzige, was ihn daran störte, in Alexanders persönlichem Dienst zu stehen. Viel lieber stand er auf einem Schlachtfeld einem bekannten Gegner gegenüber.

Duncan beugte sich zu ihm vor. »Was hältst du davon, die Frauen nach Hause zu bringen? Auf Sithean Fardach könnten wir sie gut beschützen. Ich fühle mich hier nicht wohl. Es sind viel zu viele Leute da. Zu viele Unbekannte.«

Der alte Krieger hatte recht, aber der Plan barg ebenfalls Gefahren.

»Darüber haben wir doch bereits gesprochen, Duncan, die Risiken abgewägt. Der Anstand verlangt, dass meine Braut bis zur Hochzeit unter dem Schutz meiner Familie steht.« Schutz? Das war ein Scherz.

Duncan schnaubte spöttisch. »Als hätte dich je gekümmert, was der Anstand verlangt.«

»Wenn wir jetzt nach Sithean Fardach flüchten, werden ihre Spione uns, wenn wir zur Hochzeit aufbrechen, draußen erwarten und nicht aus den Augen lassen. Dann wird es viel schwieriger, sie zu überzeugen, dass wir Cate gleich nach der Trauung nach Hause geschickt haben. Wenn wir jedoch bis zur Hochzeit hier ausharren, bleibt uns Zeit, bis sie auf ihren Posten sind. Und wenn sie fort ist, können wir ihnen erzählen, dass ihr Vater eine Eskorte für sie geschickt habe. Keiner kann uns das Gegenteil beweisen, und Mairi und Rosalyn sind bei uns in Sicherheit.«

Der Plan gefiel ihm ebenso wenig wie Duncan, aber er

war der einzig brauchbare. Es sei denn, Cate würde erneut angegriffen. Dann hätte er keine Wahl mehr. Er würde nicht zulassen, dass ihr etwas geschähe.

»Was ist mit der Rundreise? Willst du sie tatsächlich riskieren?«

»Ja, es bleibt mir nichts anderes übrig.« Connor lächelte seinen Freund grimmig an. »Aber ich habe mir überlegt, wie ich für größere Sicherheit sorgen kann. Sie wissen, dass wir diese Tradition einhalten müssen, also werden wir die ganze Zeit auf der Hut sein.«

»Wir?«

»Ja.«

Nach einem letzten Blick auf den Korridor, um sich ihrer Ungestörtheit zu vergewissern, weihte Connor seinen Freund in sein Vorhaben ein.

15

Das Aufgebot wurde zum letzten Mal verlesen. Noch fünf Tage bis zur Hochzeit. Heute würde Cate mit Connor die Rundreise machen, um die Leute im Umland zur Trauung und dem anschließenden Fest einzuladen.

Es blieb ihr höchstens noch eine Woche hier.

Cate hatte die ganze Nacht kaum ein Auge zugetan, so nervös machte sie die Aussicht auf ihre bevorstehende Präsentation.

Nachdem sie sich zweimal umgezogen hatte, entschied sie sich für das smaragdgrüne Oberkleid, das sie schon zum Verlobungsfest getragen hatte. Während sie es anzog, dachte sie sehnsüchtig, wie viel entspannter sie dem Ritt in ihren Lieblingsjeans entgegensehen würde.

Als sie sich im Zimmer umschaute, fiel ihr Blick auf das Hochzeitskleid ihrer Großmutter und Mutter. Rosalyn hatte es ihr gestern Abend gebracht. Es war noch immer zu einem Bündel verschnürt gewesen.

Cate hatte das Band gelöst, die zerknitterte Robe liebevoll über einen Stuhl gebreitet und so gut es ging glatt gestrichen.

Sie ging hinüber und fuhr behutsam mit der Hand über die alte Spitze. Ihre Großmutter war eine wundervolle Frau gewesen, stark und mutig in den Entscheidungen, die sie treffen musste, um die Kontrolle über ihr Leben zu behalten. Sie hätte sich nicht von diesen Leuten einschüchtern lassen.

»Warum kann ich nicht wie du sein, Granny?«

Sie hatte Connor nicht gesehen, seit er sie in ihr Gemach geschleppt und ihr Stubenarrest erteilt hatte. Sie hatte sich vorgenommen, den gemeinsamen Tag mit ihm für ein klärendes Gespräch zu nutzen, und was sie gestern Abend von Mairi erfahren hatte, bestärkte sie noch in ihrer Absicht.

Connors kleine Schwester hatte endlich Gelegenheit gehabt, mit ihrem Cousin Lyall zu reden, und im Laufe ihrer Unterhaltung über sein Abenteuer, den Besuch des Königs und die Geschehnisse während seiner Abwesenheit hatte er sich entschuldigt, dass er sein Versprechen nicht eingehalten hatte, sie und Cate beim Reiten im Gelände zu begleiten. Offenbar hatte er Blane gar nicht gebeten, für ihn einzuspringen.

Blane hatte gelogen.

Das passte zu ihrem Verdacht. Und sie war entschlossen, Connor diesen heute auf ihrer Rundreise mitzuteilen.

Er würde sich doch hoffentlich an sein Versprechen erinnern und sie bei sich mitreiten lassen! Bei der Vorstellung, vor ihm im Sattel zu sitzen, seinen Arm um ihre Taille und seinen Körper hinter sich zu spüren, fingen Cates Wangen an zu glühen, und ihr Herz begann schneller zu schlagen.

Als es an der Tür klopfte, sprang Cate auf und strich über ihren Rock, aber eher, um ihre feuchten Hände zu trocknen, als um ihn zu glätten.

Zu ihrer Überraschung war Duncan gekommen, um sie abzuholen, doch im Burghof erwartete sie eine noch größere – in Gestalt einer beträchtlichen Anzahl von Reitern. Offenbar würden Connor und sie die Rundreise in Begleitung machen.

Das entsprach absolut nicht der Vorstellung, die sie sich anhand der Schilderung dieses Brauchs gemacht hatte.

Rosalyn, Mairi, Lyall und Fergus – der Wachmann, der sie bei ihrer Ankunft auf Dun Ard Castle eskortiert hatte – warteten gemeinsam mit Connor, der ihr wortlos zunickte, am Fuß der steinernen Außentreppe auf sie. Auch Duncans Pferd stand bereit.

Cate versuchte, in Connors Gesicht zu lesen, bevor sie die Treppe hinunterging, doch seine Miene war undurchdringlich.

Als sie den Hof betrat, lenkte Connor, wie er es zuvor im Wald getan hatte, sein Pferd auf sie zu und hob sie zu sich hinauf. Einen Moment sah sie ein Flackern in seinen Augen, doch dann waren sie wieder ausdruckslos.

Das Gespräch, das sie heute mit ihm hatte führen wollen, würde wohl oder übel warten müssen, aber wenigstens hatte er sein Versprechen nicht vergessen, dass sie bei ihm mitreiten durfte.

Die Sonne stand hoch am Himmel. Sie saßen seit Stunden im Sattel, und Cate hätte nicht sagen können, wie oft sie schon angehalten hatten. Es war jedes Mal dasselbe. Die Leute kamen aus ihrem Cottage und musterten sie mit unverhohlener Neugier. Connor stellte ihnen seine Braut vor und sprach die Einladung zur Trauung und dem anschließenden Fest aus. Und schon waren sie wieder unterwegs.

Die Rundreise war aber nicht nur langwierig, sondern auch anstrengend, denn Cate hatte gleich gemerkt, dass Connor jeden Körperkontakt mit ihr zu vermeiden suchte, und tat, indem sie sich krampfhaft aufrecht hielt, ihr Bestes, um seinem Wunsch entgegenzukommen. Sobald sie ermüdete und unachtsam wurde, spürte sie seine Abwehr und korrigierte ihre Haltung augenblicklich.

Doch den Leuten präsentierte er sich überzeugend als glücklicher Bräutigam.

Als er von einem kleinen Jungen gefragt wurde, ob seine Braut kranke Beine hätte, weil sie bei ihm auf dem Pferd säße, worauf die Erwachsenen verlegen lächelten und die Mutter ihrem Sprössling den Mund zuhielt, während der Vater sich entschuldigte, lachte Connor herzlich und antwortete, sie säße auf seinen Wunsch hin bei ihm im Sattel, weil er sie nahe bei seinem Herzen haben wolle. Dann beugte er sich zu dem Kleinen hinunter und sagte in verschwörerischem Ton, dass er das verstehen würde, wenn er einmal selbst eine Braut hätte.

Alle lachten fröhlich, und Cate klopfte das Herz, doch als sie sich beim Weiterreiten zu Connor umschaute, war sein Gesicht wieder verschlossen, und er nahm keine Notiz von ihr, sondern blickte starr geradeaus.

Es war wieder alles nur Theater gewesen.

Widerstrebend gestand sie sich ein, dass sein Verhalten sie verletzte, aber sie war entschlossen, ihn das nicht merken zu lassen. Schließlich hatte sie ihren Stolz.

Und dieser Stolz verlangte, dass sie etwas unternahm,

auch wenn sie dazu das Wort an Connor richten musste. Bei jedem Atemzug seine abweisende Haltung zu spüren ging über ihre Kräfte.

Cate fühlte Tränen aufsteigen und ihre Kehle eng werden. Sie musste weg von ihm. Wenigstens für kurze Zeit. Also räusperte sie sich und hoffte inständig, dass ihre Stimme sie nicht verraten würde. »Ich muss absteigen.«

Er zuckte zusammen. Offenbar hatte sie ihn aus seinen Gedanken gerissen. »Was?«, fragte er brüsk.

»Absteigen.« Das war entschieden zu laut gewesen. Sie atmete tief, bemühte sich verzweifelt um Fassung. »Ich muss absteigen. Sofort.«

Zumindest war sie nicht in Tränen ausgebrochen.

»Also gut.« Er seufzte über ihren Kopf hinweg. Dann richtete er sich im Sattel auf und teilte den anderen mit: »Wir machen Rast. Gleich da vorne im Wald kommt ein Tal, das sich gut dafür eignet.«

»Den Heiligen sei Dank«, stöhnte Lyall. »Ich bin so hungrig, dass ich die Säcke essen könnte, in denen wir den Proviant mitführen.«

Allgemeines Gelächter folgte seinen Worten.

Cate hatte das Gefühl, dass eine Ewigkeit verging, bis sie »gleich da vorne« erreichten. Als Connor sie vom Pferd hob, raffte sie die Röcke und rannte los. Sie hatte kein Ziel, sie wollte nur weg. Weg von all den Augen, weg von ihm. Er rief ihren Namen, doch sie lief weiter am Bach entlang, glaubte, Connor fluchen zu hören, aber auch das hielt sie nicht auf.

Irgendwann blieb sie stehen, beugte sich vor, stützte die Arme auf die Schenkel, ließ den Kopf hängen und rang nach

Luft. Sie war nicht mehr sicher, ob sie weinen musste oder sich übergeben.

Connors abweisende Haltung tat ihr weh. Körperlich. Mehr als Richard im Büro mit der Sekretärin zu erwischen.

Cate sank am Ufer auf die Knie und schöpfte sich gerade mit den Händen Wasser ins Gesicht, als Connor durchs Unterholz brach.

»Tut das nie wieder!« Wütend packte er sie beim Arm und zog sie auf die Füße. »Was habt Ihr Euch dabei gedacht, einfach davonzulaufen? Es hätte Euch alles Mögliche zustoßen können.« Er war völlig außer Atem.

Dankbar, dass das Wasser ihre Tränen verbarg, entriss sie Connor ihren Arm.

»Ich musste …« Sie brach ab.

Was sollte sie ihm sagen? Dass sie so dumm gewesen war, sich einzubilden, dass sie ihm etwas bedeutete? Dass sie kaum atmen konnte vor Schmerzen, seit ihr klar war, dass sie sich geirrt hatte.

»Mir war übel.«

Es klang lahm in ihren Ohren, doch sie glaubte, Besorgnis in seinen Augen zu sehen. Aber nur für einen Moment. Wahrscheinlich hatte sie sich auch das nur eingebildet.

»Und – geht es Euch jetzt besser?«, knurrte er.

Sie nickte.

»Dann gesellt Euch zu uns.« Seine Hand lag auf dem Griff seines Schwertes, und er ließ den Blick in die Runde wandern.

»Ich habe dir gesagt, du sollst sie in Ruhe lassen«, sagte Mairi vorwurfsvoll, als er mit Cate auf dem Rastplatz erschien.

Cate nahm das Brett mit dem Brot und dem Käse, das das Mädchen ihr reichte, und setzte sich abseits der anderen mit ihrem Imbiss an den Bach, lehnte sich mit dem Rücken an einen Felsen und beobachtete das schnell dahinfließende Wasser.

Es war gut, dass sie bald nach Hause zurückkehren würde. Sie war einfach nicht zurechnungsfähig hier. Ihre Reaktion auf diesen Mann war total grotesk. In einer Woche würde sie sich von ihm verabschieden. Für immer.

Bei diesem Gedanken zog sich ihr Magen zusammen. Wenn sie nach Hause zurückkehrte, wäre Connor seit über siebenhundert Jahren tot.

Es war verrückt.

Sie war verrückt.

Sie konnte unmöglich etwas für einen Mann empfinden, der in ein paar Tagen nicht einmal existieren würde. Sie musste zur Vernunft kommen.

Ihr Verstand sah die Sache klar, nur ihr Gefühl kämpfte noch, als sie aus dem Augenwinkel sah, wie Connor und Lyall sich nicht weit von ihr, in ein Gespräch vertieft, niederließen.

»Wie oft muss ich dir das noch sagen? Ich bin nicht darauf aus, den Platz deines Vaters einzunehmen. Er ist der Laird.«

»Aber er verspielt alles, Connor. Deshalb will er Mairi ja unbedingt mit dem MacPherson verheiraten. Er schuldet dem Mann viel mehr, als er jemals bezahlen kann, und er hat Angst, dass der ihm sonst den Krieg erklärt.« Lyalls Ton wurde drängend. »Die Leute wären froh, wenn du ihn zum Teufel jagen würdest. Du hast doch heute erlebt, wie begeistert sie dich begrüßten. Sie erinnern sich noch an die Zeiten, als dein Vater das Clanoberhaupt hier war.«

»Mein Entschluss steht fest, Lyall. Ich werde es nicht tun. Nach der Hochzeit werde ich mich auf Sithean Fardach um Mairi kümmern. Artair ist und bleibt der Laird, punktum.«

»Aber du hast ihm nicht die Treue geschworen, Connor.«

»Meine Treue gilt meinem König und niemandem sonst. Aber ich werde Artair nicht herausfordern und Tod und Verderben über unseren Clan bringen. Ich habe gesehen, was bei einem Kampf um die Macht mit den Menschen geschieht, und ich werde keinen Krieg führen.« Er stand auf. »Wir haben lange genug gerastet. Es ist Zeit aufzubrechen, sonst kommen wir in die Dunkelheit.«

Sie ritten weiter, doch jetzt war Cate von ihrem Selbstmitleid abgelenkt.

Wenn Lyall es für möglich hielt, dass sein Cousin Connor den ihm zustehenden Platz als Laird irgendwann doch noch anstreben würde, war anzunehmen, dass Artair und Blane ebenso dachten, wobei Lyall es hoffte und die beiden anderen es fürchteten.

Blanes Attacke – falls sie mit ihrem Verdacht richtig lag, dass er der Übeltäter war – und seine Avancen standen auf einem anderen Blatt.

Sie waren vielleicht eine halbe Stunde geritten, als Cate einen Jungen daherrennen sah. Sie machte Connor auf den Kleinen aufmerksam, aber er hatte ihn bereits gesehen und galoppierte ihm entgegen.

»Ist etwas geschehen?«, fragte er das Kind, als sie bei ihm anlangten. Cate schätzte den Jungen auf sechs oder sieben.

»Meine Mutter!«, keuchte er. »Es ist ihre Zeit, und ich soll Hilfe holen.«

Duncan hatte sie eingeholt. Er hob den wild strampelnden Kleinen zu sich in den Sattel. »Zeig uns den Weg!«

»Nein! Ich soll Lady Rosalyn holen! Aus dem Castle!«

Rosalyn lenkte ihr Pferd neben Duncan, der seine liebe Not hatte, den Jungen festzuhalten.

»Beruhige dich, Kind. Ich bin Rosalyn. Wer ist denn deine Mutter, dass sie nach mir schickt?«

»Grizel Maxwell, Milady. Sie sagt, Lady Rosalyn hat ihr versprochen zu kommen, wenn sie sie braucht.«

Angst stand in den großen braunen Kinderaugen.

»Oh.« Sie seufzte. »Natürlich.« Rosalyn drehte sich den anderen zu. »Grizel ist die Hebamme in dieser Gegend. Sie hat zwei Kinder verloren, und nach dem letzten Mal habe ich sie getadelt, weil sie nicht nach mir geschickt hatte.« Sie hob den Jungen zu sich herüber und rief nach Mairi. »Wir sind näher beim alten Castle als bei Dun Ard Castle. Hol mir meine Kräuter und Tränke von dort. Du findest sie in dem kleinen Gemach oben in meinem Turm. Reite querfeldein, das geht schneller. Grizel wohnt gleich hinter der nächsten Wegbiegung.«

Mairi preschte los. Connor rief ihren Namen, aber sie reagierte nicht.

»Sorg dich nicht, Cousin – ich begleite sie.« Lyall lenkte sein Pferd von der Straße und galoppierte davon.

Rosalyn wandte sich wieder dem Jungen zu. »Wie heißt du?« Sie strich ihm übers Haar, und er wurde ruhiger.

»Donald.« Er schaute Connor an. »Seid Ihr der MacKiernan?«

»Nein«, erwiderte Connor laut, fuhr jedoch, als der Junge zusammenzuckte, leiser fort: »Nein. Das ist mein Onkel. Ich bin Connor MacKiernan.«

»Der kühne Ritter MacKiernan?« Der Junge starrte ihn ehrfürchtig an. »Mein Vater erzählt immer von Euren Schlachten. Die Geschichten habe ich am liebsten. Wenn ich groß bin, will ich auch ein Ritter werden wie Ihr und für unseren König kämpfen.«

Cate lächelte, als sie Connor aus dem Augenwinkel erröten sah. Das bei ihm zu erleben, hätte sie nicht erwartet.

»Deine Eltern werden sehr stolz auf dich sein, dass du Hilfe für deine Mutter bringst, Donald«, sagte Rosalyn zu dem Jungen, als sie sich seinem Heim näherten. »Ist sie allein?«

»Nein, Milady, mein Vater ist auch da, aber sie sagt, er ist bei dieser Sache nutzlos.«

Rosalyn senkte den Kopf, doch Cate hatte das Lächeln gesehen.

»Mein Vater wird staunen, wen ich noch mitbringe.« Donalds Wangen glühten vor Heldenverehrung, als er Connor ansah, dessen Verlegenheit Cate so deutlich spürte, dass sie ihn beinahe bedauerte.

Bescheidenheit? Noch eine überraschende Eigenschaft dieses Mannes.

Als sie bei dem Häuschen ankamen, hob Rosalyn die Hand, um die anderen vom Absitzen abzuhalten.

»Ihr könnt mir hierbei nicht helfen und würdet der Frau nur Unbehagen bereiten, weil sie die Gäste nicht gebührend empfangen kann. Sobald Donald seinen Vater herausgeholt hat, setzt Euren Ritt fort. Ich komme nach.«

Rosalyn nahm den Jungen bei der Hand und verschwand mit ihm in dem kleinen Cottage.

Gleich darauf kam Donald mit seinem Vater heraus. Ian Maxwells Augen strahlten fast genauso wie die seines Sohnes, als er den kühnen Ritter MacKiernan kennenlernen durfte.

Connor befahl Fergus dazubleiben, damit Rosalyn später nicht allein reiten müsste, und überließ der Familie den Rest des mitgeführten Proviants.

16

Nur eine Idiotin würde eine Gelegenheit wie diese ungenutzt verstreichen lassen. Cate war sich zwar den größten Teil des Tages albern vorgekommen, aber sie würde sich nicht auch noch idiotisch benehmen.

Sie waren jetzt nur noch zu dritt unterwegs – Connor, Duncan und sie. Nach dem Abstecher zu den Maxwells hatten sie noch einige Familien besucht und eingeladen. Die Männer ritten im Schritttempo nebeneinander her, und das Klippklapp der Pferdehufe war das einzige Geräusch in der Stille.

Sie waren gerade von einem weiteren Cottage aufgebrochen, als Duncan sagte, es wäre eine ziemliche Strecke bis zum nächsten. Die Sonne stand schon recht tief.

Connor hatte offensichtlich nicht die Absicht, eine Unterhaltung mit ihr zu beginnen, und so beschloss Cate nach dem Motto »Jetzt oder nie«, die Initiative zu ergreifen.

»Connor?« Sie lächelte, als sie ihn zusammenzucken spürte, drehte sich jedoch nicht zu ihm um. »Ich will schon seit einiger Zeit etwas Wichtiges mit Euch besprechen.«

»Ich weiß. Man hat es mir ausgerichtet. Mehrmals. Ich hatte mich schon gefragt, wann Ihr die Sprache darauf bringen würdet.«

Der ganze Mann war eine einzige Abwehr.

»Und – könnt Ihr Euch denken, worüber ich mit Euch sprechen wollte?«

»Wahrscheinlich ging es darum, dass Ihr das Zimmer nicht verlassen durftet.«

»Ich finde zwar, dass Eure Umgangsformen einiges zu wünschen übriglassen, aber worum es mir vor allem ging, war der Vorfall auf meinem Ausritt mit Mairi und Blane.« Sie spürte, wie Connor sich bei der Erwähnung seines Cousins versteifte. »Ich denke nicht, dass das Pferd aus einer Laune heraus durchgegangen ist. Ich glaube, jemand hat es absichtlich erschreckt. Tatsächlich glaube ich es nicht nur – ich habe sogar einen Beweis dafür.«

Connor lenkte sein Pferd vom Weg und stieg aus dem Sattel. Duncan ritt das umliegende Gelände aufmerksam ab, bevor er sich zu ihnen gesellte und ebenfalls vom Pferd stieg. Nebeneinander stehend schauten die Männer abwartend zu Cate auf.

Sie verschränkte die Arme. Connor und Duncan hatten sie so lange schmoren lassen, es würde ihnen nicht schaden zu spüren, wie sich das anfühlte. Auch in ihren, Cates, Adern floss schottisches Blut, im Lauf der Generationen zwar stark verdünnt, aber immerhin, und sie konnte genauso stur sein. Hochmütig starrte sie auf die beiden hinunter.

»Hol sie da runter, bevor wir alt und grau sind, Connor«, sagte Duncan schließlich. »Von ihrem Thron aus wird sie uns nichts erzählen.«

Als Cate auf dem Boden stand, drehte sie Connor den Rücken zu. »Fahrt mit der Hand von meiner linken Schulter abwärts«, forderte sie ihn auf. »Bis Ihr etwas spürt.«

Nichts geschah.

Sie schaute sich um. »Was ist? Nun macht schon!« Sie drehte den Kopf wieder nach vorne.

Nichts geschah.

»Also gut, dann tut Ihr es, Duncan.«

»Nein, ich tue es«, knurrte Connor.

Duncan wandte sich ab, und Cate sah seine Schultern von unterdrücktem Lachen beben.

Connors Hand glitt zögernd über ihr Schulterblatt nach unten.

»Weiter nach rechts. Au! Genau da! Spürt Ihr das?«

Seine Finger lagen auf der Prellung. Cate hatte Rosalyn verboten, den Bluterguss weiter mit ihrer Wundersalbe zu behandeln. Schließlich war er ein entscheidendes Indiz.

»Es ist eine Schwellung. Wahrscheinlich habt Ihr von dem Sturz am ganzen Körper solche Stellen.«

»Seht Ihr das?« Sie zog das Kleid zur Seite, um ihm ihre verletzte Schulter zu zeigen. Er hob die Hand, als wolle er sie berühren, ließ sie jedoch wieder sinken.

»Da bin ich zuerst aufgeschlagen – auf der Schulter. Und dann hier.« Sie deutete auf die schon beinahe verheilte Wunde auf der Stirn.

»Und zuletzt hier.« Sie deutete auf ihre Wange. Die Abschürfung war nur noch zu erahnen. »Was fällt Euch daran auf? Was haben die drei Verletzungen gemeinsam?«

Nach kurzem Überlegen antwortete er: »Sie befinden sich alle auf derselben Seite.«

»So ist es. Aber die Schwellung auf dem Rücken nicht. Und das Pferd hat ebenfalls eine – auf der Hinterhand.«

»Was?«, fragten beide Männer wie aus einem Munde.

»Kurz bevor mein Pferd durchging, traf mich etwas am

Rücken. Dann folgte ein dumpfer Laut, und das Pferd stieg und raste los. Am nächsten Abend sagte Rosalyn, es sehe aus, als hätte jemand einen Stein nach mir geworfen – und da dämmerte es mir. Das war das Geräusch, das ich gehört hatte! Es ließ mir keine Ruhe, und ich fand tatsächlich dieselbe Verletzung bei dem Pferd, auf dem ich geritten war. Und dann war plötzlich Blane da.«

Auf Connors Gesicht malte sich eine Mischung aus Unglauben und Zorn. »Ihr suchtet einen Beweis dafür, dass Euch jemand etwas antun wollte, und gingt trotzdem allein in den Stall? Bei *Nacht?*«

Cate hob die Hand, um ihn zu stoppen. »Inzwischen ist mir klar, dass es dumm war. Ich hätte Euch einweihen sollen. Aber ich wollte es Euch lieber erst sagen, wenn ich einen Beweis für meinen Verdacht hätte. Das war falsch. Es tut mir leid. Ihr habt jedes Recht, wütend auf mich zu sein.« Sie hielt ihren zerknirschten Ausdruck bei, solange sie konnte. Dann grinste sie. »Aber ich habe den Beweis gefunden. Jemand hat einen Stein nach meinem Pferd geworfen, um es zu erschrecken.«

Beifallheischend schaute sie von einem zum anderen. Die Männer wechselten einen Blick, sagten jedoch nichts. Und sie wirkten nicht überrascht.

»Was ist?« So benahmen ihre Brüder sich immer, wenn sie ihr etwas verheimlichten. »Ihr wusstet es schon?« Wie konnten sie darauf …

Cate schlug sich an die Stirn. »Natürlich! Wolf! Mairi erzählte, er hatte einen Pfeil im Lauf, als Ihr ihn fandet. Also hat jemand auf ihn geschossen. War er dabei, als ich vom Pferd stürzte?«

»Ja. Und er rannte los, in den Wald …«, begann Duncan.

Connor legte ihm die Hand auf die Schulter. »Ich denke nicht …«

Cate trat vor ihn hin, stemmte eine Hand in die Seite und stach mit dem Zeigefinger der anderen auf Connors Brust ein. »Wagt es nicht, mich im Dunkeln tappen zu lassen. Jemand hat es auf mich abgesehen, und ich will wissen, womit ich es zu tun habe.«

Connor fing ihre Hand ein und drückte sie an seine Brust. »Ich schätze es nicht, herumkommandiert zu werden.«

Duncan entfernte sich, sein Pferd hinter sich herziehend, kopfschüttelnd von ihnen.

»Ich auch nicht.«

Connor starrte vor sich hin, als erwäge er das Für und Wider weiterer Informationen für sie.

Cates Blick fiel auf ihre Hand auf Connors Brust. Sein Herz klopfte so heftig, dass sie es durch die Montur spürte. Connors Züge waren angespannt, die Augen geschlossen, die Lippen aufeinandergepresst.

Sie hatte helfen wollen, indem sie von ihrer Entdeckung erzählte, doch wie es schien, hatte sie genau das getan, was sie vermeiden wollte: ihm das Leben noch schwerer gemacht.

»Es tut mir so leid. Ich wollte nur helfen.« Sie hob die Hand und streichelte seine Wange.

Die Berührung ließ ihn hochschrecken. Einen Moment lang waren seine Augen weit aufgerissen, dann verengten sie sich. Aufstöhnend riss er Cate an sich und nahm ihren Mund in Besitz. Sie ließ sich gegen ihn sinken und öffnete ihre Lippen für ihn, als dicht hintereinander etwas durch die Luft zischte.

In der Sekunde zwischen den beiden Geräuschen fand Cate sich, ihren Hinterkopf durch eine von Connors großen Händen und ihren Körper durch seinen geschützt, flach auf dem Rücken liegend.

»Hast du gesehen, wo die herkamen?«, zischte Connor Duncan zu, der nicht weit von ihnen entfernt lag.

»Nein, aber gehört. Ich schau nach.«

Cate hob den Kopf. »Was …?«

Connor hielt ihr mit der freien Hand den Mund zu und drückte sie auf den Boden zurück. Ihr Blick glitt nach oben. Zwei Pfeile steckten im Stamm des Baumes, unter dem sie lagen. Cates Magen zog sich zusammen, als ihr klar wurde, dass die Pfeile jetzt in *ihr* stecken könnten.

Ein Hoch auf die niederen Instinkte! Hätte Connor sie nicht umarmt und geküsst, hätte er sie nicht im entscheidenden Moment zu Boden werfen können. Trotz ihrer Angst lächelte sie unter der schwieligen Hand, die noch immer auf ihrem Mund lag.

Connors Augen suchten den Waldrand ab. Minuten vergingen. Cate war sich der Gefahr bewusst, in der sie schwebten, und doch genoss sie Connors Nähe, atmete gierig seinen Geruch ein. Alle Bestrebungen, vernünftig zu sein, waren vergessen.

Cate schloss die Augen und überließ sich ihrer Wahrnehmung. Connor konnte nicht mit seinem ganzen Gewicht auf ihr liegen, denn dann wäre ihr die Luft weggeblieben. Offenbar stützte er sich auf den Ellbogen ab. Eines ihrer Beine war zwischen seinen Schenkeln gefangen. Als sie sich bewegte, um es für sie beide ein wenig bequemer zu machen, spannten sich seine Muskeln an, hielten ihren Schenkel noch fester.

Ihr Mund wurde trocken. Als sie instinktiv ihre Lippen befeuchten wollte, stieß ihre Zungenspitze gegen Connors Handfläche.

Er stöhnte leise auf, und als sie die Augen öffnete, sah sie, dass er auf sie herunterstarrte.

Das Atmen wurde ihr schwer. Sie wünschte inständig, er würde sie wieder küssen.

»Ich habe nichts gefunden.«

Connor zuckte zusammen und Cate hätte um ein Haar aufgeschrien, als Duncan plötzlich wie aus dem Nichts neben ihnen in die Hocke ging.

»Es wird bald dunkel. Was willst du tun?«, flüsterte er, als rechne er damit, dass irgendwo dort im Wald doch noch jemand war.

Connor erhob sich, und der plötzliche Wärmeverlust ließ Cate frösteln. Sie drehte sich auf die Seite und zog die Beine an, schloss die Augen und atmete konzentriert.

Ein. Aus. Ein. Aus.

»Bleibt liegen. Rührt Euch nicht«, flüsterte Connor dicht an ihrem Ohr.

Sie öffnete die Augen und beobachtete, wie die Männer zu ihren Pferden gingen. Connor bewegte sich geschmeidig wie der Panther, den Cate als Kind im Zoo bewundert hatte.

Gleich darauf waren die beiden zurück. Connor half ihr auf und hob sie in den Sattel.

Diesmal lehnte sie sich, seine Nähe suchend, mit ihrem ganzen Gewicht an ihn.

Er erstarrte für einen Moment, zog sie dann jedoch fest an sich und flüsterte ihr zu: »Keine Angst – ich passe auf Euch auf.«

»Wir sollten für die Rückkehr nach Dun Ard einen anderen Weg wählen«, meinte Duncan. »Wer immer das war, er liegt vielleicht auf der Lauer.« Er ließ den Blick wandern. »Ich gäbe ein Fass Ale dafür, Wolf hier zu haben.«

»Ja, das wäre nicht schlecht.« Wie sein Freund spähte auch Connor in die herabsinkende Nacht. »Ich teile deine Bedenken. Wenn wir durch den Wald reiten, ist es nicht weit bis nach Sithean Fardach.«

»Eine gute Entscheidung. Wir werden in der Dunkelheit zwar nicht schnell vorankommen, aber das macht nichts, denn wir müssen nicht mit Verfolgern rechnen. Schließlich hatten wir nicht vor, heute dorthin zu reiten.« Er strahlte. »Was für eine Freude, wieder nach Hause zu kommen.«

17

Die Männer blieben wachsam, doch der Ritt verlief ohne einen weiteren Zwischenfall. Cate saß die ganze Zeit an Connors Brust gelehnt und genoss den festen Griff, mit dem sein Arm sie umfing.

Das Gelände stieg steil an. Sithean Fardach thronte auf einem hohen Hügel. Es sah aus wie für einen historischen Hollywoodfilm erbaut, und Cate fragte sich, ob es in ihrer Zeit wohl noch existierte. Von einer Mauer umgeben, war es bedeutend kleiner als Dun Ard, bestand, so viel sie von hier aus sehen konnte, aus einem quadratischen Gebäude mit einem runden Turm an jeder Ecke.

Wie dick die Wehrmauer war, wurde Cate klar, als sie später durch den Bogen ritten. Der Torgang war mindestens drei Meter lang.

»Das Fallgatter war hochgezogen«, stellte Duncan unbehaglich fest.

»Sie hatten ja keinen Grund, es herunterzulassen und das Tor zu verschließen. Kümmere dich darum, Duncan. Auch um das Tor und den Sperrbalken. Es wird niemand rein- und rausgelassen. Ich spreche mit Niall.«

»In Ordnung. Wir sehen uns später.« Duncan stieg vom Pferd und ging durch den Torweg zurück zum Eingang.

Vom Innenhof führte eine imposante Treppe zu einer

Flügeltür im ersten Obergeschoss des Hauptgebäudes. Am Fuß der Treppe saß Connor ab. Als er gerade Cate aus dem Sattel hob, kam ein Mann die Treppe heruntergeeilt.

»Willkommen daheim, Junge.« Der Mann umarmte Connor, klopfte ihm freudig auf den Rücken. Dann glitt sein Blick zu Cate. »Das ist also deine Braut. Margaret wird nicht begeistert sein ob dieser Überraschung. Sie hat Euch erst nach der Hochzeit erwartet, und es ist nichts vorbereitet.« Er grinste.

»Ja, Niall, das ist meine Cate.« Die Hand auf die Schulter des anderen legend, wandte Connor sich Cate zu. »Cate, das ist Niall, mein Verwalter. Er sorgt dafür, dass hier alles seine Richtigkeit hat.«

Niall lachte. »Lass das nicht meine Margaret hören. Schließlich ist sie es, die die ganze Arbeit macht. Mairi hätte uns doch sagen können, dass ihr kommen würdet, als sie vorhin hier war, um Rosalyns Arzneikorb zu holen.«

»Sie wusste nichts davon. Als wir uns entschlossen, hierher zu kommen und nicht nach Dun Ard zurückzukehren, war sie schon unterwegs. Ich habe Duncan beauftragt, das Tor zu schließen, und ich möchte, dass es geschlossen bleibt, bis wir ein paar Dinge besprochen haben.«

Der Verwalter wurde ernst. »Ich schicke ihm Hilfe.« Er drehte sich um und brüllte: »Ewan!«

Aus einem Nebengebäude kam ein halbwüchsiger Junge angelaufen.

»Connor!« Er strahlte übers ganze Gesicht. »Du bist wieder da!«

»Hilf Duncan, das Tor zu schließen, Junge«, sagte Niall zu seinem Sohn. »Ich bringe derweil die beiden hier zu deiner Mutter.« Er lächelte voller Zuneigung, als der Junge die Beine in die Hand nahm.

Margaret wartete oben in der Eingangstür. Nach der Begrüßung begann sie zu jammern.

»Du meine Güte, Jungchen, ich dachte, ihr kommt erst nach der Hochzeit. Es ist nichts vorbereitet.« Sie wandte sich zum Gehen, blieb jedoch stehen und drehte sich ihnen wieder zu. »Sieh dir deine Braut an, Jungchen. Völlig erschöpft und bestimmt auch am Verhungern – Janet!«, rief sie, bevor sie sich Cate zuwandte: »Männer!« Vor sich hin grummelnd, setzte sie Cate an einen Tisch in der Nähe eines lodernden Feuers.

Gleich darauf hatte Cate eine warme Decke um die Schultern und ein Brett mit Brot, Käse und kaltem Braten vor sich. Margaret entschuldigte sich, sie müsse ein Gemach für das »kleine Mädchen« herrichten.

Die Männer waren verschwunden, als Margaret das Kommando übernahm, doch jetzt kehrten sie zurück. Auch Duncan war dabei. Margaret trug einen Imbiss für sie auf, wie sie ihn zuvor Cate serviert hatte.

Cate verfolgte die Unterhaltung, die sich um die Leute drehte, die sie heute besucht hatten und um Freunde, die Margaret und Niall seit längerem nicht gesehen hatten. Als Margaret nach der Hochzeit und dem Grund für die unerwartete Heimkehr heute Abend fragte, schickte Niall sie Alenachschub holen und lenkte das Gespräch auf die Tiere und Probleme, die es mit ihren Pferchen gab. Es schien fast so, als wollten die Männer das Thema vermeiden.

Nach einer Weile bemerkte Cate, dass Janet, die, wie sie erfahren hatte, die Tochter von Margaret und Niall war, auf ihrem Hocker am Feuer eingenickte war. Sie machte Connor darauf aufmerksam.

»Es war gedankenlos von mir, euch so lange wach zu halten«, entschuldigte er sich bei seinen Leuten. »Geht zu Bett. Ich geleite Cate selbst zu ihrem Schlafgemach.« Als Margaret protestieren wollte, stoppte er sie. »Mach dir keine Sorgen – ich finde mich schon zurecht in meinem Haus. Geh, kümmere dich um deine Familie.«

Lächelnd tätschelte sie seinen Arm. »Du bist meine Familie, Junge.« Sie gähnte herzhaft und folgte ihrem Mann, der die Tochter auf seinen Armen hinaustrug.

Connor empfand offensichtlich große Zuneigung für diese Leute. Cate hatte ihn noch nie so entspannt erlebt.

»Sie sind sehr nett.«

»Ja – und fleißig.« Er reichte ihr den Arm und führte sie die enge Wendeltreppe am Ende der Großen Halle hinauf. »Im Gegensatz zu Dun Ard gibt es hier keine Knechte und Mägde. Nur Niall, Margaret und ihre Kinder. Wenn wir hier sind, helfen Duncan und ich natürlich.«

Die erste Tür, an der sie vorbeikamen, stand einen Spalt breit offen. Cate spähte in den Raum und sah ein kleines Feuer brennen, vor dem in einem Halbkreis mehrere Stühle und etwas abseits ein Schreibpult standen.

Am Ende der Treppe öffnete sich eine riesige Holztür in einen großen, runden Raum, und Cate erkannte, dass sie sich in einem der Rundtürme befanden, die sie aus der Ferne gesehen hatte. Wandbehänge schmückten die Mauern, und um ein imposantes Himmelbett mit zurückgebundenen Vorhängen herum war der Boden mit verschiedenen Teppichen bedeckt, so dass man nichts von dem Steinboden darunter sah.

»Wow! Das ist phantastisch.«

Connor ging zum Kamin hinüber, um ein Feuer zu entfachen. »Es gefällt Euch?«

»Sehr. Ich habe noch nie etwas Ähnliches gesehen.«

Ihr Zimmer auf Dun Ard war hübsch, aber nicht zu vergleichen mit diesem hier. Und in ihrer Zeit gab es erst recht nichts Vergleichbares.

»Früher war es das Schlafgemach meiner Großeltern. Alle Gegenstände hier sind sehr alt. Ich hatte nie den Wunsch, etwas hier drin zu verändern.« Das Feuer brannte. Connor stand auf und ging Richtung Tür. »Wenn Ihr irgendetwas braucht – ich bin in dem Raum direkt darunter.«

»Wartet.« Sie wollte nicht, dass er schon ging. »Habt Ihr … etwas, worin ich schlafen kann?«

Er deutete auf das Bett.

»Zum Anziehen, meine ich. Ein Nachtgewand.«

Connors Miene wurde ratlos. »Daran habe ich nicht gedacht. Ich werde Margaret wecken.«

»Nein. Stört sie nicht deswegen. Ich bin sicher, wir finden etwas. Wie wär's mit … einem Hemd?« Als er sic verständnislos ansah, fuhr sie fort: »Habt Ihr ein übriges Hemd? Das würde mir genügen.«

»Ja.« Er trat zu der Truhe am Fußende des Bettes, klappte den Deckel hoch, nahm ein Hemd heraus und reichte es Cate. »Es wird nicht lang genug sein.«

»Es ist bestimmt länger als einige der Sachen, die ich in meiner Zeit trage.«

Er durchquerte den Raum, öffnete die Tür, hielt inne. »Cate?«

»Ja?«

»Ich wollte noch sagen … ich habe Euch auf Dun Ard nur aus Sorge um Eure Sicherheit in Eurem Gemach festgehalten. Es tut mir leid, wenn ich Euch erzürnt habe.« Er hatte sich nicht umgedreht, sprach in den Korridor hinaus.

»Jetzt verstehe ich das. Ich bin nicht mehr zornig. Aber ich wüsste gerne, ob Ihr mich wieder dort einsperren werdet, solange ich noch hier bin. Sobald wir nach Dun Ard zurückkehren, meine ich.«

»Nein, ich werde Euch nicht mehr dort einsperren. Gute Nacht, Cate.« Er schaute sich nur halb zu ihr um, bevor er die Tür hinter sich schloss, aber Cate hätte schwören können, ihn lächeln zu sehen.

Connor lächelte noch immer, als er das Gemach ein Stockwerk tiefer betrat. In seiner Kindheit war es sein Lieblingszimmer gewesen. Hier hatte sein Vater am Schreibpult die Bücher überprüft. Hier hatten er, Connor, und seine Brüder Griechisch und Latein gelernt. Hier hatte seine Mutter abends am Feuer ihre Näharbeiten erledigt, während sein älterer Bruder musizierte.

Er ging vor dem Kamin in die Hocke und zündete seine Kerze am Feuer an. Dann schaute er sich um. Es war ein wunderbarer Raum, gemütlich und voll schöner Erinnerungen – es gab nur keine Schlafgelegenheit.

Natürlich hätte er in einen Schlafraum in einem der anderen Türme gehen können, doch er wollte sich nicht so weit von Cate entfernen. Das Tor war zwar geschlossen, mit Fallgatter und Sperrbalken zusätzlich gesichert, kein ungebetener Besucher könnte die Burg betreten, aber es war nun mal seine Pflicht, die Frau zu beschützen, und dazu musste er in ihrer Nähe bleiben.

Also baute er sich aus zwei Stühlen als Kopf- und Fußteil und einem Hocker als Überbrückung ein provisorisches Bett. Er hatte schon unbequemer geschlafen.

Nachdem er Hemd und Stiefel ausgezogen und den oberen Teil des Plaids über die Schulter gelegt hatte, löschte er die Kerze, die er neben sich auf den Tisch gestellt hatte, und machte es sich so bequem wie möglich.

Ins Feuer starrend, dachte er an Cate und musste lächeln. Er hatte fast den Eindruck gehabt, dass sie ihn nicht gehen lassen wollte. Vielleicht fühlte sie sich einfach nur unwohl in der neuen Umgebung.

Eigentlich hätte er sich nicht entschuldigen müssen für etwas, was er um ihrer Sicherheit willen hatte tun müssen, aber sie hatte sich sichtlich darüber gefreut. Auch darüber, dass er sie nicht wieder einsperren würde. Wie würde sie es wohl aufnehmen, wenn sie erführe, dass er nicht die Absicht hatte, mit ihr nach Dun Ard zurückzukehren?

Nachdem er den verletzten Wolf gefunden hatte, war der Verdacht in ihm erwacht, dass jemand ihr etwas antun wollte, und jetzt hatte er den Beweis. Jemand wollte die Hochzeit verhindern, und dieser Jemand war höchstwahrscheinlich sein Onkel. Aber wer auch immer und aus welchem Grund auch immer Cate aus dem Weg räumen wollte – er, Connor, würde es nicht zulassen.

Morgen würde er Duncan nach Dun Ard schicken und Mairi holen lassen, damit Cate bis zur Hochzeit Gesellschaft hätte. Außerdem waren die beiden Frauen gute Freundinnen geworden. Und er würde Rosalyn ausrichten lassen, von den Maxwells direkt hierher zu kommen. Damit wäre dann den Anstandsregeln Genüge getan – und er hätte die drei Frauen, die seinem Herzen nahestanden, unter seinem Dach und damit sicher innerhalb seiner Mauern.

Wieder fragte er sich, wie Cate die Eröffnung aufnehmen würde, dass sie bis zur Hochzeit auf Sithean Fardach wohnen würden. Er versuchte, sich vorzustellen, welchen der vielen Gesichtsausdrücke er zu sehen bekäme, die sie ihm bereits gezeigt hatte, doch das Einzige, was er deutlich vor sich sah, war der Ausdruck, mit dem ihre grünen Augen – grün wie der Wald um sie her – ihn heute angesehen hatten, als sie unter ihm auf dem Boden lag.

Das Bild ließ ihn daran denken, dass Cate im Stockwerk über ihm, nur mit seinem Hemd bekleidet, in seinem Bett lag.

Seine Lenden erwachten zum Leben.

Wie es aussah, lag eine unruhige Nacht vor ihm.

Cate legte ihr Kleid und Unterkleid über einen Stuhl am Feuer. Dann zog sie das Hemd über den Kopf und atmete dabei tief ein. Es duftete nach Connor. Sie lächelte.

Die Ärmel reichten weit über ihre Fingerspitzen hinaus.

Er hatte lange, starke Arme.

Die Schnürung reichte bis weit über ihre Brüste hinunter.

Er hatte einen großen Brustkorb.

Der Saum des Hemdes reichte fast bis zu ihren Knien – und Connor hatte gedacht, es wäre zu kurz. Na ja, gemessen an den knöchellangen sackähnlichen Gewändern, die die Frauen hier trugen, war es das auch.

Auf einem langen Tisch an der Wand fand sie einen Krug

mit Wasser, eine Schüssel und Seife. Sie hob die Seife an die Nase. Im Gegensatz zu der Lavendelseife auf Dun Ard duftete diese nach Zitrone und Minze. Interessant. Wenn sie sich recht erinnerte, hatte sie in Geschichte gelernt, dass Zitronen in diesem Teil der Welt erst in ein paar hundert Jahren zu haben sein würden. Vielleicht rührte der Geruch ja von einem Kraut her. Sie nahm sich vor, Margaret morgen danach zu fragen. Jetzt würde sie erst einmal schlafen.

Das Bett war eines der größten, die sie je gesehen hatte. Die schweren Vorhänge fühlten sich wie Samt an. Wenn man sie zuzog, bildeten sie in kalten Winternächten bestimmt eine gemütliche Höhle. Cate schlüpfte unter die Decke, kuschelte sich zurecht und roch an der Wäsche. Zitrone und Minze und Leder. Connor war allgegenwärtig.

Sie schloss die Augen und erschauerte. Was sollte sie nur tun? Kein Mann hatte je eine solche Wirkung auf sie gehabt.

Diese Zeitreise war eigentlich als eine rein sachliche Angelegenheit geplant gewesen. Er hatte ihr unmissverständlich dargelegt, was er von ihr erwartete: Sie sollte ihn pro forma heiraten, damit er seine Schwester retten könnte. Anschließend könnte sie sofort nach Hause zurückkehren. Eine klare Abmachung.

Wie war es möglich gewesen, dass daraus etwas so Persönliches wurde? Und was *sollte* das? Sie konnte sich doch unmöglich ernsthaft für einen solchen Mann interessieren. Er war ein Macho, bestimmte über sie, als hätte er das Recht dazu. Als gäbe es kein Morgen. In gewisser Weise gab es das ja wirklich nicht. In einer Woche würde er nicht mehr existieren.

Aber küssen konnte der Mann, dass ihr ganz zweierlei wurde. Lächelnd schmiegte sie ihre Wange an das Kissen. Es duftete ebenfalls nach Connor.

Ihre Lider klappten hoch, und sie setzte sich auf. Connor hatte ihr eines seiner Hemden aus der Truhe am Fußende gegeben! Dieses Zimmer mochte ja ursprünglich das seiner Großeltern gewesen sein – aber jetzt war es seines!

»Und das hier ist sein Bett!«

Er hatte ihr gesagt, dass sie ihn, falls nötig, in dem Zimmer unter diesem fände, aber als sie auf dem Weg nach oben kurz hineingeschaut hatte, war es ihr wie ein Wohnzimmer erschienen.

Ihr Ritter in schimmernder Rüstung, der Mann, der ihr mehrmals das Leben gerettet hatte, seit sie hier war, verzichtete ihr zuliebe auf dieses wundervolle Bett und verbrachte die Nacht auf einem harten Stuhl!

»Das geht nicht.« Sie wurde von jeher von einem übereifrigen Gewissen geplagt. Und so nahm sie eine Decke und ein Kissen und marschierte los. Das war das mindeste, was sie tun konnte.

Connor wurde von einem leisen Rascheln geweckt.

Das Feuer war fast heruntergebrannt, der Lichtschein, den es aussandte, nur noch schwach, aber Connor achtete sicherheitshalber trotzdem darauf, keine sichtbaren Bewegungen zu machen. Unmerklich näherte seine Hand sich dem Dolch, der neben ihm lag.

Scheinbar im Schlaf atmete er tief ein. Es war Cate! Er kannte ihren Duft inzwischen. Was hatte sie jetzt wieder vor?

Die Augen zu Schlitzen öffnend, sah er Cate, die irgendetwas Bauschiges in den Armen hielt, lautlos auf sich zukommen. Bis sie gegen einen Stuhl stieß.

»Verdammt!«, zischte sie und setzte ihren Weg humpelnd fort, wobei ihr ein Teil ihrer Last entglitt.

Mit Mühe ernst bleibend, schloss Connor die Augen.

»Connor?«, flüsterte sie kaum hörbar.

Er erwog einen Moment zu antworten, beschloss dann jedoch abzuwarten, was sie vorhatte. Also reagierte er mit einem leisen Schnarcher.

»Oh, gut.« Gefolgt von »Oje.« Sie sprach leise, war ihm jetzt sehr nahe.

Er spürte einen Luftzug und dann ein Gewicht auf seinem Körper und erkannte, dass Cate eine Decke über ihn gebreitet hatte. Ihr Haar streifte sein Gesicht, als sie sie behutsam um seine Schultern zog.

Dann entfernte sie sich, und er hatte wieder die Chance für einen kurzen Blick. Cate bückte sich gerade nach was immer ihr heruntergefallen war. Der Anblick ihrer nackten Beine erregte ihn auf regelrecht schmerzhaft-heftige Weise.

Sie drehte sich ihm zu, und er schloss schleunigst die Augen. Gleich darauf war sie wieder bei ihm und stopfte ihm unendlich vorsichtig ein Kissen hinter den Kopf.

Connor konnte nicht widerstehen. Weiter den tief Schlafenden mimend, ließ er seinen Arm unter der Decke hervorgleiten, so dass seine offene Hand Cates Schenkel berührte. Ihre Haut war noch zarter, als sie ausgesehen hatte, und es kostete ihn all seine Beherrschung, Cate nicht auf der Stelle zu nehmen.

»Scheiße.« Es war kaum mehr als ein Hauch. Einen Moment lang stand sie wie erstarrt. Dann ergriff sie seine Hand und steckte den Arm behutsam unter die Decke zurück.

Wieder ließ er einen leisen Schnarcher hören. Im nächsten Augenblick spürte er ihre Lippen auf seiner Stirn.

»Angenehme Träume, mein Ritter«, flüsterte sie. Dann entfernte sie sich.

Er öffnete vorsichtig die Augen und sah Cate auf Zehenspitzen hinausschleichen.

O ja, er würde heute Nacht angenehme Träume haben, ohne Zweifel.

18

Als Cate die Augen öffnete und sich in dem riesigen Bett genüsslich streckte, schien die Sonne herein, und im Kamin brannten frisch aufgerichtete Scheite. Cate atmete tief ein. Sie liebte den Geruch von Holzfeuer. Nachdem sie sich noch einmal gestreckt hatte, setzte sie sich auf, glitt aus dem Bett, wusch sich, zog sich an und lief die Treppe hinunter.

Die Tür des Zimmers unter dem ihren war geschlossen, kein Lebenszeichen drang heraus. Enttäuscht setzte sie ihren Weg fort. Die Große Halle, in der sie gestern Abend gegessen hatten, war menschenleer.

Als Cate gerade überlegte, was sie tun sollte, erschien Janet.

Das Mädchen knickste. »Kann ich etwas für Euch tun, Lady Cate?«

Nein, das kam ihr zu komisch vor. »Nur Cate – ohne Lady, bitte. Guten Morgen, Janet. Wo sind denn alle?«

Das Mädchen schaute sie überrascht an. »Die Männer arbeiten draußen, und meine Mutter und ich waren in der Küche, Milady.«

Cate ging zu ihr und nahm sie bei der Hand. »Zeigst du mir, wo die Küche ist?«

Durch eine Tür am anderen Ende der Halle gelangten sie

in den Küchentrakt. Der Duft backenden Brotes hing in der Luft. Margaret stand vor einem riesigen Kessel, der über einer offenen Feuerstelle hing, die fast die gesamte Wand einnahm.

Als sie eintraten, wurde Margaret aufmerksam. »Janet!«, rief sie bestürzt. »Was fällt dir ein, unsere Lady hierherzubringen?«

Cate lachte. »Bitte schimpft sie nicht, Margaret. Es ist nicht ihre Schuld. Ich habe sie gebeten, mich herzuführen.« Sie schloss die Augen und sog genießerisch den Duft ein. »Mmmm! Es riecht herrlich. Ich hoffe, ich störe Euch nicht.«

Margaret entspannte sich und lächelte. »Danke, Lady Cate. Ihr stört nicht im Geringsten. In ein paar Tagen werdet Ihr die Herrin des Castles sein, also könnt Ihr überall hingehen. Soll ich Euch ein Frühstück herrichten?«

»Ich wäre wirklich dankbar, wenn Ihr beide mich einfach nur Cate nennen würdet. ›Lady‹ passt nicht zu mir.«

Margaret lachte hellauf. »Connor hat mir schon angekündigt, dass Ihr ein wenig *anders* seid, weil Ihr von weither kommt. Aber ich muss sagen, es gefällt mir. Ich denke, er hat eine gute Wahl getroffen. Was meinst du, Janet?«

Das Mädchen kicherte und löste seine Mutter beim Umrühren des Kesselinhalts ab. Margaret ging zum Tisch und machte sich daran, Äpfel klein zu schneiden und die Stücke in einen Topf zu werfen.

»Darf ich einen nehmen?«, fragte Cate.

Margaret nickte.

Cate setzte sich auf einen Hocker, aß ihren Apfel und genoss die harmonische Atmosphäre, denn sie wusste, dass sie ihr nicht lange vergönnt wäre. Bald würden sie nach Dun Ard aufbrechen.

»Wisst Ihr, wo Connor ist?«

»Nicht genau. Er wollte mit den anderen irgendetwas instand setzen. Aber er sagte, sie würden bis zum Mittagessen fertig.«

»Dann habe ich ja noch Zeit. Kann ich irgendetwas helfen?«

Janet ließ den Löffel in den Kessel fallen, und Mutter und Tochter starrten Cate mit offenem Mund an.

Margaret fasste sich als Erste. »Nein, vielen Dank, La… Cate. Seht Euch doch ein wenig um. Lernt Euer neues Heim kennen. Durch die Tür dort geht es in den Garten hinaus.«

»Ihr meint den Küchengarten – mit Gemüse?«

Margaret nickte. »Und mit Lady Rosalyns Kräutern.«

»Cool. Ich meine, das ist eine gute Empfehlung. Danke.«

Cate eilte hinaus. Jetzt würde sie herausfinden, warum Connor duftete, wie er duftete.

Zitronenmelisse.

Sie wuchs in einer Ecke des Gartens, ebenso wie Minze, Kamille und Petersilie, um nur einiges zu nennen.

Cate pflückte ein paar Blättchen ab und zerrieb sie zwischen den Fingern, um das Aroma freizusetzen. Wenn sie nur nicht nach Dun Ard zurückmüsste! Hier bekäme sie zwar auch nicht ihr morgendliches Koffein, aber immerhin eine Tasse Kräutertee, was fast genauso gut wäre.

Die Anbaufläche war aus dem Hügel herausgeschnitten und von einer niedrigen Natursteinmauer umgeben. Ein kleiner Bach gluckerte daran entlang, und an seinem Ufer stand unter einem Baum eine kleine Steinbank. Dort verbrachte Cate die nächste Stunde. Die milde Luft des Sonnentages und der Duft der Kräuter wirkten herrlich entspannend.

Sie lehnte sich an den Stamm des Baumes, roch an den Blättchen, die sie noch in der Hand hielt, und träumte von Connor.

Schließlich stand sie auf und machte sich, Margarets Vorschlag folgend, an die Erforschung der Burg. Die Große Halle kannte sie ja bereits. Nachdem sie sich die anderen Räume auf dieser Etage angesehen hatte, trat sie durch den Haupteingang ins Freie – und entdeckte ihn sofort.

Connor wischte sich mit dem Handrücken den Schweiß von der Stirn. Sie hatten seit dem frühen Morgen die Umzäunung des Auslaufs für die Pferde repariert, und er hatte gehofft, dass die harte Arbeit ihn von Cate ablenken würde.

Die Hoffnung hatte sich nicht erfüllt.

Außerdem hatte er geglaubt, hier draußen einer Auseinandersetzung mit ihr über seine Entscheidung, bis zur Hochzeit auf Sithean Fardach zu wohnen, entgehen zu können. Warum ihre Meinung ihn kümmerte, konnte er sich nicht erklären. Schließlich hatte er allein ihre Sicherheit im Auge. Außerdem war sie schon seit einer Woche wütend auf ihn, da käme es auf ein paar Tage mehr auch nicht mehr an. Trotzdem war er geflüchtet.

Aber jetzt stand sie da oben auf dem Treppenabsatz, hielt sich mit beiden Hände die Haare aus dem Gesicht, mit denen der weiche Wind spielte. Der gleiche Wind fuhr unter ihre Röcke, blähte sie, hob sie an, so dass die schlanken Fesseln sichtbar wurden.

Die Erinnerung an den Anblick ihrer nackten Beine in der letzten Nacht ließ sein Begehren erneut aufflammen.

Cate hatte ihn gesehen. Sie winkte, kam die Stufen herunter und auf ihn zu. Er saß in der Falle. Jetzt müsste er ihr eröffnen, dass er sie bis zur Hochzeit hier festhalten würde.

Die schmutzigen Hände an seinem Plaid abwischend, ging er ihr entgegen. Sie strahlte ihn an.

»Guten Morgen, Connor. Ich habe mich ein wenig umgesehen. Ihr habt ein wunderschönes Heim.«

»Guten Morgen, Cate. Es freut mich, dass es Euch gefällt.« Er schaute auf seine Füße hinunter. »Ich hatte die Absicht, mit Euch zu reden, sobald ich mich gewaschen hätte.«

»Brechen wir bald auf?«

»Genau darüber wollte ich mit Euch sprechen.« Er führte sie ans andere Ende des Hofes. Cate nahm es erfahrungsgemäß nicht ruhig hin, wenn über sie bestimmt wurde, und er wollte Ewan den bevorstehenden Wortwechsel nicht zumuten. »Ich habe es mir anders überlegt.«

Sie blieb stehen, wodurch er gezwungen wurde, ebenfalls stehen zu bleiben, wenn er sie nicht mit sich zerren wollte.

»Wie soll ich das verstehen?«

Connor seufzte tief und antwortete, wieder nach unten blickend: »Es hat bereits zwei Anschläge auf Euer Leben gegeben, und Dun Ard ist zu unübersichtlich und zu bevölkert, als dass ich dort für Eure Sicherheit sorgen könnte. Hier verschließe ich das Tor und weiß genau, wer sich innerhalb dieser Mauern befindet.« Er schaute auf.

»Und weiter?«, fragte sie stirnrunzelnd.

»Ich kann nicht beweisen, wer Euch etwas antun will, Cate, und es wäre zu gefährlich für Euch, Euch unter so vielen Fremden aufzuhalten, deren jeder der Täter sein könnte.«

»Ich verstehe noch immer nicht. Was wollt Ihr mir sagen?«

Sie stemmte einen Arm in die Seite. Ein schlechtes Zeichen. Gleich würde sie ihn wieder mit ihrem Zeigefinger stechen.

»Ich habe Duncan im Morgengrauen nach Dun Ard geschickt, um Eure Sachen und Mairi zu Eurer Gesellschaft zu holen.« Die Hände hinter dem Rücken verschränkend, nahm er die Pose ein, in der er seinen Männern Befehle erteilte. »Ihr bleibt bis zur Hochzeit hier. Das habe ich beschlossen, und ich dulde keinen Widerspruch.« Er blickte über ihren Kopf hinweg und wartete auf ihr Donnerwetter.

Aber es kam keines.

Stattdessen sprang sie ihn förmlich an und schlang die Arme um seinen Hals. Um durch den Aufprall nicht von den Füßen gerissen zu werden, suchte er instinktiv Halt, und den fand er bei Cate. Sie küsste ihn überschwenglich auf beide Wangen.

»O Connor, was für eine herrliche Neuigkeit!« Sie drückte ihm fast die Luft ab. »Ich danke Euch!« Sie nahm die Arme herunter und hüpfte wie ein übermütiges Kind. Connor ließ sie los, und sie raffte die Röcke und rannte auf die Treppe zu.

»Was habt Ihr vor?«, rief er ihr nach.

»Ich mache Tee«, antwortete sie lachend über die Schulter.

Er schüttelte den Kopf. Die Frau überraschte ihn immer wieder.

19

Morgen würde sie Caitlyn MacKiernan heißen. »Cate MacKiernan«, sagte sie laut vor sich hin. Hübsch. Zu schade, dass sie den Namen nicht lange tragen würde, da sie ihn nicht mit in ihre Zeit nehmen konnte.

Seufzend stand sie auf, wickelte sich in ein Handtuch und stieg aus dem kühl gewordenen Badewasser. Dann griff sie nach der Seife und dem Rasiermesser, die auf dem Hocker neben dem Zuber lagen. Das Rasiermesser hatte Mairi auf ihre Bitte hin bei Connor stibitzt. Cate lächelte. Morgen früh würde sie es – hoffentlich unbemerkt – zurücklegen. Schließlich sollte der Bräutigam nicht unrasiert zu seiner Hochzeit erscheinen müssen.

Stirnrunzelnd schaute sie auf das Rasiermesser hinunter. Genau genommen war es nicht mehr als eine schmale Klinge. Vielleicht wäre sie mit dem Messer, das Connor immer in seinem Stiefel trug, besser bedient gewesen. Es hätte den Zweck wahrscheinlich ebenso gut erfüllt wie dieses. Janet hatte erschrocken die Augen aufgerissen, als sie es neben der Wanne liegen sah, denn sie wusste natürlich nicht, was Cate damit vorhatte.

Cate stellte den Fuß auf den Rand des Zubers. Ihre Achseln waren bereits fertig. Es hatte ewig gedauert, aber immerhin hatte sie nur einen kleinen Schnitt davongetragen.

Sie seifte gerade ihren Unterschenkel ein, als draußen auf dem Korridor Schritte und Gebell laut wurden.

»Aufmachen!« Eine Faust schlug donnernd an die Tür. »Sofort!«

»Ich bin nicht angezogen, Connor. Was soll der Aufstand?«

»Öffnet die Tür, oder ich breche sie auf!« Er klang zornig. Und angstvoll.

Angstvoll?

»Ich bin beschäftigt, Connor!«, schrie sie zurück.

Wie sollte sie sich konzentrieren, wenn er sich da draußen derart aufführte? Die Tür aufbrechen! Sie war nicht einmal verriegelt. Cate fuhr gerade das zweite Mal mit dem Messer an ihrer Wade hinauf, als die Tür aufsprang und Connor, von Wolf gefolgt, ins Zimmer stolperte. Die Szene war zum Lachen, aber da Cate vor Schreck das Rasiermesser ausrutschte, zog sie stattdessen scharf die Luft durch die Zähne ein. Rasiermesserschnitte taten gemein weh.

Connor fing sich, stürmte auf sie zu und packte sie beim Handgelenk. »Was tut Ihr da?«, herrschte er sie an.

»Wonach sieht es denn aus? Ich rasiere mir die Beine.« Sie befreite sich aus seinem Griff.

»Ihr tut *was?*« Er starrte auf ihren Unterschenkel. »Ihr blutet!«

Als er die Hand ausstreckte, schlug Cate sie weg. »Das ist Eure Schuld! Versucht *Ihr* mal, Euch zu rasieren, wenn Leute in Euer Zimmer hineinplatzen – dann schneidet Ihr Euch auch.«

»Warum rasiert Ihr Eure Beine, um Himmels willen?«, fragte er.

»Aus demselben Grund, aus dem Ihr Eure Wangen rasiert«, antwortete sie ruhig, obwohl sie alles andere als ruhig war. »Um die Haare zu entfernen.« Sie stemmte die Arme in die Seiten. »Und ich bevorzuge, es ohne Publikum zu tun.«

»Gütiger Himmel, Ihr tragt ja nur ein Handtuch!« Dunkle Röte färbte seinen Hals und das Gesicht, und er drehte sich hastig weg.

»Natürlich«, erwiderte sie. »Ich habe ein Bad genommen. Wenn es Euch unangenehm ist, mich so zu sehen – ich habe Euch nicht hereingebeten.«

Er atmete tief ein. »Es tut mir leid. Als ich Janet mit ihrer Mutter reden hörte …« Er stockte und fuhr dann fort: »Warum tut Ihr das?«

»Rasieren? Weil ich nicht mit haarigen Beinen heiraten will.«

Er schüttelte den Kopf und steuerte auf die Tür zu. »Das ist mein Rasiermesser, oder?«

»Ja. Aber Ihr bekommt es rechtzeitig zurück, um Euer Gesicht der gleichen Behandlung zu unterziehen – ohne dass ungebetene Gäste hereinplatzen, natürlich.«

Connor schob Wolf auf den Korridor hinaus, folgte ihm und schloss die Tür.

»Und was sollte das nun?«, fragte Cate sich laut, während sie ihre Wade zu Ende rasierte. Sie könnte das Rasiermesser ja noch heute Abend zurückbringen und Connor fragen.

Connor stand auf dem Gang vor Cates Tür und kam sich töricht vor.

»Das kommt davon, wenn man zu viel Zeit in der Gesellschaft von Frauen zubringt«, sagte er zu Wolf, als er mit dem

Hund die Treppe hinunterging. »Man wird völlig verdreht, kann nicht mehr geradeaus denken.«

Als er an der Backstube vorbeiging und Janet aufgeregt ihrer Mutter erzählen hörte, dass Cate ein Rasiermesser neben dem Badezuber liegen hätte, war er in Panik nach oben gerannt, um seine Braut vor sich selbst zu beschützen.

Stattdessen hätte sie beinahe Schutz vor *ihm* gebraucht.

Als er sie mit nichts am Leib als einem Handtuch und feucht glänzenden Beinen dastehen sah, hatte er sich mit jeder Faser seines Körpers danach gesehnt, Cate das Tuch herunterzureißen und sie zu nehmen.

Mit Müh und Not hatte er es geschafft, Würde zu bewahren und sich abzuwenden. Jetzt wurde er von seinem unerfüllten Begehren gebeutelt – und von der Scham über sein törichtes Benehmen.

Er musste sich abreagieren.

»Duncan!«, brüllte er beim Durchqueren der Großen Halle und riss die Tür auf. Ein paar Stunden auf dem Kampfplatz mit einem ebenbürtigen Gegner, und er wäre so gut wie neu.

Cates wieder über einen Stuhl drapiertes Hochzeitskleid war inzwischen so gut wie faltenfrei. Mairi und Rosalyn arbeiteten an dem Blütenkranz, den Cate dazu tragen würde. Sie hatten sich in Rosalyns Turm zurückgezogen, weil Cate, wie sie ihr erklärten, den Haarschmuck heute noch nicht sehen dürfe. Sie solle früh zu Bett gehen, denn morgen erwarte sie ein langer, turbulenter Tag.

Ein guter Rat, aber Cate war dummerweise hellwach.

Und sehr, sehr nervös. Schließlich heiratete sie nicht alle Tage.

»Deshalb wurden die Junggesellinnenabschiede erfunden«, sagte sie zu sich, als sie sich zum hundertsten Mal im Bett auf ihr Kopfkissen zurückplumpsen ließ. Sie seufzte tief. »Das wird nichts. Also kann ich es auch aufgeben.«

Sie stand auf und machte sich daran, sich einen weiteren Kamillentee zuzubereiten. Nicht, dass der erste geholfen hätte.

Seit vier Tagen, nachdem sie erfahren hatte, dass sie auf Sithean Fardach bleiben würde, besaß sie einen kleinen Kessel und eine Teekanne auf ihrem Zimmer und sammelte Kräuter, die sie am liebsten mochte. Seitdem war der abendliche Tee eine liebe Gewohnheit für sie geworden.

Während sie vor dem Feuer auf dem Boden sitzend darauf wartete, dass das Wasser im Kessel kochte, fragte sie sich, ob es in dieser Zeit wohl auch den Brauch des Junggesellenabschieds gab. Genauer gesagt, ob Connor wohl gerade seinen feierte. Es wäre leicht festzustellen. Sie müsste nur hinunterschleichen und an seiner Tür horchen.

Er wohnte nach wie vor in dem Zimmer unter ihr, doch nachdem sie gedroht hatte, sein Schlafgemach zu boykottieren und mit Wolf auf dem Treppenabsatz zu nächtigen, hatte er Bettzeug in den Wohnraum geschafft. Seitdem schlief er zwar auf dem Fußboden, aber trotzdem bequemer als auf den Stühlen. Sie hatte sich sein Nachtlager angesehen, als er draußen beim Schwertkampftraining war, und es hatte sie einigermaßen beruhigt, denn die erste Nacht war offensichtlich quälend für ihn gewesen, so unruhig, wie er geschlafen hatte, als sie bei ihm war.

Cate nahm den Kessel vom Feuer, gab Kamille, Minze und Honig in die Kanne, goss Wasser auf und setzte den Deckel wieder drauf. Dann lehnte sie sich zurück, streckte die Beine zum Feuer hin und begutachtete ihr Werk. Keine schlechte Leistung für das erste Mal mit diesem altmodischen Gerät, aber sie würde bestimmt nie wieder über einen modernen Sicherheitsrasierer schimpfen.

Obwohl man ihre Sachen aus Dun Ard hatte kommen lassen, trug sie nachts nach wie vor Connors Hemd.

Es gab ihr das Gefühl, ihm nahe zu sein.

In den letzten Tagen hatten sie einander häufig gesehen. Oft stand er plötzlich hinter ihr und freute sich wie ein Kind, wenn sie erschrak. Seine Augen blitzten, wenn er lächelte, und er lächelte neuerdings viel.

Wenn Cate ihn über den Burghof gehen sah, machte ihr Herz Luftsprünge. Wenn er ihr die Hand auf die Schulter legte, blieb es stehen. Wenn sie sich vornahm, ihn einen Tag lang zu meiden, suchte sie ihn kurz darauf überall im Castle, nur um einen Blick auf ihn zu erhaschen oder seine Stimme zu hören.

Es war eine völlig neue Erfahrung für sie. *Er* war eine völlig neue Erfahrung für sie.

Und in ein paar Tagen wäre es vorbei.

Sie würde ihn nie wiedersehen.

Das war der schrecklichste all der Gedanken, die sie sich machte, wenn sie allein war. Könnte sie es ertragen, Connor nie wiederzusehen? Was empfand sie wirklich für ihn? Fühlte sie sich nur erotisch zu ihm hingezogen, oder war es mehr?

Sie warf sich ihren Umhang über, griff sich die Teekanne

und das Rasiermesser, stieg vorsichtig über den vor ihrer Tür schnarchenden Wolf und ging langsam die Treppe hinunter, um nichts zu verschütten.

Die Abstände zwischen den Fackeln entlang des Aufgangs waren so groß, dass ihr Licht nur für eine schwache Beleuchtung sorgte.

Vor Connors Tür angelangt, war Cate versucht, kehrtzumachen und in ihr Zimmer zurückzugehen. Aber wenn sie das täte, dann müsste sie sich den Rest ihres Lebens mit Fragen herumschlagen, auf die sie nie eine Antwort bekäme.

Also atmete sie tief ein und klopfte zaghaft. Keine Reaktion. Sie versuchte es noch einmal etwas energischer. Als sie sich gerade zum Gehen wenden wollte, wurde die Tür geöffnet.

Connor stand vor ihr, nur mit seinem Plaid bekleidet, ohne Hemd. »Cate? Ist etwas geschehen?«

»Nein. Es tut mir leid. Habe ich Euch geweckt?« Er sah nicht verschlafen aus.

»Nein. Ich scheine heute Nacht keinen Schlaf zu finden. Aber Euer Klopfen war so leise, dass ich nicht sicher war, ob ich es mir vielleicht nur eingebildet hatte.«

Sie schauten einander an. Schließlich brach Cate das Schweigen.

»Ich kann auch nicht schlafen, und da dachte ich, ich bringe Euch das Rasiermesser zurück.« Sie reichte es ihm.

Er lachte leise und rieb sich die Stoppeln. »Danke. Ich werde es brauchen.«

Noch nie war ihr ein unrasiertes Gesicht so sexy erschienen.

»Was habt Ihr denn in der Kanne?«, erkundigte er sich.

»Meinen Spezialkräutertee. Ich hatte gehofft, Ihr würdet mich hereinbitten und wir könnten zusammen einen Becher trinken. Wisst Ihr, was eine Junggesellenabschiedsparty ist?«

»Davon habe ich noch nie gehört.« Er stand noch immer mitten in der Tür. »Ich kann nicht zulassen, dass Ihr Euren guten Ruf zerstört, indem Ihr nachts in mein Gemach kommt, Caty.« Sein Blick strafte seine Worte Lügen.

»Die paar Stunden, bis ich Eure Frau werde, kann ich auch mit einem schlechten Ruf leben«, gab sie zurück.

Mit einer einladenden Geste trat er beiseite.

»Habt Ihr einen Becher? Ich hatte beide Hände voll und konnte meinen nicht mitbringen.« Cate ging geradewegs zu seinem vor dem Kamin bereiteten Nachtlager und ließ sich darauf nieder.

Connor nahm im Vorbeigehen einen Krug vom Tisch und leerte ihn in einem Zug. Dann hielt er ihn ihr hin. »Etwas anderes habe ich hier nicht.«

»Setzt Euch zu mir und kostet meinen Tee. Wir werden den Junggesellenabschied nicht, wie sonst üblich, getrennt feiern, sondern zusammen.«

Nach kurzem Zögern gesellte Connor sich zu ihr, und sie goss Tee in seinen Krug.

»Ich hoffe, was da drin war, verdirbt nicht den Geschmack der Kräutermischung.«

Vorsichtig nippte er an dem Tee. »Gar nicht so übel«, stellte er überrascht fest.

»Und sie soll auch noch beruhigend wirken.« Cate nahm ihm den Krug ab und trank einen Schluck.

»Hat Euer Tee Euch heute Nacht beruhigt?«

»Nicht mehr als das, was in Eurem Krug war und Euch geholfen hat.« Sie lächelte ihn an. »Aber immerhin wirkt Ihr weniger aufgeregt als heute Nachmittag. Was sollte denn dieser Überfall?« Sie nahm noch einen Schluck und reichte Connor den Krug.

Schulterzuckend schaute er in die Flammen. »Es war töricht, und es tut mir leid, dass ich Euch erschreckt habe. Ich hoffe, der Schnitt ist nicht tief.« Er hob den Krug an die Lippen.

»Seht selbst.« Cate streckte ihr Bein aus.

Er verschluckte sich, und sie klopfte ihm auf den Rücken.

»Eure Beine sind nackt!«, japste er.

»Wäre es Euch lieber, ich säße mit nacktem Oberkörper hier wie Ihr?«

»Um Himmels willen, nein!« Er überlegte einen Moment. »Soll ich mein Hemd anziehen?«

Sie neigte den Kopf zur Seite und tat, als erwäge sie den Vorschlag. »Nein«, meinte sie dann. »Lieber nicht.«

Er zog eine Braue hoch. »Ihr seid ziemlich kühn heute Nacht.«

»Nein. Ich will nur rückhaltlos ehrlich zu Euch sein. Das erscheint mir angebracht, denn immerhin heiraten wir morgen.«

Connor schaute sie einen Moment lang nachdenklich an. Dann nickte er. »Abgemacht.« Er hob den Krug. »Auf rückhaltlose Ehrlichkeit zwischen uns.«

»Eine merkwürdige Vorstellung, oder? Dass wir morgen heiraten, meine ich.«

»Ja. Sehr merkwürdig.«

»Nun, Ihr wisst bereits, was ich darunter trage, also brauche ich den Umhang nicht mehr.« Sie schüttelte ihn von den Schultern. »Es ist sowieso zu heiß dafür hier.« Sie kniete sich hin und füllte den Krug auf.

Als sie hochschaute, sah sie, dass Connor sie mit leicht schief gelegtem Kopf betrachtete.

»Was denkt Ihr? Vergesst nicht – wir haben rückhaltlose Ehrlichkeit vereinbart.« Sie lächelte ihn an.

»Ich dachte gerade, was für eine ungewöhnliche Frau Ihr seid.« Ohne sie aus den Augen zu lassen, lehnte er sich auf den Unterarmen zurück und streckte die Beine in Richtung Feuer.

Cate tat es ihm gleich. »Ich nehme das als Kompliment.« Sie kicherte.

»Jetzt seid Ihr an der Reihe. Was denkt Ihr?«

»Das wird Euch nicht gefallen.«

»Vergesst nicht – wir haben rückhaltlose Ehrlichkeit vereinbart«, wiederholte er ihre Worte. »Ich habe mich daran gehalten.«

»Ich dachte gerade, wie seltsam es ist, an einem Ort zu sein, wo die Männer kürzere Röcke tragen als die Frauen.« Als er sich sichtlich gekränkt aufplusterte, kicherte sie wieder.

»Ich trage keinen Rock – und Ihr tragt auch keinen.«

»Ich habe doch gesagt, es wird Euch nicht gefallen.« Sie setzte sich aufrecht hin. »Ich will großzügig sein: Als Wiedergutmachung dürft Ihr *zwei* Fragen stellen.«

»Einverstanden. Lasst mich nachdenken.«

Er starrte sie an, aber sie war nicht sicher, ob er sie wahrnahm. Als es ihr gerade unheimlich zu werden begann, fragte er: »Warum ist es Euch so wichtig, in dem Kleid zu heiraten, das Ihr mitgebracht habt?«

»Es war das Hochzeitskleid meiner Großmutter, und auch meine Mutter hat es bei ihrer Hochzeit getragen. Ich würde auf keinen Fall in einem anderen Kleid heiraten.«

»Dann hättet Ihr auch Richard in diesem Kleid geheiratet?«

»Er wollte es nicht. Das Kleid gefiel ihm nicht. In seinen Augen war es nicht gut genug, machte nicht genug her. Er hatte bereits ein anderes Kleid für mich ausgesucht.«

»Ihr heiratet Richard nicht, weil ihm das Hochzeitskleid Eurer Großmutter nicht gefiel?« Connor war sichtlich verwirrt.

»Nein. Ich heirate Richard nicht, weil er mich nicht genug liebte, um mich das Kleid tragen zu lassen, an dem mein Herz hängt. Ihm war wichtiger, wie ich aussah, als wie ich mich fühlte. Es gibt noch viele andere Gründe dafür, dass ich ihn nicht heirate, aber dieser Punkt war kennzeichnend für unsere Beziehung.«

Eine Weile schwiegen sie miteinander, tranken abwechselnd von Cates Tee.

»Hier ist meine zweite Frage«, sagte Connor schließlich. Cate wandte sich ihm zu. »Ich bin bereit.«

»Warum habt Ihr Euch für morgen die Beine rasiert?«

»In meiner Zeit finden viele Frauen es schön, sich die Beine und die Achseln zu rasieren.« Seine Braue schoss in die Höhe. »Ja, auch die Achseln.«

»Frauen machen das, weil sie es schön finden?«

»Na ja, hauptsächlich, weil sie annehmen, dass die Männer es schön finden.«

»Und warum nehmen sie an, dass die Männer es schön finden?«

Cate tauchte in seine Augen ein. Es machte ihr das Denken schwer. »Weil es sich glatt anfühlt.«

»Glatt?«

Sie sank immer tiefer in das leuchtende Blau. Wie in Trance tastete sie nach Connors Hand und fuhr damit an ihrem Bein auf und ab. »Glatt. Spürt Ihr es?« Seine Berührung hinterließ eine Feuerspur auf ihrer Haut.

»Ja.« Seine Stimme klang heiser. »Streicheln in Eurer Zeit viele Männer Eure glatten Beine?«

»Nur, wenn ich es erlaube.«

Connors Augen verengten sich, seine Hand glitt an ihrem Bein aufwärts unter den Saum des Hemdes, er beugte sich herüber und senkte seinen Mund auf ihren.

Bebend vor Erregung, erkundete sie mit den Händen die Konturen seines muskulösen Rückens, während seine Hand die Reise entlang ihres Beines jetzt an der Außenseite ihres Schenkels bis zu ihrem Slip fortsetzte, daran entlang nach hinten glitt, über ihr Gesäß, den Rücken hinauf. Cate war bei seinen weichen Haaren angelangt, fuhr mit gespreizten Fingern hinein, während seine Zunge die ihre zum Tanz aufforderte.

Ohne seinen Mund von ihrem zu lösen, schob er die eine Hand von ihrem Rücken aufwärts bis zu Cates Kopf, umfasste ihn stützend, während er den Kuss vertiefte und seine andere Hand eine eigene Reise antrat, federleicht über ihren Bauch bis zu ihren Brüsten strich.

Als er schließlich eine der harten Spitzen mit dem Daumen liebkoste, endete der Kuss, weil Cate sich der Berührung instinktiv entgegenbog, Connor ihre Kehle darbot. In einer schnellen Folge kleiner Küsse ließ er seine Lippen daran abwärtswandern, bis er zu der Schnürung des Hemdes gelangte.

Cate hätte vor Enttäuschung beinahe aufgeschrien, als er seine Hände von ihr nahm. Bis er begann, die Schnürung langsam zu lösen. Schließlich zog er die Schnur ganz heraus.

Wo sie blieb, bekam Cate nicht mit, denn Connor neigte den Kopf tief über den Ausschnitt des Hemdes und zog den Stoff zur Seite, der seine Reise behindert hatte. Connors Haare streichelten Cates Brüste, während seine Lippen über ihre glühende Haut glitten, bis sie die Brust erreichten, die seine Hand kurz zuvor verlassen hatte.

Einmal, zweimal schnellte seine Zungenspitze über die aufgerichtete Knospe. Den heißen Atem auf der angefeuchteten Haut zu spüren ließ einen lustvollen Schauer über Cates Körper rieseln.

Connors Hände glitten abwärts bis zu ihrer Taille, wo sie wieder auf die Barriere aus zarter Spitze trafen. Eine Hand glitt hinten herum, während die andere sich unter den Slip schob, einen Moment auf der glatten Haut dort verweilte, dann bis zu dem Hügel weiterwanderte und mit den weichen Löckchen spielte.

Sein Mund schloss sich um die Knospe und saugte behutsam daran. Als Cate vor Verlangen aufstöhnte, saugte er stärker.

Die Hand in ihrem Slip setzte ihre Erkundung fort. Als ein Finger die Pforte fand, packte Cate Connors Kopf mit beiden Händen und presste ihn an ihre Brust, während sie dem Finger entgegenkam, der sich immer weiter vorwagte.

»Oh, Gott, Connor, bitte!« Sie wusste nicht genau, was sie von ihm wollte, nur, dass ihr nicht genügte, was sie bekam, dass sie ihn ebenso begehrte wie er sie. Den Beweis für *sein* Verlangen spürte sie an ihrem Bein.

Connor hielt inne, und als er sich zurückzog, empfand sie ein überwältigendes Gefühl von Verlust. Sie öffnete die Augen und sah, dass Connor auf sie herunterstarrte. Sein Atem ging keuchend.

Plötzlich lächelte er, so sinnlich, dass Cate sich nichts sehnlicher wünschte, als wieder seine Lippen auf ihrer Haut zu spüren.

»Du bist die schönste Frau, die ich je in den Armen gehalten habe, kleine Caty, und wenn ich mich jetzt nicht beherrsche, werde ich es nicht mehr können. Und morgen willst du mich dann vielleicht nicht mehr heiraten. Aber du musst mich heiraten.«

Was sollte sie darauf sagen?

Connor kniete sich neben sie, nahm sie auf seine Arme und stand auf. Ohne seinen Blick von ihrem zu lösen, trug er sie in ihr – sein – Schlafzimmer und legte sie aufs Bett.

Schweigend ließ er seine Augen über sie wandern, und sie hatte den Eindruck, dass er mit sich kämpfte. Atemlos wartete sie.

Doch er blieb stark. »Ich möchte, dass du weißt, dass mir noch nichts in meinem Leben so schwergefallen ist, wie dir zu widerstehen. Aber ich habe geschworen, dafür zu sorgen, dass dir nichts geschieht – und das werde ich jetzt tun.« Er küsste sie zart auf die Stirn und ging.

Cate lag bebend da, starrte zu dem Baldachin hinauf und spürte bis in die Zehenspitzen ihr Herz schlagen.

Zumindest konnte sie sich die Frage jetzt beantworten, was sie für Connor empfand.

Was hatte Jesse doch gleich gesagt? Ah ja: Liebe schleicht sich ein, wenn du am wenigsten damit rechnest. Wie wahr. Sie hatte wirklich nicht damit gerechnet, sich zu verlieben. Nicht hier. Nicht in dieser Zeit. Nicht in einen Mann, dessen Pflichtgefühl alles andere überwog.

Diese Feen hatten wirklich eine vertrackte Art, einem seine Wünsche zu erfüllen – und ein lausiges Timing.

20

Unfähig, Ruhe zu finden, sah Cate den Morgen heraufdämmern. Grau und neblig – düster wie ihre Stimmung.

In ein paar Stunden würde sie den Mann heiraten, den sie liebte. Den Mann, der sie *nicht* liebte und nie lieben würde. Oh, er begehrte sie, das stand außer Frage, aber Liebe kam in seinem Lebensplan nicht vor. Nur Pflicht und Ehre. Er war von Anfang an ehrlich zu ihr gewesen – er hatte nicht den Wunsch, an eine Frau gebunden zu sein. Aber selbst, wenn sie sich irgendwie damit abfinden könnte, jemanden zu lieben, der ihre Gefühle nicht erwiderte – es wäre müßig, weil sie in ihre Zeit zurückkehren und ihn nie wiedersehen würde.

Tief seufzend setzte sie sich auf. *Manche Tage sind das Aufstehen nicht wert.* Sie musste lächeln, als ihr einfiel, dass sie zu Hause ein Sleepshirt mit genau diesem Aufdruck hatte. Was würde Connor wohl sagen, wenn er sie darin sähe? Es reichte kaum bis über ihren Po.

Die Scheite im Kamin glühten noch, und es gelang Cate ohne große Mühe, ihnen neue Flammen zu entlocken. Sie stellte den Kessel auf die Scheite, um Wasser für Tee und zum Waschen zu kochen. Sie gab die Kräuter und den Honig direkt in den Becher, denn die Kanne war noch unten bei Connor. Als das Wasser kochte, übergoss sie zuerst die

Teemischung in ihrem Becher und schüttete dann den Rest in die Waschschüssel.

Ihr Gesicht und der Hals brannten, als sie mit der Seife in Berührung kamen, was Cate augenblicklich an Connors Bartstoppeln erinnerte – und daran, wie erregend sie sich auf ihrer Haut angefühlt hatten. Ein wohliger Schauder überlief Cate.

»Ich werde nie fertig, bis Mairi und Rosalyn kommen, wenn ich nicht aufhöre, von diesem Mann zu träumen.«

Sie trocknete sich gerade das Gesicht ab, als es klopfte.

Mairi stand mit dem Kranz vor der Tür, den sie letzte Nacht mit Rosalyn gefertigt hatte. Sie hatten lange, elfenbeinfarbene Bänder, die über Cates Rücken herabhängen würden, mit Heide und Lavendel und hübschen, weißen Blumen verflochten.

Rosalyn erschien kurz nach Mairi. Mit vereinten Kräften halfen sie Cate in das Hochzeitskleid, wobei sie in den höchsten Tönen von Muster und Material schwärmten. Das Unterkleid war aus elfenbeinfarbenem Satin genäht, ärmellos, mit hoch angesetzter Taille und Dekolleté. Das hochgeschlossene Oberkleid aus ebenfalls elfenbeinfarbener Spitze bewirkte eine reizvolle Mischung aus Schicklichkeit und Erotik. Das Kleid wurde hinten mit zig perlengroßen Knöpfchen geknöpft wie die langen, engen Spitzenärmel vom Ellbogen bis zum Handgelenk.

Es war ein Kleid, das Cate niemals hätte allein anziehen können. Als es glatt über ihre Hüften glitt, dachte sie flüchtig, dass sie die zehn Pfund offenbar doch noch abgenommen hatte. Die Robe passte wie angegossen.

»Ich habe noch nie so ein Gewand gesehen«, sagte Mairi

bewundernd und berührte andächtig den Ärmel. »Diese winzigen Kugeln sind wunderschön.«

Rosalyn nickte. »Sie ist eine sehr hübsche Braut.« Sie setzte Cate den Kranz aufs Haar und begann, ihn mit Strähnen von Cates Locken zu verflechten, damit er nicht verrutschte.

»Wartet einen Moment!« Cate lief zum Bett und zog den Streifen von Connors Plaid unter dem Kissen hervor. Mairi hatte ihn zusammen mit Cates anderen Sachen aus Dun Ard mitgebracht.

»Könnt Ihr ihn mit einflechten – vorne, damit man ihn gut sieht?«

Rosalyn nickte. »Ja, ich bin sicher, dass uns das gelingt.«

Als der Kranz an Ort und Stelle saß, holte Mairi die Kette vom Tisch und wollte sie Cate umlegen.

»Nicht«, protestierte Cate.

»Aber du musst doch dein Verlobungsgeschenk zur Hochzeit tragen!« Mairis Bestürzung spiegelte sich ebenso in ihrer Stimme wie in ihrer Miene.

Cates Augen blitzten. »Ich werde es auch tragen – aber ich möchte es mir von jemand anderem umlegen lassen. Von jemand sehr männlichem.«

Mairi fiel ihr um den Hals und küsste sie auf die Wange. »Ich bin so froh, dass du meine Schwester wirst. Du bist genau das, was mein Bruder braucht, um für den Rest seines Lebens glücklich zu sein.« Nachdem sie Cate noch einmal gedrückt hatte, lief sie zur Tür hinaus.

Cate wechselte einen Blick mit Rosalyn, bevor sie ihrerseits das Zimmer verließ. Für den Rest seines Lebens? Nur wenn dieser Rest auf einen Tag beschränkt war. In gewisser

Weise war er das ja. Wenn sie in ihre Zeit zurückkehrte, wäre er …

Ich werde nicht weinen. Das würde für heute ihr Mantra sein.

Sie hatte sich immer gewünscht, eine Schwester zu haben, die gleichzeitig ihre beste Freundin war. Jetzt hatte sie in Mairi einen Menschen gefunden, der ihren Wunsch wahr werden lassen könnte, aber sie müsste sie gleich wieder hergeben.

Innerhalb der nächsten vierundzwanzig Stunden würde sie ihre beste Freundin und den Mann ihrer Träume verlieren.

Ihrem Mantra zum Trotz drohten ihr Tränen in die Augen zu steigen, als sie die Treppe hinunterging.

Connor sah so umwerfend aus, dass es ihr den Atem verschlug.

Er stand in der Großen Halle und mühte sich mit seiner Smaragdnadel ab. Als er aufschaute und Cate hilflos anlächelte, blieb sie wie angewurzelt stehen. Hatte sie ihn tatsächlich nur für gutaussehend gehalten? Der Mann war eine Sensation.

Cate eilte zu ihm und befestigte die Nadel.

»Jetzt bist du an der Reihe. Hilf mir, bitte.« Sie reichte ihm die Kette.

Seine Hand zitterte, als er den Schmuck entgegennahm. Einen Moment lang schaute er sinnend darauf hinunter, dann trat er hinter Cate, um ihn ihr umzulegen. Ihr war, als glühe der Stein, der schwer auf der Spitze lag.

»Ich wäre gerne einen Augenblick allein mit meiner

Braut, wenn es euch nichts ausmacht«, sagte er ruhig, aber energisch, und trat vor Cate hin.

Alle Anwesenden verließen die Große Halle und gingen in den Hof hinunter.

Er berührte den in den Kranz eingeflochtenen Streifen seines Plaids und zog fragend eine Braue hoch.

Cate lachte leise. »Ich fand es passend, heute dein Zeichen zu tragen.« Sie trat ein paar Schritte zurück und drehte sich im Kreis. »Wie sehe ich aus?«

Er nahm ihre Hände und schaute ihr in die Augen. »Du bist eine wunderschöne Frau und eine wunderschöne Braut. Und dieses ungewöhnliche Kleid passt zu der ungewöhnlichen Frau, die es trägt.« Dann wurde er ernst. »Ich habe einen Hochzeitswunsch. Wirst du ihn mir erfüllen?«

»Ich erfülle dir *jeden* Wunsch, Connor«, antwortete sie, und sie meinte es so.

»Es ist zwar keine richtige Hochzeit, aber die einzige, die es je für mich geben wird. Du findest es vielleicht lächerlich, aber ich ertrage den Gedanken nicht, eine Frau zu heiraten, die das Verlobungsgeschenk eines anderen trägt. Ziehst du um meinetwillen den Ring ab, Caty? Nur für heute?«

Richards Ring. Sie hatte überhaupt nicht daran gedacht. Die Tränen, die sie ständig zurückgedrängt hatte, liefen jetzt doch. Seit sie hier war, hatte sie sich von der Frau, die nie weinte, in eine regelrechte Heulsuse verwandelt. Sie entzog Connor ihre Hände, nahm den Ring ab und reichte ihn ihm.

Connor legte ihn in seine Hand, betrachtete ihn und steckte ihn dann in seinen Sporran, den kleinen Lederbeutel an seinem Gürtel. Cates Gesicht in die Hände nehmend, wischte er ihr mit den Daumen die Tränen weg.

»Danke«, sagte er weich. »Es tut mir leid – ich wollte dir keinen Kummer bereiten. Ich werde den Ring wie einen Schatz hüten und ihn dir morgen zurückgeben.« Er schaute sie traurig an.

Sie legte ihre Hände auf seine. »Ich weine nicht wegen des Rings, Connor. Es ist, weil …« Sie brach ab.

Wie sollte sie ihm sagen, dass sie um ihn weinte? Dass sie weinte, weil für ihn die Hochzeit nicht real war, weil sie, Cate, ihn bald für immer verlassen müsste, weil sie ihn liebte und er sie nicht. Seufzend zog sie seine Hände herunter.

Er zeigte auf sie. »Dein Gesicht ist gerötet. Du hast es doch nicht etwa auch rasiert?«

Dankbar für den Themenwechsel, der ihr Gelegenheit gab, sich zu fassen, antwortete sie: »Nein – aber wenn jemand anderer sich gestern Abend rasiert hätte, wäre meine Haut nicht so angegriffen.«

Als er die Bedeutung ihrer Worte begriff, stieg dunkle Röte von seinem Hals auf. Dann prustete er los und lachte noch immer in sich hinein, während sie die Treppe hinuntergingen, um die Reise zu ihrer Hochzeit anzutreten.

Als sie eintrafen, war eine große Menschenmenge vor der Kirche versammelt. Cate entdeckte Connors Familie und einige Leute aus Dun Ard Castle, aber zum größten Teil verschwammen die Gesichter zu einer anonymen Masse. Als Cate an Connors Arm auf den Geistlichen zuschritt, klopfte ihr Herz so laut, dass es ihr in den Ohren dröhnte.

Die Trauung fand auf den Stufen vor der Kirche statt. Der Nebel hatte sich aufgelöst, und die Sonne strahlte von einem wolkenlosen Himmel.

Die Zeremonie erlebte Cate wie in Trance. Das Einzige, woran sie sich später erinnerte, waren Connors Augen.

Und die Ringe. Cate wusste, dass Eheringe im Mittelalter nicht der Brauch waren, und so hatte sie keine erwartet. Aber zu ihrer Überraschung steckte Connor ihr einen breiten Goldreif an. Dann drehte er ihre Hand um, legte einen größeren hinein und streckte ihr auffordernd seine Hand hin. Vor lauter Nervosität stellte sie sich so ungeschickt an, dass es nicht gleich klappte, aber schließlich war es geschafft. Den Ausdruck in seinem Gesicht in diesem Moment würde sie ihr Leben lang nicht vergessen.

Dann nahm Connor lächelnd ihre Hand und hielt sie für den Rest der Zeremonie fest, die beendet war, ehe Cate sich's versah. Als sie sich umdrehten, brach Jubel los, doch er galt nicht nur den Frischvermählten.

Der König war eingetroffen. Connor kniete nieder, und Cate sank mit ehrfurchtsvoll geneigtem Kopf in dem Hofknicks zu Boden, den Mairi mit ihr geübt hatte, konnte jedoch nicht widerstehen, den Mann verstohlen zu mustern, dem sie ihren Respekt zollten.

Der König zog Connor hoch und klopfte ihm in einer typischen Männerumarmung auf den Rücken. Er war kleiner als Connor und viel jünger, als Cate gedacht hatte, wobei ihn sein Lächeln und die dunklen, fast bis auf die Schultern herabfallenden Haare noch jünger wirken ließen.

»Gut gemacht, MacKiernan. Sehr gut gemacht. Sie ist reizend.«

»Danke, Euer Hoheit.« Connor neigte den Kopf.

»Lasst sehen.« Alexander III. nahm ihre Hand, hob mit einem Finger Cates Kinn an und beurteilte sie begeistert und für die Umstehenden vernehmlich als ein »hübsches, kleines Mädchen, genau das Richtige für meinen tapferen Ritter.«

Wieder jubelte die Menge.

Der König legte ihre Hand in Connors. »Sie wird Euch viele tapfere Söhne gebären.« Er lachte. »Und da ich annehme, dass Ihr angesichts dieser Ehefrau in Eurem Heim nicht in meinen Dienst zurückkehren wollt, erwarte ich von Euch, eine Schar neuer MacKiernan-Krieger für meinen Sohn Alexander großzuziehen.«

Hochrufe und Gelächter erschollen, als der König Connor zum Abschied noch einmal auf den Rücken klopfte und dann, von seinem Gefolge umgeben, durch die Menge schritt.

Connor hob Cate auf sein Pferd und drückte sie fest an sich, als sie sich dem langen Hochzeitszug anschlossen, der sich hinauf zum Dun Ard Castle bewegte.

Die Musik von Dudelsäcken, Flöten und Trommeln hörten sie schon lange, bevor sie das Tor erreichten. Im Burghof waren lange Tische für die Dörfler und Pächter gedeckt, die sich bereits an den Speisen gütlich taten oder zwischen den Tischen tanzten und ihre Becher hoben, um auf das Brautpaar zu trinken, das alle paar Schritte stehen blieb, um Glückwünsche entgegenzunehmen.

Auch in der Großen Halle wurde aufgespielt. Heute saß der König in der Mitte der hohen Tafel. Artair saß zu seiner einen Seite, Connor zu seiner anderen und Cate neben ihm.

Sie konnte Rosalyn nirgends entdecken, dafür aber Blane, der ein paar Plätze von seinem Vater entfernt saß und sie ungeniert fixierte. Als sich ihre Blicke begegneten, neigte er grüßend den Kopf und hob seinen Becher. Hastig schaute Cate weg.

Lyall kam von einem der unteren Tische herauf und gratulierte ihr mit einem Handkuss. Dann beglückwünschte er Connor, der aufgestanden war, als sein Cousin Cates Hand nahm, und sie umarmten sich kumpelhaft, so dass Cate beinahe die in ihrer Zeit gängige *high-five*-Geste erwartete.

Lyall hatte Mairi gesucht und fragte, ob sie vielleicht etwas über ihren Verbleib wüssten. Erst da fiel Cate auf, dass sie ihre Freundin seit ihrer Ankunft vor der Kirche nicht mehr gesehen hatte. Connor murmelte etwas von Nachobengehen und Schuheanziehenwollen. Cate hoffte um der Gemütsverfassung ihrer neuen Schwester willen, dass der König sie nicht barfuß gesehen hatte.

Unter all den Fremden fielen Cate mehrere das Podest umstehende hochgewachsene Männer mit einem scharfen Blick auf, die Cate an die Mitarbeiter ihrer Brüder erinnerten. Offenbar die Leibwächter des Königs. Wäre dies heute die Hochzeit eines anderen, würde Connor sicherlich einer von ihnen sein.

Connor war in Alarmbereitschaft, unfähig, sich auch nur einen Moment zu entspannen. Nach so vielen Jahren fühlte er sich fast verletzlich ohne Duncan, aber sein alter Freund hatte heute eine andere Aufgabe, als ihm den Rücken zu stärken. Außerdem waren genug Männer da, denen er vertraute, auf die er sich verlassen könnte, wenn es nötig wäre.

Ständig überflog er die Menge, fragte sich, ob heute ein weiterer Anschlag auf Cates Leben drohte. Er würde sie nicht aus den Augen lassen. Er würde es ihnen nicht leichtmachen.

Es hatte ihn große Mühe gekostet, seinen Stolz zu überwinden und sie zu bitten, den Ring abzunehmen. Richards Ring. Er lag schwer wie ein Stein in seinem Sporran.

Als sie den Ring abzog und ihm reichte, hatten ihre Tränen bestätigt, was er, Connor, nicht hätte vergessen dürfen. Dass sie einem anderen gehörte, einem Mann von Macht und Reichtum, den sie sich erwählt hatte. Wie seine Mutter und wie Anabella.

Auch die vergangene Nacht änderte daran nichts. Gottlob hatte er noch rechtzeitig die Kontrolle über seinen Körper wiedererlangt. Jetzt waren sie verheiratet, und schon sehr bald würde sie fort sein. Keine Cate mehr, keine Versuchung mehr. Er musste sie nur noch bis dahin beschützen, dann wäre seine Pflicht ihr gegenüber erfüllt.

Das Fest zog sich bis weit in den Abend hinein, und Cate begann zu spüren, wie wenig sie letzte Nacht geschlafen hatte, als Artair sich ihnen näherte.

Connor stand auf und nickte grüßend. »Onkel.«

»Neffe. Ich denke, es ist an der Zeit, dass deine Braut einen besonderen Gast von mir kennenlernt.«

Er reichte Cate die Hand, doch Connor schob sich dazwischen und half ihr seinerseits beim Aufstehen.

»Cate geht heute nirgendwohin ohne mich.«

»Nirgendwohin?« Anabella war unbemerkt dazugekommen, nahm Artairs Arm und schenkte ihnen ein zuckersüßes Lächeln. Wie stets war ihr Ton abschätzig. »Nicht einmal auf den Abtritt?«

»Nirgendwohin«, bekräftigte er. »Nicht einmal auf den Abtritt.« Connor lächelte, doch in seinem Blick lag keine Heiterkeit. »Heute nicht.«

Cates Arm fest im Griff wandte er sich wieder Artair zu. »Geh voraus, Onkel – wie begrüßen deinen Gast gemeinsam.«

»Wie du willst«, erwiderte Artair, doch er war nicht erfreut.

Artair führte sie zu einem massigen Mann, der Cate schon früher aufgefallen war. Er saß an einem Tisch in der Nähe der hohen Tafel. Seine langen, roten, von grauen Strähnen durchzogenen Haare schienen mit dem gleichfarbigen Bart verfilzt zu sein. Ale tropfte auf den Bart, gesellte sich zu den darin hängenden Essensresten. Der Geruch ungewaschener Körper schlug Cate entgegen.

Als der Mann sie sah, knallte er seinen Krug auf den Tisch. »Höchste Zeit, dass Ihr mir das Mädchen zur Begutachtung bringt. Gib dem MacPherson einen Kuss, Mädelchen«, rief er. Die umsitzenden Männer johlten. Er wollte nach Cate greifen, wurde jedoch von einer kräftigen Hand daran gehindert, die sich um sein Handgelenk schloss.

»Niemand außer mir darf meine Ehefrau berühren, und sie wird ganz sicher keinen anderen küssen.«

Connors Augen glitzerten ebenso gefährlich wie die der Leibwächter des Königs, von denen einer sich jetzt zu ihnen gesellte.

»Ist das ein Freund von dir, MacKiernan?«, fragte der Mann, der Cate als Robert vorgestellt worden war, mit einem Lächeln, das sie frösteln ließ.

Ohne das Handgelenk des Kolosses loszulassen, machte

Connor die beiden Männer miteinander bekannt. »Dies ist der MacPherson, Laird der MacPhersons – und dies ist Robert MacQuarrie, Mitglied der königlichen Garde und ein Mann, den ich meinen Freund nenne.« Er ließ das Handgelenk los, und sein Lächeln erinnerte Cate an die Art, wie ein Stierkämpfer mit dem roten Tuch wedelt.

MacPherson lief dunkelrot an vor Zorn, erhob sich mühsam von der Bank, wobei er mit seinem unförmigen Körper mehrere Teller vom Tisch fegte, und wandte sich Artair zu, der unter seinem Blick zu schrumpfen schien.

»Wir haben genug von Eurem Fest, MacKiernan. Vergesst nicht, was Ihr mir schuldet. Ich gebe Euch Zeit bis zu ihrem Geburtstag, keinen Tag länger. Ihr erfüllt meine Forderung, oder ich bediene mich an Eurem Landbesitz.« Er spuckte Artair vor die Füße und walzte auf den Ausgang zu.

Die meisten anderen Männer am Tisch standen ebenfalls auf und folgten ihm, bahnten sich mit unnötiger Rücksichtslosigkeit ihren Weg durch die Große Halle. Artair stand einen Moment lang da wie benommen, dann eilte er in die entgegengesetzte Richtung davon.

Robert lachte leise. »Ein paar Esser weniger.«

Diesmal war Connors Lächeln echt. Er legte dem Mann die Hand auf die Schulter. »Ich brauchte deine Hilfe zwar nicht, Robbie, aber ich war trotzdem froh, dich an meiner Seite zu wissen.«

»Ich weiß, dass du mich nicht brauchtest, aber Alexander sorgt sich manchmal wie eine Glucke. Was sollte ich tun? Ich gehe, wohin mein König mich schickt.«

Die beiden Männer lachten. Dann verbeugte Robert sich vor Cate und entfernte sich.

»Das war MacPherson? Diesem fetten, abscheulichen alten Kerl will Artair Mairi zur Frau geben?« Cate war fassungslos.

»Ja, das war er. Aber mach dir keine Gedanken. Dank deiner Hilfe wird es ja nicht dazu kommen. Artair wird seine Schulden auf eine andere Weise begleichen müssen als mit meiner Schwester.«

Er zog Cate zu sich heran und flüsterte ihr ins Ohr: »Ich denke, wir sollten jetzt versuchen, unbemerkt zu entkommen. Die Leute sind durch den Aufbruch der MacPhersons abgelenkt.« Er zog sie in Richtung Ausgang.

»Ich verstehe nicht. Warum müssen wir uns wegstehlen?«

»Oje, es ist zu spät«, murmelte er, als er zur Tür hinausschaute, und umfasste Cates Hand fester. »Es tut mir leid, Caty. Ich hatte gehofft, dir das ersparen zu können.« Er hatte kaum zu Ende gesprochen, als eine übermütige Menschenmenge auf sie zuwogte.

Unter Jubel und Gelächter wurden sie beide hochgehoben und auf einen mit Stroh beladenen Karren geworfen, an den Connors Pferd angebunden war. Teils zu Pferde, teils zu Fuß umschwärmte das fröhliche Volk den Karren, als er durch den Hof gezogen wurde. Ein zweiter Karren, auf dem Musikanten fuhren, folgte der singenden, ausgelassenen Menge.

»Was soll das? Wohin bringen sie uns?« Cate musste schreien, um sich verständlich zu machen.

Der Karren holperte über eine besonders große Bodenwelle. Durch den Ruck verlor Cate den Halt und landete mit dem Gesicht voran auf Connors Schoß.

»Langsam, Mädchen, damit musst du warten, bis du im Brautgemach bist«, brüllte der Reiter neben dem Karren. Die Leute johlten.

Connor grinste verlegen, als er Cate half, sich aufzusetzen. »Sie begleiten uns zu unserem Brautlager. Das Fest endet erst mit dem Vollzug der Ehe.« Als er Cates entsetztes Gesicht sah, lachte er schallend. »Keine Angst, kleine Caty, ich werde sie nicht zuschauen lassen.«

Cate starrte ihn entgeistert an. Connor lachte, als genieße er das Treiben genauso wie all diese Leute.

Sein Lachen wandelte sich in ein verführerisches Lächeln. Er kniete sich vor sie, schlang einen Arm um sie und schaute ihr tief in die Augen. Dann senkte er seinen Mund auf ihren.

Sie schmiegte sich an ihn, ihre Bedenken schmolzen dahin. Seine Zunge spielte mit ihrer, und Cate dachte an nichts anderes mehr als an ihn und daran, wie seine Hände sich auf ihrem Körper anfühlen würden.

Er verstärkte seinen Griff, ließ seine freie Hand unter ihre Haare gleiten, umfasste ihren Nacken und vertiefte den Kuss.

Cate hörte kein Gelächter und Gejohle mehr. In diesem Moment gab es für sie nur noch Connor und seinen Körper an ihrem.

21

Connor hatte gesagt, die Leute würden sie zu ihrem Brautlager begleiten, und genau das schien die übermütige Menge vorzuhaben, denn sie flutete in die Große Halle von Sithean Fardach und dann Richtung Wendeltreppe.

Gottlob erschwerte der enge Aufgang die Verfolgung und machte schließlich das Entkommen möglich.

Das aufdringliche Volk ließ sich jedoch nicht die Laune verderben, feierte unten in der Großen Halle und im Burghof, zur Musik von Flöten und Trommeln singend, ausgelassen weiter.

Connor verriegelte die Tür, ging vor dem Kaminfeuer in die Hocke und legte Holz nach. Dann stand er auf und fuhr, um sie zu wärmen, mit den Händen an Cates Armen entlang.

»Du bist in Sicherheit, kleine Caty. Hab keine Angst.« Er zog sie an sich und streichelte ihren Rücken.

»Ich habe keine Angst. Keine große, zumindest.«

Sie rückte von ihm ab, um ihn anzusehen, und wünschte in der nächsten Sekunde beinahe, sie hätte es nicht getan. Gott, der Mann war atemberaubend. Und wenn er wie jetzt, was er oft tat, eine Braue hochzog, hatte er einen unwiderstehlichen Charme.

»Dann zitterst du also vor Kälte. Wo ist dein Umhang?«

»Unten. Wir haben beide nicht daran gedacht, ihn mitzunehmen.«

Er senkte verlegen den Blick, aber nur für einen Moment. Dann sagte er: »Wenn das so ist, dann wird er erst einmal dort bleiben müssen. Ich werde unter keinen Umständen diese Tür öffnen, solange die Belagerung andauert.«

Cate nickte zustimmend.

Sie schaute an sich hinunter. »Das Hochzeitskleid meiner Grandma hat alles gut überstanden, und ich möchte nicht, dass es jetzt noch irgendeinen Schaden nimmt. Ich ziehe es lieber aus.«

»Ja, tu das.« Er drehte sich der Tür zu. »Ich verspreche, nicht hinzusehen – aber ich werde nicht da hinausgehen.« Er schüttelte sich und lächelte, als sie lachte.

Cate schaute sich um. »Ich habe eine Idee«, sagte sie. »Hilf mir, die Bettvorhänge zu schließen – dann habe ich ein Ankleidezimmer.«

Sie überlegte, was sie anziehen sollte. Connors Hemd war zu provozierend, das hatte sich gestern Abend gezeigt, also kam es nicht in Frage. Ihr Blick fiel auf ihren Seidenpyjama. Auch nicht gerade ein züchtiges Modell, aber damit wäre sie gleichzeitig reisefertig gekleidet, sollte ihre Heimkehr in den Nachtstunden erfolgen. Mit dem Ensemble in der Hand schlüpfte sie hinter den Vorhang.

Das provisorische Ankleidezimmer hatte Vor- und Nachteile. Sie war ungestört, aber es war dunkel. Sehr dunkel.

Und dann wurde ihr plötzlich klar, dass sie das Kleid nicht ohne Hilfe ausziehen konnte. Sie könnte mit einiger Mühe vielleicht die Knöpfchen an den Ärmeln aufbekommen, aber das würde nicht wirklich helfen, denn die Knöpfe auf dem Rücken könnte sie auf keinen Fall erreichen. Welche Möglichkeiten blieben ihr?

Keine.

»Connor?« Sie kam hinter dem Vorhang hervor. »Ich brauche deine Hilfe.«

Er drehte sich auf dem Stuhl, den er sich vor den Kamin gestellt hatte, zu ihr um und lächelte sie an. »Zu Euren Diensten, Milady.«

Sein Lächeln war wie ein Streicheln. Mit weichen Knien ging sie zu ihm und streckte einen Arm aus. »Die Knöpfe!«, sagte sie. »Ich bin in meinem Kleid gefangen. Hilfst du mir heraus?«

Als beide Ärmel offen waren, drehte sie ihm den Rücken zu und nahm ihre Haare beiseite.

Er stieß einen undefinierbaren Laut aus, doch als sie sich zu ihm umdrehte, ließ sein Gesicht keine Regung erkennen.

»Wenn du stillhalten würdest, käme ich schneller voran«, grummelte er.

Als sie, das Kleid festhaltend, in ihre »Umkleidekabine« zurückkehrte, war es dort nicht nur dunkel, sondern auch warm geworden. Bis Cate endlich ihren Pyjama anhatte, stand ihr der Schweiß auf der Stirn. Der Erfinder dieser Bettvorhänge hatte gewusst, was er tat.

Cate wollte den Kranz abnehmen, doch er verfing sich nur noch mehr in ihren Haaren, und so ließ sie es bleiben und stellte stattdessen am Kopfende des Bettes die Kissen auf. Dann lehnte sie sich zurück und wartete.

Plötzlich wurde die Enge bedrückend, und Cates Atemzüge klangen unnatürlich laut in ihren Ohren. So ging das nicht.

Sie streckte den Kopf zwischen den Vorhängen hinaus. »Connor?«

Er saß wieder vor dem Kamin und wärmte sich die Hände am Feuer. Im Vergleich zu ihrer Schwitzkammer kam Cate das Zimmer eiskalt vor.

»Kommst du nicht zu mir? Es ist viel wärmer hier drin.«

Er drehte sich nicht um. »Ich friere nicht. Versuch ein wenig zu schlafen. Ich behalte die Tür im Auge.«

Cate überlegte. Dies konnte ihre letzte Gelegenheit sein, Zeit mit ihm zu verbringen, und sie würde sie nicht vergeuden, indem sie vor Klaustrophobie hyperventilierte.

Also glitt sie aus dem Bett und tapste zu ihm. Sie hatte in der stickigen Höhle nicht daran gedacht, die Jacke anzuziehen, die zu ihrem Pyjama gehörte, und das büßte sie jetzt in Form einer Gänsehaut. Kalte Luft auf schweißfeuchter Haut war kein angenehmes Gefühl.

Cate ging neben Connor in die Hocke und nahm seine Hand. Er wandte sich ihr zu, und ein Laut wie ein Knurren drang tief aus seiner Kehle.

»Du wirst erfrieren. Geh zurück ins Bett.« Er versuchte, streng zu klingen, aber er rieb ihre Hände zwischen seinen. »Du bist schon ganz kalt.«

»Dann erfrieren wir gemeinsam. Ich gehe nicht wieder allein da rein.« Als er protestieren wollte, legte sie einen Finger auf seine Lippen. »Es ist dunkel dort, und ich fürchte mich im Dunkeln. Komm mit. Leiste mir Gesellschaft. Ich bin sowieso nicht müde.« Sie stand auf und zog an seinem Arm.

Er schüttelte den Kopf, ließ sich jedoch hochziehen und folgte ihr zum Bett. Und hinein. Wobei er die Vorhänge am Fußende einen Spalt breit offen ließ. Das flackernde Feuer nahm der kleinen Höhle die bedrückende Enge, verlieh ihr stattdessen Behaglichkeit.

Cate begann wieder, an ihrem Kranz zu zerren, doch Connor zog mit sanftem Nachdruck ihre Hände weg und befreite den Haarschmuck geduldig aus seinen Fesseln.

Eine Weile saßen Cate und Connor, nur Zentimeter voneinander entfernt, an die Kissen gelehnt, doch schließlich rutschte sie an ihn heran. Er hob den Arm, und sie schmiegte sich darunter an seine Brust, ergriff seine Hand und drehte den Ring, den sie ihm vor ein paar Stunden angesteckt hatte.

Dann hielt sie ihre Hand neben seine und bewunderte die im Schein des Feuers schimmernden Bandringe. Komplizierte Gravuren zierten die Oberfläche.

»Die Ringe sind wunderschön. Erzähl mir etwas über sie.«

Er begann, den Ring an ihrem Finger zu drehen. »Sie sind seit Generationen im Besitz meiner Familie. Zuletzt wurden sie von meinen Großeltern getragen. Sie gaben sie an Rosalyn weiter, und die brachte sie mir gestern Abend und sagte, sie hätte keine Verwendung dafür und würde sich geehrt fühlen, wenn ich die Ringe heute benutze.«

»Warum hat Rosalyn nie geheiratet? Sie ist eine schöne Frau.«

»Es gab viele Bewerber um ihre Hand, aber sie erhörte keinen. Sie sagt, sie wartet auf die wahre Liebe.«

Kein Wunder, dass Connors Tante im Feental darauf bestanden hatte, dass sie, Cate, in ihrer Ansprache an die Feen die wahre Liebe erwähnte – Rosalyn glaubte daran.

»Warum die Ringe deiner Großeltern und nicht die deiner Eltern?«, fragte Cate.

Connors Züge verhärteten sich. »Ich hätte dir niemals den Ring meiner Mutter an den Finger gesteckt«, antwortete er mit schmalen Lippen.

»Warum nicht? Was hat sie getan, dass du so böse auf sie bist?«

Er wollte ihr seine Hand entziehen, aber sie hielt sie fest.

»Erzähl's mir. Ich weiß, dass da etwas ist. Du warst betroffen, als Blane bei unserer Verlobungsfeier auf dem Söller erwähnte, dass diese Kette deiner Mutter gehörte.« Sie berührte den Stein, der auf ihrer Brust lag. »Warum?«

Er antwortete nicht gleich, und als er es schließlich tat, war seine Stimme rauh vor Schmerz. »Sie hat das Andenken meines Vaters verraten. Sie ging von hier nach Dun Ard und gab sich Artair hin. Dann schickten sie mich zur Ausbildung nach Britannien, wo die Verwandten meiner Mutter lebten. Ich hasste sie dafür.«

Er ballte die freie Hand so fest zur Faust, dass sie zitterte. Als er fortfuhr, sprach er so leise, dass Cate sich anstrengen musste, um ihn zu verstehen.

»Dann starb sie. Während ich weit weg war, nicht bei ihr sein konnte.«

Cate war erschüttert, welche grundlosen Schuldgefühle Connor offenbar seit seiner Kindheit mit sich herumschleppte.

»Es tut mir so leid, Connor.«

Sie spürte, wie sein Körper sich anspannte. »Ich brauche dein Mitleid nicht.«

Sie schaute zu ihm auf. »Ich bemitleide dich nicht.«

Er sah sie fragend an.

»Wirklich nicht. Es tut mir leid, dass dir dieser Kummer

auf der Seele liegt, aber ich bemitleide dich nicht. Du erinnerst dich wenigstens an deine Mutter. Ich habe fast keine Erinnerung an meine.«

Er lehnte sich wieder zurück und entspannte sich.

»Hast du sie jemals gefragt, warum sie diese Wahl getroffen hat?«, fragte Cate leise.

»Was?«

»Hast du deine Mutter je gefragt, warum?«

Er schwieg so lange, dass sie dachte, er würde ihr nicht antworten, aber dann schüttelte er den Kopf.

»Ich versuchte, es ihr auszureden. Ich flehte, ich tobte – aber ich fragte nie, warum. Ich nehme an, Artairs Macht und Reichtum bewogen sie dazu. Meine Mutter war die Ehefrau des Lairds gewesen, und wahrscheinlich konnte sie nicht anders. Auch wenn sie nur als seine Mätresse mit ihm lebte, nicht als seine Ehefrau.«

Cate betrachtete wieder den Ring an ihrem Finger. Er fühlte sich warm und schwer an – und als gehörte er dorthin.

»Ich denke, ich gebe dir den Ring lieber zurück, denn ich habe keine Ahnung, wann ich …« Sie konnte es nicht aussprechen. »Ich meine, wir haben getan, wozu ich hergekommen bin. Du bist jetzt verheiratet, der König hat dich aus seinen Diensten entlassen, du kannst zu Hause bleiben und dich um Mairi kümmern.« Sie atmete tief ein. »Weißt du, wann es passieren wird? Wann ich nicht mehr hier sein werde?« Ihre Stimme versagte.

Connor, dessen Arm noch immer um ihre Schultern lag, drückte Cate an sich. »Nein, das weiß ich nicht. Und auch nicht, auf welche Weise es vor sich geht.« Auch er atmete tief ein. »Aber mir wäre es lieber, wenn du den Ring weiterhin tragen würdest. Ich werde ihn nicht noch einmal brauchen. Er gefällt mir an deinem Finger. Behalte ihn als Erinnerung an deinen Besuch hier.«

Sich an den Händen haltend, schwiegen sie wieder eine Zeit lang miteinander.

Cates Abenteuer war zu Ende. Die vier Wochen, anfangs eine Ewigkeit für sie, waren wie im Flug vergangen. Sie hatte getan, wozu sie sich bereit erklärt hatte. Und mehr. Sie hatte nicht erwartet, eine Beziehung zu den Menschen hier aufzubauen, und jetzt waren diese Menschen ebenso Teil ihres Lebens wie die zu Hause.

Zu Hause. Jeden Moment konnte es passieren, dass sie zurückgebracht würde, in ihre eigene Zeit, zurück zu … Richard? Nein. Seit sie wusste, was es hieß, jemanden zu lieben, könnte sie sich niemals mit weniger zufriedengeben.

Sie schaute zu Connor auf. Er lehnte mit geschlossenen Augen an den Kissen.

Wenn Mairi recht hatte und es für jeden Menschen nur eine wahre Liebe gab, dann hatte sie, Cate, ihre gefunden – und doch bereitete sie sich darauf vor, diesen Mann zu verlassen. Dann hätte sie nur noch den Ring an ihrem Finger und eine Erinnerung.

Cate fasste einen Entschluss. Wenn ihr nur eine Erinnerung bliebe, dann sollte die wenigstens denkwürdig sein.

»Connor?« Obwohl sie geflüstert hatte, zuckte er erschrocken zusammen.

»Ja?«

Sie streichelte zärtlich seine Hand, während sie nach den richtigen Worten suchte. »Ich würde mir wünschen, dass du mich nicht gleich vergisst, wenn ich weg bin.«

»Ich glaube nicht, dass ich dich so bald vergessen werde.« Seine Stimme klang merkwürdig brüchig, und Cate warf einen kurzen Blick zu ihm, doch sein Gesicht ließ nicht erkennen, was in ihm vorging.

»Du hast keine hohe Meinung von Frauen, aber ich möchte dir etwas geben, damit du dich trotzdem gerne an mich erinnerst.«

Er wandte sich ihr zu und zog wieder einmal die Braue hoch. »Und was sollte das sein?«

Sie ließ seine Hand los, kniete sich hin und nahm sein Gesicht in die Hände.

»Zum Beispiel das.« Sie beugte sich vor und küsste ihn sanft.

Sein Körper erstarrte in Abwehr, aber Cate ließ sich davon nicht abschrecken. Sie löste ihre Lippen von seinen und ließ ihre Hände über seine stoppeligen Wangen in seine seidigen Haare hinaufgleiten.

Connor saß stocksteif da, die Hände an den Seiten zu Fäusten geballt.

Nachdem sie den kleinen Zopf hinter sein Ohr geschoben hatte, was sie schon so oft hatte tun wollen, beugte sie sich wieder vor und zeichnete mit der Zungenspitze die Kontur des Ohres nach, das sie gerade mit den Fingern berührt hatte.

Connor packte sie bei den Oberarmen. »Hör auf! Du weißt nicht, was du tust!«, knurrte er und hielt sie von sich weg.

Als er seinen Griff lockerte, setzte sie sich rittlings auf seinen Schoß.

»Du irrst dich, Connor. Ich weiß ganz genau, was ich tue.« *Mehr oder weniger.*

Wieder beugte sie sich vor, griff in seine Haare und fuhr mit der Zunge an seinem Ohr entlang. Unten angelangt, saugte Cate an seinem Ohrläppchen.

Es gab ein schmatzendes Geräusch, als er sie wegstieß.

»Ich habe geschworen, dafür zu sorgen, dass dir nichts geschieht.« Er atmete schnell und stoßweise und hielt wieder ihre Oberarme fest. »Mach es mir nicht unmöglich, dich vor mir zu beschützen.«

Sie entwand sich seinen Händen. Angst vor der eigenen Courage durchzuckte Cate, denn es war an sich nicht ihre Art, auf diesem Gebiet die Initiative zu ergreifen. Aber in dem Fall blieb ihr nichts anderes übrig.

Blitzschnell zog sie ihr Pyjamatop über den Kopf, entblößte sich vor Connor. Dann strich sie mit einem Finger über seine Wange.

»Heute Nacht will ich nicht von dir beschützt werden. Ich will, dass du …« Sie stockte, denn sie konnte unmöglich von ihm verlangen, sie zu lieben. Schweren Herzens entschloss sie sich zu einem Kompromiss und fuhr fort: »… dass du die Hochzeitsnacht mit mir verbringst, wie es sich gehört.«

Er starrte sie schweigend an. Die Sekunden schleppten sich dahin, und Cate blieb fast das Herz stehen. Wenn er sie zurückwiese, würde sie vor Scham sterben.

Plötzlich stieß er einen gutturalen Laut aus, und als er sie diesmal bei den Armen packte, tat er es nicht, um sie wegzustoßen, sondern um sie zu sich heranzuziehen. Die Arme um sie geschlungen, vergrub er das Gesicht zwischen ihren Brüsten.

»Oh, Gott, vergib mir«, stöhnte er, und sie spürte seinen heißen Atem auf ihrer Haut.

Dann drehte er sich mit ihr herum, bis sie unter ihm lag, und sie spürte den Beweis für seine Begierde, während er seinen Mund auf ihren senkte und seine Zunge tanzen ließ.

Cate begann, an seiner Kleidung zu zerren, bis er sich kurz von ihr löste, um sich Plaid und Hemd herunterzureißen und wegzuschleudern. Im nächsten Moment fühlte sie seine muskulöse Brust auf ihrer nackten Haut.

Nach einem erneuten leidenschaftlichen Kuss schickte er seinen Mund und seine Hände auf die Reise zu ihren Brüsten. Die Hände erreichten das Ziel als erste, strichen sanft darüber. Die Daumen zogen Kreise um die Knospen, die vor Erregung derart anschwollen, dass Cate dachte, sie würden bersten.

Connors Hände wanderten zur Seite ab, packten zu und hoben Cate hoch, bis ihre Brüste seine Lippen berührten. Nacheinander liebkoste er die Spitzen, indem er sie mit der Zunge umrundete wie vorher mit den Daumen.

Seine Haare fühlten sich kühl an auf ihrer Haut. Cate griff in die seidige Flut und presste seinen Kopf an sich.

Connor ließ seine Hände zu ihrem Rücken gleiten, schob die Pyjamahose nach unten und umfasste ihr Gesäß.

»Zieh sie aus, sonst reiße ich sie dir herunter«, grollte er und gab sie gerade so lange frei, dass sie seinen Wunsch erfüllen konnte.

Danach zog seine Zungenspitze eine Feuerspur von Cates Brüsten bis zu ihrem Nabel, umrundete ihn, tauchte in ihn ein, umrundete ihn neuerlich, wieder und wieder.

Seine Hände wanderten weiter hinunter, spreizten Cates Beine, strichen an der Innenseite ihrer Schenkel aufwärts bis zum Scheitelpunkt, wo einer der Daumen erotisierende Kreise zu ziehen begann.

Während Connors Lippen sich mit kleinen Küssen auf den Rückweg zu Cates Brüsten machten, schob sich einer seiner Mittelfinger durch die feuchtheiße Pforte und stieß tief hinein, zog sich zurück, stieß wieder vor …

Cate hätte vor Lust geschrien, wenn in diesem Moment nicht sein Mund den ihren verschlossen hätte.

Ein zweiter Finger gesellte sich zum ersten, und Cate stöhnte erstickt auf. Im nächsten Augenblick löste Connor sich von ihr und bedeckte ihr Gesicht mit kurzen, zupfenden Küssen.

Als er seine Hände wegnahm, fühlte Cate sich so verlassen, dass sie fröstelte.

»Warte«, flüsterte er in ihre schweißfeuchten Haare.

Und dann drang er in sie ein, tastete sich langsam und behutsam immer weiter vor.

»Bitte!«, flehte sie. »Bitte komm ganz zu mir! Jetzt!«

»Jetzt«, echote er, umfasste ihre Hüften und stieß in sie hinein.

Cate spürte einen kurzen, stechenden Schmerz, und als sie unwillkürlich nach Luft schnappte, hielt Connor still in ihr und küsste ihren Hals, ihre Wangen und ihre geschlossenen Augen.

»Soll ich aufhören?«

Es klang, als hätte er sich zu dieser Frage zwingen müssen.

Ein Gefühl von Macht erwachte in Cate, und sie hob sich ihm entgegen, nahm ihn noch tiefer in sich auf.

Mit einem ganz unten aus seiner Kehle aufsteigenden Knurren kam er der wortlosen Aufforderung nach. Aus Angst, von ihrer Erregung fortgerissen zu werden, klammerte Cate sich so verzweifelt an seine Schultern, dass sich ihre Finger in sein Fleisch gruben.

Nach einigen, heftigen Stößen spannte Connors Körper sich plötzlich an, und sie spürte ihn in sich pulsieren.

Als sie während des Nachglühens beieinanderlagen und ihr Atem sich allmählich normalisierte, dachte Cate darüber nach, was sie gerade getan hatte.

Keine Reue. Wenn sie morgen in ihrer Zeit aufwachen würde, wäre sie dankbar für diese Erinnerung. Für das Erleben der wahren Liebe.

Schließlich stand sie widerstrebend auf, um sich anzuziehen, denn sie wollte nicht nackt in ihrem Schlafzimmer in Denver aufwachen. Als sie zu Connor zurückkehrte, zog er sie an sich und küsste sie auf den Scheitel.

Aneinandergeschmiegt lagen sie schweigend da, und Cate spürte, dass sie gleich einschlafen würde.

»Connor?«, flüsterte sie ein letztes Mal.

»Ja?«

»Wenn ich nicht mehr da bin, wenn du aufwachst … ich meine, wenn die Feen mich in meine Zeit zurückgebracht haben … ich möchte, dass du weißt, dass ich froh bin, dass ich hier war. Ich möchte diese Tage um nichts in der Welt missen.«

»Ich möchte unsere gemeinsame Zeit auch nicht missen, kleine Caty.«

Er küsste sie auf die Stirn und nahm sie fest in den Arm, wo sie sich beschützt und sicher fühlte.

Wo sie bleiben wollte.

22

Als Connor erwachte, spürte er ein ungewohntes Gewicht auf sich. Ungewohnt, aber willkommen. Cates Kopf lag an seiner Schulter, ihr Arm über seiner Brust und ihr eines Bein über seinen Schenkeln.

Wenn er sich auf die Seite drehte, befände sich der Teil seines Körpers, der schon wieder hellwach war, direkt an der Pforte zur Seligkeit.

Connor atmete ein paarmal tief durch, doch es half nicht. Er war so erregt, dass es schmerzte. Wieder spielte er mit dem Gedanken, sich zur Seite zu drehen, und wieder verwarf er ihn. In diesem Moment regte sie sich, streckte sich, setzte sich auf und lächelte schläfrig und verführerisch auf ihn herunter. »Guten Morgen.«

Er wollte sie. Er brauchte sie mehr als seinen nächsten Atemzug. Mehr als seinen nächsten Herzschlag. Die vergangene Nacht hatte sein Begehren nicht gestillt. Sie hatte es verstärkt.

»Guten Morgen.« Seine Stimme kiekste wie die eines Heranwachsenden.

»Ich bin noch da.« Einer ihrer schmalen Träger rutschte von ihrer Schulter, und das winzige Oberteil auf der Seite ein Stück nach unten.

Connor betrachtete Cate atemlos. Wenn auch der andere

Träger herunterrutschte und das Oberteil herunterfiele, wenn er Cate nackt vor sich sähe, würde er sie nehmen. Dann könnte er sich nicht mehr beherrschen. Aber er war nicht sicher, ob er sich das wirklich wünschen sollte. Sein Herz raste.

Cate legte die Hand auf seine Brust und beugte sich über ihn. »Ich bin noch da. Die Feen haben mich nicht weggeholt.« Sie lächelte verträumt.

Als er den Blick senkte, glaubte er sich dem Himmel nah. »Großer Gott, Frau, du bist ja so gut wie unbekleidet. Tu etwas.« Er brachte die Worte kaum heraus.

Cate schaute nach unten. »Oh.« Sie zog beiden Träger weiter auf die Schultern hinauf und richtete sich auf. Jetzt war ihr Bauch entblößt, und der Bauchnabel, den er so ausführlich liebkost hatte, wollte ihn, Connor, aufs Neue schamlos verführen.

Nach Luft ringend, setzte Connor sich auf.

Cate drehte sich um, öffnete auf ihrer Seite die Vorhänge, ging um das Bett herum und zog sie auch hier auf.

»Warum bin ich noch da?«, fragte sie ihn. »Ich sollte doch weg sein.« Stirnrunzelnd beugte sie sich zu ihm vor.

So ging das nicht. Er musste aufstehen. Da er sich nicht verraten wollte, stellte er zunächst nur die Füße auf den Boden.

»Ich weiß nicht, warum du noch hier bist, Cate – ich weiß nur, dass es so ist.«

Jetzt fiel ihr seine gebückte Haltung auf. »Fehlt dir etwas?«, fragte sie. »Kann ich irgendetwas für dich tun?« Sie legte die Hände auf seine Schultern und schaute ihn besorgt an.

Es gab allerdings etwas, was sie für ihn tun könnte.

»Nein, es ist nichts.«

Er atmete tief.

Cate trat einen Schritt zurück und verschränkte die Arme unter den Brüsten, wodurch noch mehr von ihrem flachen Bauch enthüllt und das Oberteil über ihren Brüsten gespannt wurde. Über den Brüsten, deren Spitzen sich letzte Nacht bei der leisesten Berührung aufgerichtet hatten. Und als er sie kostete …

Aufstöhnend schüttelte er den Kopf. »Ich ertrage das nicht, Cate. Wirf dir etwas über.«

»Was? Oh.« Sie hob die Jacke vom Boden auf und schlüpfte hinein. »Ist es so besser?«

»Ja. Danke.«

Sie lächelte ihn an und ging zum Kamin. »Jetzt hatten wir ja doch eine richtige Hochzeitsnacht.« Sie begann, das Feuer anzufachen.

»O Gott, das hätte ich ja fast vergessen!«

Er stand auf, warf das Bettzeug auf den Fußboden und riss das Laken heraus.

Cate machte große Augen. »Was tust du da? Bist du verrückt geworden?«

Connor hob das Laken hoch, suchte es mit den Augen ab – und fand, wonach er Ausschau gehalten hatte: ein paar kleine, getrocknete Blutstropfen. Schuldbewusst schaute er Cate an. Er hatte seinen Schwur gebrochen, dafür zu sorgen, dass ihr nichts geschah.

Cate starrte ihn mit vor Staunen leicht geöffnetem Mund an, und die Erinnerungen daran, was er alles mit diesem Mund angestellt hatte, schossen ihm durch den Kopf. »Das ist der Beweis, den ich vorzeigen muss«, antwortete er heiser. Ursprünglich hatte er vorgehabt, sich einen Schnitt zuzufügen und sein eigenes Blut zu verwenden, um die Leute zufriedenzustellen.

»Das willst du tatsächlich tun?« Sie konnte es nicht glauben.

»Das muss ich – sonst ist die Ehe nicht gültig.«

»Aber …«

»Wenn ich nicht beweise, dass die Ehe vollzogen wurde, war alles umsonst. Dann entlässt der König mich nicht aus seinen Diensten, und ich kann Mairi nicht vor ihrem Unglück bewahren. Doch es hat ja alles seine Ordnung.«

Cate drehte ihm den Rücken zu und schlang die Arme um ihre Taille. »Ja, es hat alles seine Ordnung. Und jetzt kannst du gehen und tun, was immer du willst. Du brauchst nicht mehr hier bei mir zu bleiben. Du kannst gehen, nicht wahr?«

»Ja, das kann ich.« Er verstand sie nicht. Gerade war sie noch glücklich und verspielt gewesen, und nun zeigte sie sich so abweisend.

War sie auf einmal zornig, weil sie noch da war? Oder auf ihn, weil er ihr das angetan hatte?

Er entriegelte die Tür. »Rosalyn müsste bald hier sein. Soll ich sie zu dir schicken?« Sein Ton war frostig.

»Ja, bitte«, murmelte sie, ohne sich ihm zuzuwenden, und setzte sich auf einen der Stühle am Kamin.

Es klang fast so, als weinte sie. Er verstand die Frauen nicht. Und diese Frau erst recht nicht. Ohne ein weiteres Wort verließ er das Gemach.

Connor stand in seinem Lieblingsgemach vor dem Kamin und starrte in die Asche, die von dem längst erloschenen Feuer übrig geblieben war. Selbst dieser Raum, in dem er so viel Schönes erlebt hatte, vermochte ihm keinen Trost zu spenden.

In seiner Hand hielt er den Beweis, den er dem Abgesandten des Königs heute übergeben würde. Dieser Beweis würde ihm die Freiheit geben, über sein Schicksal und das seiner Schwester zu bestimmen.

Der Beweis, gegen den Cate so empört aufbegehrt hatte.

Als Margaret ihm das Leintuch vorhin gebracht hatte, war der Blick, mit dem sie ihn bedachte, so finster gewesen, dass er sie aufgefordert hatte, ihm zu offenbaren, was er verbrochen habe. Sie zögerte nicht, erklärte ihm ohne Umschweife, dass sie nie geglaubt hätte, dass der junge Mann, den sie aufziehen geholfen hatte, seine Braut in der Hochzeitsnacht derart unglücklich machen würde.

»Sie sitzt vor dem Kamin und starrt ins Feuer, ist nicht zu bewegen, aufzustehen oder etwas zu essen, lehnt sogar ab, ein Bad zu nehmen, was sie, wie du weißt, so gerne tut. Was immer du dem Mädchen angetan hast – es zerreißt mir das Herz, die arme Kleine in diesem Zustand zu sehen. Du gehst besser hinauf und bringst das in Ordnung, sonst wirst du es für den Rest deines Lebens bereuen.«

Es gab im Zusammenhang mit Cate einiges, was er sein Leben lang bereuen würde, aber dass Margaret annahm, dass er seine junge Ehefrau verletzt habe, kränkte ihn zutiefst. Doch er konnte ihr unmöglich sagen, dass Cate traurig war, weil sie erwartet hatte, nach der Hochzeit heimzukehren, und nicht, weil er sie schlecht behandelt hatte.

Er lachte spöttisch auf. In Wahrheit war er es, der litt, zum einen aus Scham, weil er einer Frau gestattet hatte, ihn zu verführen, einen heiligen Eid zu brechen, und zum anderen, was noch schwerer wog, weil er wusste, dass er es, noch einmal vor die Wahl gestellt, wieder tun würde. Er konnte ihr nicht widerstehen – dafür war sein Begehren einfach zu groß, wie sehr er auch dagegen ankämpfte.

Duncans Vorschlag, sie zu bitten zu bleiben, hatte Connor vor eine schwierige Frage gestellt. Er begehrte ihren Körper, daran gab es keinen Zweifel, und die eine Nacht hatte sein Verlangen nicht annähernd gestillt. Er wollte sie besitzen, sie beschützen. Aber könnte er jemals mehr für sie empfinden? Könnte er ihr jemals genug vertrauen, um sich zu gestatten, mehr für sie zu empfinden? Er wusste nicht, ob er jemals eine Antwort darauf finden würde.

Energisches Klopfen riss ihn aus seinen Gedanken, ersparte ihm für den Moment die Fortführung seines Kampfes gegen seine Dämonen.

Niall streckte den Kopf zur Tür herein. »Sie sind eingetroffen. Der Abgesandte des Königs wurde, wie du es wolltest, in deinen Empfangsraum geführt.«

»Gut. Hast du Rosalyn gesagt, dass Cate sie erwartet?«

»Ja. Sie ist schon auf dem Weg zu unserer neuen Herrin.«

Den verlangten Beweis in den Händen, machte Connor sich auf den Weg zu dem Mann, der ihn erwartete.

Cate saß noch immer, die Arme um die Taille geschlungen, vor dem Kamin und starrte ins Feuer. Tränen hatte sie keine mehr, aber der Schmerz wollte nicht vergehen.

Connor und sein verwünschter Beweis. Ihr Zusammensein letzte Nacht war lediglich Mittel zum Zweck gewesen, hatte ihm nicht das Geringste bedeutet. Er hatte diese Komödie aufgeführt, um den König und das Volk zu überzeugen, dass er den entscheidenden Akt vollzogen hatte.

Aber sie war ja selbst schuld. Er hatte ihr erklärt, was er von den Frauen hielt, ihr sogar ihre spontane Entscheidung, mit ihm zu schlafen, auszureden versucht, sie daran erinnert, dass es seine Pflicht war, sie zu beschützen. Überzeugt, dass sie ihm nie wieder gegenübertreten müsste, hatte sie alle Bedenken in den Wind geschlagen.

Aber heute früh war sie wider Erwarten immer noch da gewesen und hatte voller Scham mit ansehen müssen, wie er das Bettzeug nach seinem Beweis absuchte, nach seiner Trophäe, um damit der Welt zu offenbaren, was sie in der Nacht getan hatten.

Warum war sie noch hier? Sie musste dringend mit Rosalyn sprechen. Sie musste sich überlegen, was sie jetzt tun sollte. Rosalyn war noch nicht zurück gewesen, als Margaret vorhin erschienen war, um das Bett zu wechseln. Als sie damit fertig war, hatte sie sie, Cate, partout überreden wollen, etwas zu essen oder wenigstens ein Bad zu nehmen, damit sie sich besser fühlte, und am Ende war sie mit Connors Beweis für die erfolgreiche Hochzeitsnacht verschwunden.

Cate hätte sich am liebsten zusammengerollt und in Selbstmitleid geschwelgt, aber sie konnte sich nicht überwinden, in das Bett zurückzukehren. In der vergangenen Nacht war es ein sicherer Hafen für sie gewesen, ein gegen den Rest der Welt abgeschirmter Ort, an dem Connor ihr persönliche Dinge und seine Gefühle anvertraute. Daraus hatte sie die Hoffnung geschöpft, dass er ihr vertraute, sie mochte. Sie war so dumm gewesen, alles zu ignorieren, was er gesagt hatte, hatte sich vorgemacht, dass er sie lieben könnte.

Nach kurzem Anklopfen trat Rosalyn ein und holte Cate aus ihren traurigen Gedanken.

»Niall sagte, du wolltest mich sehen. Was gibt es?«

»Ich bin noch hier.«

»Ja – du bist noch hier.« Rosalyn schaute sie fragend an.

»Ich habe getan, was ich tun sollte. Ich habe geheiratet, Connor kann zu Hause bleiben und Mairi ist in Sicherheit. Meine Aufgabe ist erfüllt. Ich habe sogar die ganze Nacht die Kette getragen. Warum bin ich noch nicht in meine Zeit zurückgebracht worden?«

Rosalyn setzte sich zu ihr. »Die Kette hat nichts damit zu tun, Cate. Der Stein hat Connor nur den Weg zu dir gewiesen. Du bist noch hier, weil nicht all deine Bitten erfüllt wurden. Der Zauber wirkt erst dann.«

»Ich hatte die Feen gebeten, mich sicher heimzubringen, nachdem ich geheiratet habe und Mairi in Sicherheit ist …« Cate überlegte. »Dann band ich den Stoffstreifen an den Baum und …« Sie brach ab und schlug aufstöhnend die Hand vor den Mund. »O nein!« Sie sprang auf und begann hin und her zu gehen. »Nein, nein, nein. Das darf nicht sein! Nicht die wahre Liebe! Sag mir nicht, dass ich deswegen noch hier bin!«

»Ich fürchte, genauso ist es.« Rosalyn nickte mitfühlend und klopfte einladend auf Cates Stuhl.

Cate setzte sich wieder. »Dann müssen wir eben noch einmal in euer Feental gehen. Du musst mit ihnen reden.

Ihnen erklären, dass das mit der wahren Liebe nichts wird. Dass ich nach Hause will. Ich *muss* weg von hier, Rosalyn!«

»Ins Feental zurückzugehen wird nichts nützen, Cate. Ich besitze nicht die Macht, den Wunsch, den du an jenem Tag ausgesprochen hast, außer Kraft zu setzen.«

»Aber du hattest die Macht, mich hierherzuholen!«

Cate war der Verzweiflung nahe. Es musste doch eine Möglichkeit geben. Sie würde es nicht ertragen, Connor jeden Tag zu sehen und zu wissen, dass er nichts für sie empfand.

»Meine Macht ist nicht so groß wie die von einigen anderen. Meine Mutter verfügte zum Beispiel über bedeutend größere Kräfte. Wir, die Töchter des Tals, werden am Beginn unseres Lebens gekennzeichnet. Je heller das Mal, umso geringer die Kraft, die uns zu Gebote steht. Wir gehen in das Tal unserer Mütter und bitten darum, als Tochter des Feenprinzen anerkannt zu werden. Wenn wir das Zeichen bekommen haben, sprechen die Feen zu uns und leihen uns ihre Macht. Dann können wir … Dinge tun.« Sie seufzte. »Es ist nicht leicht zu erklären. Da die Macht im Besitz der Feen ist und sie sie uns nur leihen, wirkt der Zauber oft, wie sie es wollen und nicht, wie wir es gerne hätten.«

Jetzt stand Rosalyn auf und begann, hin und her zu gehen. »Kleine Dinge kann ich hier bewirken, aber für etwas, was so große Macht erfordert wie ein Griff in die Zeit, musste ich die Feen im Tal zu Hilfe rufen. Deshalb reisten wir dorthin – damit ich den Stein verzaubern konnte.«

»Warum könntest du dir diese Macht nicht noch einmal leihen, wenn wir jetzt wieder hingingen?«

Rosalyn blieb stehen und fuhr mit den Händen an ihren

Armen entlang. »Weil keine Macht groß genug ist, um aufzuhalten, was wir beide in Gang gesetzt haben.« Sie nahm wieder Platz und ergriff Cates Hand.

»Das verstehe ich nicht.«

»Die Macht, die Legende, der Grund für die Macht – all das entspringt aus wahrer Liebe. Es gibt für jeden von uns nur eine wahre Liebe. Erinnerst du dich an die Legende, die ich dir erzählt habe? Pols wahre Liebe war Rose, und er verlor sie. Aus Liebe zu ihr segnete er all ihre Töchter, in deren Adern sein Blut floss, für alle Zeiten. Er wollte sicherstellen, dass sie ihre wahre Liebe finden könnten, sie nicht verlieren würden und leiden müssten, wie er es getan hatte.«

»Ja, ich erinnere mich. Du hast mir dort in dem Tal auch erzählt, dass die Feen an die wahre Liebe glauben.«

Rosalyn rieb Cates kalte Hand mit ihren Händen.

»Ja, aber ich muss dir jetzt sagen, dass ich noch mehr getan habe.« Sie atmete tief ein, als müsste sie Mut fassen. »Als ich die Worte sprach, die den Stein in die Zukunft senden sollten, wusste ich nicht, wo oder wann seine Reise enden würde – ich wusste nur, wen er finden würde. Ich hatte ihm aufgetragen, eine ganz bestimmte Frau zu finden. Die einzige Frau, die Connors Herz heilen könnte, die Frau, die das Schicksal zu seiner wahren Liebe bestimmt hatte.«

»Was?« Cate entriss Rosalyn ihre Hand und sprang auf.

»Ja. Und dann beendetest du das Ritual, indem du um die wahre Liebe batest und den Streifen vom Plaid deiner wahren Liebe an den Baum bandest.« Sie schüttelte bedauernd den Kopf. »Es tut mir leid, Cate. Keine Macht ist stärker als die der wahren Liebe – es gibt keine Möglichkeit, ungeschehen zu machen, was wir getan haben.«

Cate lief im Zimmer auf und ab wie ein Tier im Käfig. Das durfte nicht sein! Sie konnte nicht hierbleiben, in dieser Zeit und von der Liebe zu einem Mann erfüllt, der diese Liebe nicht erwiderte! Sie blieb vor Rosayln stehen, sank auf die Knie und ergriff ihre Hände.

»Und was ist, wenn einer von beiden bei diesem Wahre-Liebe-Spiel nicht mitmacht?«

»Das kann ich nicht beantworten«, sagte Rosalyn nach kurzem Überlegen. »Es könnte erklären, warum so viele ihre wahre Liebe nicht bekommen.«

»Oh, Rosalyn.« Cate legte den Kopf in den Schoß ihrer neuen Tante. »Hast du eine Vorstellung davon, was du mir angetan hast? Connor liebt mich nicht. Er wird mich nie lieben. Er wird nie wieder eine Frau lieben. Er vertraut keiner Frau mehr. Er hat Frauen nur als Verräterinnen kennengelernt. Sein einziger Wunsch im Leben ist, dafür zu sorgen, dass Mairi einen Mann ihrer Wahl heiratet, und in den Dienst des Königs zurückzukehren.«

Rosalyn strich ihr übers Haar wie einem Kind. »Er weiß gar nicht, was er wirklich will. Sein Herz hat mehr Wunden davongetragen als sein Körper, und erst wenn die Wunden seines Herzens geheilt sind, wird er es wissen.«

»Und wenn wir ihm all das erklären? Vielleicht wird das …«

»Nein! Das geht nicht. Der Zauber gestattet einem nicht, die Wahrheit zu hören, bevor das Herz seine Entscheidung getroffen hat.«

»Das verstehe ich nicht. Mir hast du es doch auch erzählt.«

»Weil dein Herz seine Entscheidung bereits getroffen

hat, Kind.« Rosalyn fuhr fort, ihr beruhigend übers Haar zu streichen.

Cates Wangen begannen zu glühen. »Woher weißt du das?«

»Wenn es nicht so wäre, hätte der Zauber mir jetzt nicht gestattet, es dir zu erzählen.«

»Was soll ich nur tun?«, flüsterte Cate. »Ich weiß nicht, wie ich es ertragen soll, Connor jeden Tag zu sehen und zu wissen, dass er mich nicht liebt.« Sie hob den Kopf und schaute zu Rosalyn auf, und plötzlich waren wieder Tränen da. »Es war alles nur ein Spiel für ihn, sein einziges Gefühl ist sein Pflichtbewusstsein, mich zu beschützen, weil er es geschworen hatte und seiner Ehre schuldig war. Er will keine Ehefrau, er kann es nicht erwarten, mich loszuwerden. Was wird er dazu sagen, dass ich noch hier bin? Oh, Rosalyn, es tut so weh.«

Schluchzend senkte sie den Kopf, und Rosalyn strich ihr wieder tröstend übers Haar.

»Du kannst erst gehen, wenn sein Herz ihm erlaubt zuzugeben, dass er dich liebt.«

»Soll das heißen, wenn er mich irgendwann einmal liebt, werde ich in meine Zeit zurückgebracht? Das macht keinen Sinn.«

»Die Feen bestimmen die Regeln, nicht wir. Sie haben ihre Gründe für das, was sie tun. Jetzt wasch dich erst einmal und kleide dich an. Wir müssen deinem Ehemann mitteilen, dass du vorläufig hierbleibst.« Sie nahm Cate bei den Schultern und richtete sie sanft auf.

Cate schniefte. »Es wird immer besser. Ich sitze hier fest, quäle mich mit der Liebe zu einem Mann, der mich nicht liebt, und wenn er mich jemals lieben sollte, bin ich auf der Stelle weg und sehe ihn nie wieder. Ist dir klar, dass du mit ziemlich verrückten Feen verwandt bist?« Sie wischte sich mit den Handrücken die Tränen ab.

»Die Feen haben eben ihre eigene Art, mit der Welt und mit uns umzugehen.«

Rosalyn lächelte. Sie sah aus, wie die sprichwörtliche Katze, die am Sahnetöpfchen war.

23

Robert MacQuarrie stand mit dem Rücken zur Tür, als Connor das Empfangszimmer betrat, ein Zeichen dafür, dass er ihm vertraute. Der junge Mann drehte sich schwungvoll um, verbeugte sich scherzhaft übertrieben und grinste breit.

»Robbie! Dich habe ich nicht erwartet.«

»Nun, Duncan und deine Ladys hierherzubegleiten erschien mir als eine reizvolle Aufgabe. Das und dazu die Möglichkeit, dich so schnell nach deiner Hochzeit wiederzusehen – da blieb mir keine andere Wahl, als meine Dienste anzubieten.«

»Ich danke dir, dass du auf meine Schwester geachtet hast. Als ich erfuhr, dass der MacPherson unter den Hochzeitsgästen sein würde, ließ ich Mairi von Duncan an einen sicheren Ort bringen. Ich war sehr froh über Alexanders Angebot, zu ihrem Schutz noch einen seiner Männer mitzuschicken.«

Robert schüttelte lächelnd den Kopf. »Deine Schwester ist recht … lebhaft.«

Connor lachte. »Ja, so kann man es auch nennen. Ist daraus zu schließen, dass sie nicht allzu glücklich über das Arrangement war?«

»Sie war äußerst erbost darüber, das Fest zu verpassen.

Als deine Tante mich zu dem Pächter führte, zu dem Duncan deine Schwester gebracht hatte, stellten wir fest, dass er sie eingesperrt und der Familie Maxwell vorsorglich versprochen hatte, dass du für sämtliche Schäden aufkämest, die die Einrichtung nehmen würde.« Wieder grinste er. »Als ich sie auf mein Pferd hob und sie nach mir trat, war ich ausgesprochen dankbar, dass sie keine Schuhe trug. Sie ist wirklich ein hübsches Mädchen, aber ich hatte alle Hände voll mit ihr zu tun.«

»Solange du deine Hände nur benutzt hast, um Mairi zu bändigen, ist nichts dagegen zu sagen.«

»Hört, hört – da spricht der ältere Bruder.« Lachend hob er die Hände. »Keine Sorge, ich habe mir nichts zuschulden kommen lassen.«

Die Bemerkung erinnerte Connor an sein Anliegen. Er reichte seinem Freund das zusammengefaltete Leintuch. »Übergib das Alexander, damit er sieht, dass ich meine Aufgabe erfüllt habe. Daran wird er erkennen, dass ich nicht in seinen Dienst zurückkehre.«

Es gab ihm einen Stich. Schuldbewusst dachte er daran, wie entsetzt Cate über seine Ankündigung gewesen war zu tun, was er gerade tat.

Robert ließ das Leintuch auseinanderfallen, warf einen Blick darauf, knüllte es zusammen und warf es ins Feuer.

»Alexander muss diesen Beweis nicht sehen – er wird meinem Wort vertrauen. Und deinem. Und nachdem er gestern deine reizende Ehefrau kennengelernt hat, erwartet er ohnehin nicht, dass du in seinen Dienst zurückkehrst. Er ist erfreut, dich sesshaft zu wissen. Ich muss allerdings sagen, dass du nicht so glücklich aussiehst, wie ich es angesichts des Mädchens erwartet hätte, das du zur Frau genommen hast.« Er neigte fragend den Kopf zur Seite.

»Sie ist momentan nicht gut auf mich zu sprechen.« Connor schüttelte den Kopf. »Ich sage dir, ich begreife nicht, was in ihrem Kopf vorgeht.«

»Nicht gut auf dich zu sprechen? Vielleicht hast du bei der Erfüllung deiner ehelichen Pflichten etwas zu wünschen übriggelassen. Soll ich dir vielleicht erklären, wie man es richtig macht?«

Als Robert den warnenden Blick seines Freundes sah, lachte er und hob erneut die Hände. »Nichts für ungut – ich habe mir nur einen Spaß auf deine Kosten erlaubt.« Er trat auf Connor zu und schlug ihm kameradschaftlich auf die Schulter. »Ich weiß auch nicht alles über die Frauen, aber eines weiß ich genau: Kein Mann kann begreifen, was in ihren Köpfen vorgeht.« Wieder lachte er. »Bemüh dich nicht so sehr darum. Entspann dich und genieße sie. Du hast noch dein ganzes Leben lang Zeit, sie verstehen zu lernen.«

Wieder gab es Connor einen Stich. Diesmal verspürte er Bedauern. Er würde nicht sein ganzes Leben lang Zeit haben, Cate verstehen zu lernen. Sie könnte sogar schon fort sein, während er und sein Freund hier über sie sprachen …

»Verzeih, Robbie – was hast du gesagt?«

»Siehst du – das erwarte ich von einem frisch Verheirateten: zu sehr damit beschäftigt, an die schönen Momente der Ehe zu denken, als einem alten Freund zuzuhören!«, spöttelte Robert gutmütig. »Ich sagte gerade, dass ich für eine Weile deine Gastfreundschaft in Anspruch nehmen werde. Alexander hat mich gebeten, bei dir zu bleiben, bis er auf dem Rückweg hier vorbeikommt. Er sorgt sich wegen des

MacPherson um dich und meinte, es könnte nicht schaden, wenn du Verstärkung hättest. Wie ich gestern schon sagte – ich weiß, dass du meine Hilfe nicht brauchst, aber ich gehe, wohin mein König mich schickt, und in diesem Fall hat er mich zu dir geschickt.«

Connor nickte. »Ich glaube in der Tat nicht, dass ich deine Hilfe brauche, aber du bist mir trotzdem willkommen.«

Es sei denn, die Feen hätten Cate bereits geholt. Oder würden sie holen, wenn sie sich im selben Raum wie Robbie aufhielte. Seinem Freund das zu erklären könnte schwierig werden.

Wieder ein Stich. Der Gedanke, dass Cate nicht mehr da wäre, verursachte Connor körperlichen Schmerz.

»Schau nicht so betrübt drein, Connor. Ich verspreche, dir nicht die Haare vom Kopf zu fressen, und ich werde auf dem Kampfplatz dafür sorgen, dass dein Schwertarm nicht erschlafft und du in Form bleibst. Und sollte der MacPherson so töricht sein hierherzukommen, wird er es bereuen, denn er kriegt es mit zwei der besten Männer des Königs zu tun.«

»Früher oder später *wird* er kommen.« Connor lächelte seinen Freund an. »Es war sehr freundlich von Alexander, dich zu meiner Unterstützung zu schicken. Vielleicht war er es aber auch nur müde, deinetwegen ständig seine Vorräte an Lebensmitteln und Getränken ergänzen zu müssen.«

Robert lächelte verlegen. »Möglich. Aber da du gerade davon sprichst – Duncan hat bei mehreren Gelegenheiten behauptet, dass es auf deiner Burg eines der besten Heide-Ales von ganz Schottland gibt. Besteht die Aussicht, dass du und deine Lady heute Abend einen Schluck davon mit mir trinkt?«

Connor lächelte. »Duncan und ich werden es auf jeden Fall tun. Ob meine Lady uns Gesellschaft leistet, weiß ich nicht. Ich werde Cate fragen.«

»Was wirst du mich fragen?«

Die beiden Männer fuhren herum und sahen Cate mit Rosalyn in der Tür stehen.

Connors Herz machte einen Satz. Sie hatten sie noch nicht geholt. Natürlich war, was er empfand, nur Erleichterung darüber, dass er sich noch keine Erklärung für ihre Abwesenheit ausdenken musste.

»Was wolltest du mich fragen, Connor?«

Als sie den Kopf zur Seite neigte, schimmerte ihr Haar in dem durch das Fenster hereinfallenden Sonnenlicht. So stellte er sich eine Fee vor.

Robert lachte leise und versetzte ihm mit dem Ellbogen einen Rippenstoß. »He, alter Freund, du musst aufhören, dich ständig in Gedanken zu verlieren. Du hast sie doch die ganze Nacht für dich.« Den letzten Satz flüsterte er, noch immer in sich hineinlachend.

Connor wurde dunkelrot. Er räusperte sich. »Robert wird eine Weile bei uns bleiben. Er hat mich nur gerade gefragt, ob du heute Abend einen Krug Heide-Ale mit uns trinkst.«

»Ah – das Ale, das der berüchtigte Duncan so liebt. Ich denke, das kann ich einrichten.« Lächelnd näherte sie sich und reichte Robert die Hand, der sie ergriff und formvollendet einen Kuss daraufhauchte.

Connor bedachte seinen Freund mit einem gespielt-finsteren Blick und zog Cate demonstrativ an seine Seite. »Er bleibt bei uns, bis Alexander auf dem Rückweg hier vorbeikommt.«

»Nun, wir haben reichlich Platz für Gäste.« Cate legte die Hand an Connors Brust und schaute zu ihm auf. »Wenn ihr hier fertig seid, könnte ich dich vielleicht einen Moment unter vier Augen sprechen?«

»Wir sind fertig, Milady. Ich überlasse ihn Eurer Fürsorge.« Robert verbeugte sich grinsend.

Rosalyn nahm ihn beim Arm. »Kommt, ich werde Euch in einem hübschen Gemach unterbringen und Euch mit der Burganlage vertraut machen.« Sie führte ihn hinaus und schloss die Tür.

Connors Herz schlug wie ein Hammer unter ihrer Hand, doch sein Gesicht verriet keine Regung, als er Cate anschaute. Noch etwas, was ihn zu einem so guten Krieger machte. Er besaß die ideale Voraussetzung für einen Pokerspieler, dachte Cate. Vielleicht würde sie ihm das Spiel beibringen – genug Zeit hätte sie ja. Sie musste nur geeignete Karten auftreiben.

»Du bist noch da. Ich hatte befürchtet, du wärest fort – wegen Robert. Ich hätte nicht gewusst, wie ich es ihm erklären soll …« Er brach ab.

Sie lächelte zu ihm auf, tätschelte ihm die Brust. »Genau darüber muss ich mit dir reden. Setzen wir uns.«

Sie nahm seine Hand und zog ihn zu den großen Stühlen vor dem Kamin. Wie Rosalyn auf dem Herweg vorgeschlagen hatte, würde sie, da es keine Alternative gab, das Beste aus der Situation machen, wobei »das Beste« relativ war, denn es hing davon ab, wie Connor auf ihre Neuigkeit reagierte.

»Was die Erklärung für mein Verschwinden angeht,

musst du dir nicht den Kopf zerbrechen, denn es scheint, als würde ich in nächster Zeit nirgendwohin gehen.«

»Nein?« Er umfasste ihre Hand fester. Aber sein Ausdruck änderte sich nicht. Ja, der Mann würde einen guten Pokerspieler abgeben.

»Nein.«

»Und warum nicht?« Noch immer hielt er ihre Hand.

»Offenbar hat es damals im Feental ein kleines Missverständnis gegeben. Ich habe zu den Feen gesagt …«

»Rosalyn hat dich zu den Feen sprechen lassen?«, fiel er ihr überrascht ins Wort. »Als Duncan und ich auf der Jagd waren?«

»Das hatte sie vor eurem Aufbruch doch angekündigt. Sie nannte es ›lose Enden verknüpfen‹. Hast du das nicht verstanden?«

Er schüttelte den Kopf. »Aber ich hätte es mir eigentlich denken können.«

»Jedenfalls sagte ich im Laufe meiner Ansprache an die Feen etwas, was ich nicht hätte sagen dürfen – und deshalb bin ich noch hier.«

»Was genau waren die Worte, die dich hier festhalten?«

Cate öffnete den Mund, um es ihm zu sagen. *Wahre Liebe.* Sie brachte keinen Ton heraus. Auch ein neuerlicher Versuch scheiterte. *Rosalyn kennt ihre Feen, das steht fest.*

»Ich warte, Cate. Was hast du zu den Feen gesagt?«

»Das kann ich dir nicht sagen. Ich bringe die Worte einfach nicht über die Lippen. Ich will es, aber die Feen lassen nicht zu, dass ich es dir sage. Ich weiß nur, dass ich vorläufig hierbleiben muss.«

Jetzt der schwierige Teil.

»Ich weiß, du wolltest nicht an eine Ehefrau gefesselt sein, aber ich kann nichts dagegen tun, und deshalb ist der Ball jetzt in deiner Hälfte.«

»Der Ball ist in meiner … ich verstehe nicht, wovon du redest. Was willst du mir sagen?« Sein Ton spiegelte seine verwirrte Miene.

»Dass es von dir abhängt, wie es weitergeht. Sag mir, was ich tun soll.«

Irgendetwas Undefinierbares blitzte in seinen Augen auf, doch in der nächsten Sekunde senkte er den Blick, verbarg seine Gedanken vor ihr. Auf ihre ineinanderliegenden Hände hinunterschauend, begann er, mit der freien Hand den Ring an ihrem Finger zu drehen.

Als er den Kopf hob, hatte er wieder sein undurchdringliches Pokergesicht.

»Ich habe geschworen, dich zu beschützen, bis du nach Hause zurückkehrst. Wenn es dir nicht möglich ist zurückzukehren, bleibst du hier, wo ich dich beschützen kann. So einfach ist das.«

»Es ist überhaupt nicht einfach. Ich weiß nicht, wie ich mich in deiner Zeit nützlich machen kann. Ich weiß nicht, was ich tun und wer ich sein soll.«

»Was du tun sollst? Tu einfach, was du getan hast, seit du hier bist. Wer du sein sollst? Meine Ehefrau.« Er tätschelte ihre Hand. »Siehst du, es *ist* einfach.«

Er stand auf, trat ans Feuer, legte Holz nach und schaute über die Schulter.

»Mach dir keine Gedanken, kleine Caty. Kommt Zeit, kommt Rat. Jetzt lass uns Rosalyn und Robert suchen. Und du kannst dich in deinen ehefraulichen Pflichten üben, indem du mir Mairi gegenüber beistehst. Sie wird furchtbar zornig auf mich sein.«

»*Kommt Zeit, kommt Rat*«, hatte er gesagt. Aber es ging nicht um Zeit. Es ging um Liebe.

Ihr Essen war kalt geworden, aber das machte Cate nichts aus – sie hatte keinen Appetit.

Schweigend hatte sie die Männer beobachtet, die sich während der Mahlzeit vertraut und gut gelaunt unterhielten. Die drei – Connor, Duncan und Robert – hatten offenbar schon viel miteinander erlebt. Jetzt saßen sie satt und zufrieden mit Alekrügen in der Hand da und lachten über eine »Heldentat«, an die Duncan sich erinnert hatte.

Die entspannte Atmosphäre wurde jäh zerstört, als Ewan in die Große Halle gerannt kam.

»Es ist ein Reiter vor dem Tor, Connor! Er sagt, er bringt eine Botschaft für dich und wird nicht gehen, bevor du ihn angehört hast.«

Connor beugte sich vor. »Er ist allein? Bist du sicher?«

Der Junge nickte mit ernster Miene. »Ja. Vater schickt mich. Ich soll fragen, ob wir den Mann einlassen sollen.«

»Mit einem Mann allein müssten wir leicht fertig werden«, dachte Duncan laut. »Hören wir uns an, was er zu vermelden hat.«

»Führ ihn herein«, stimmte Connor zu.

Gespannt warteten sie auf den Boten.

»Wer seid Ihr und was wollt Ihr?«, fragte Connor den Fremden, als er kurz darauf erschien.

Der Mann musterte Rosalyn voller Verachtung. »Ich spreche nicht in Anwesenheit der Hexe.«

Connor stand langsam auf, ohne ihn aus den Augen zu lassen. »Meine Tante ist keine Hexe, und ich dulde nicht, dass Ihr sie beleidigt. Wenn Ihr diese Halle mit dem Kopf auf dem Hals verlassen wollt, dann bittet Ihr jetzt um Verzeihung.«

»Nein.« Rosalyn erhob sich. Aller Blicke richteten sich auf sie. »Es ist nicht notwendig, dass der Mann mich um Verzeihung bittet. Die Unwissenden und Abergläubischen können mich nicht beleidigen. Ich wollte mich ohnehin zurückziehen.« Sie wandte sich an Cate und Mairi. »Schließt ihr euch an?«

Stille hing wie eine dunkle Wolke in der Halle, als die drei den Raum verließen. Neugierig geworden, blieb Cate draußen vor der Tür, die sie einen Spalt offen ließ, stehen und spähte hindurch.

Connor, der noch immer stand, fixierte den Besucher mit finsterer Miene, während dieser den Zweck seines Hierseins formell erläuterte.

»Ich komme als Bote des MacPherson-Clans, als Abgesandter von Red Dunald, Laird der MacPhersons, um Euch seine Forderung zu übermitteln, Connor MacKiernan.«

»Eine *Forderung?*«

»Ihr seid angewiesen, Eure Schwester Mairi MacKiernan am Samstag in einer Woche zur Kirche des Dorfes von Dun Ard zu bringen, wo sie dem MacPherson höchstselbst am selben Tag zur Frau gegeben wird.« Der Bote nickte heftig, um seiner kleinen Ansprache Nachdruck zu verleihen.

Connor setzte sich hin und trank in aller Ruhe einen Schluck Ale, bevor er antwortete.

»Nein.«

»Was?« Der Bote war verwirrt. »Das ist Eure Antwort für den MacPherson?«

Connor lehnte sich zurück, überkreuzte auf dem Tisch die Füße und betrachtete den Mann einen Moment lang. Dann sagte er: »Meine Antwort ist diese: Erstens hat meine Schwester an jenem Tag Geburtstag, und deshalb werde ich sie nirgendwohin bringen. Zweitens erinnere ich mich nicht, dass der hochgeschätzte MacPherson mich um die Hand meiner Schwester gebeten hätte. Wenn Euer Laird Gefallen an ihr findet, sollte er mir seine Absicht persönlich erklären.« Connor nahm noch einen Schluck aus seinem Krug. »Der Anweisung unseres Lairds, des MacKiernan höchstselbst, entsprechend, halten sich die MacKiernans, was Eheschließungen betrifft, an den Brauch.«

Der Bote machte auf dem Absatz kehrt und steuerte auf die Tür zu.

Aus Furcht, ertappt zu werden, flüchtete Cate Richtung Treppe, wurde jedoch auf dem Weg dorthin plötzlich am Arm gepackt und in einen Raum gezerrt. Eine weiche Hand hielt ihr den Mund zu.

»Schsch«, mahnte Rosalyn. »Wenn du lauschen willst, musst du die richtigen Verstecke kennen«, flüsterte sie.

»Er hat nicht einmal den Anstand, dich deine frisch Angetraute ein paar Tage lang ungestört genießen zu lassen.« Robert schüttelte empört den Kopf.

Connor zuckte mit den Schultern. »Es war nicht anders zu erwarten.«

»Gut, dass ich hier bin.« Robert schenkte sich Ale nach.

»Ach ja? Mir ist nicht aufgefallen, dass du unseren ungebetenen Besucher auch nur mit einem Wort eingeschüchtert hättest.«

»Das war auch nicht nötig. Mich neben dir sitzen zu sehen genügte, um ihn verängstigt zu seinem mächtigen Laird zurückkehren zu lassen.«

Connor schüttelte den Kopf ob der Dreistigkeit seines Freundes, musste jedoch lächeln. Er konnte sich für die kommenden Tage keinen besseren Mann an seiner Seite wünschen. Als er nach seinem Alekrug greifen wollte, zog Robert ihn aus seiner Reichweite.

»Nein, mein Freund, du kriegst nichts mehr. Duncan und ich werden weitertrinken, aber du gehst hinauf und kümmerst dich um deine Ehefrau.«

Connor stand auf und verließ, vom leisen Lachen seiner Freunde begleitet, die Große Halle. Vor der Tür blieb er stehen und fragte sich, was ihn am Kopf der Wendeltreppe erwarten mochte.

Cate saß vor dem Feuer auf dem Boden und wartete auf *ihren Ehemann*. Ihre Hände zitterten, und ihr Magen vollführte einen so wilden Tanz, dass sie froh war, nichts gegessen zu haben. Sie hatte anhand der Informationen von Rosalyn eine Entscheidung getroffen. Nun musste sie sich nur noch daran halten.

Nach dem Verlassen der Vorratskammer, in der sie sich versteckt hatten, waren die Frauen gerade auseinandergegangen, als Cate eine wichtige Frage durch den Kopf schoss.

»Warum hast du nie geheiratet, Rosalyn? Warum hast du nie deine wahre Liebe gefunden?«

Connors Tante blieb stehen und verharrte einen Moment wie erstarrt, bevor sie sich umdrehte. »Oh, ich *habe* sie gefunden. Ich warte noch immer darauf, dass er erkennt, dass er mich liebt.«

»Und wie lange wartest du schon?« Die Traurigkeit in Rosalyns Augen berührte Cate tief.

»Fast zwanzig Jahre.«

»Was? Warum hast du nichts getan, nicht mit ihm gesprochen?«

»Wenn es sein soll, wird es sein.«

Verblüfft hatte Cate ihr nachgeschaut.

Zwanzig Jahre. So lange zu suchen, das war eine Sache, die Person gefunden zu haben und nichts zu tun, das war eine ganz andere.

Das wäre nichts für sie. Sie war nicht bereit, sich zwanzig Jahre zu gedulden oder sich mit weniger als der wahren Liebe zufriedenzugeben.

Jesse mochte recht damit haben, dass die Liebe kam, wenn man sie am wenigsten erwartete, aber Cate war wild entschlossen, ihm zu beweisen, dass er falsch lag mit seiner Ansicht, dass man sie nicht herbeiführen konnte.

Ja, sie würde sie herbeiführen – sie musste sich nur noch einfallen lassen, wie. Und das schnell, denn sie hörte Schritte näher kommen.

Als Connor in der Tür erschien, stand Cate auf, ging jedoch nicht auf ihn zu und sagte auch nichts.

Connor verspürte ein ungewohntes und unangenehmes Ziehen in seinem Magen. Wahrscheinlich zu viel Ale. Bestimmt nicht Unsicherheit. Er hatte keine Veranlassung, sich Gedanken darüber zu machen, was im Kopf dieser Frau vorging.

Besitzergreifend betrat er das Gemach. Sein angestammtes Schlafgemach. In der Mitte des Raumes blieb er stehen und schaute die Frau an, die jetzt seine Ehefrau war.

Sie stand regungslos da und beobachtete ihn.

Seine Ehefrau. Die Worte waren wie Messerstiche.

Entschlossen ging er auf Cate zu.

Sie wehrte sich nicht, als er sie an sich zog und ihr Gesicht und ihren Hals mit Küssen bedeckte, doch nur ihre schneller werdenden Atemzüge ließen erkennen, dass seine Liebkosungen Gefühle in ihr weckten.

Er rückte von ihr ab und sah sie forschend an. Ihre Augen, grün wie ein dicht bewaldetes Tal, hätten ihm Warnung genug sein sollen, dass etwas nicht stimmte.

Er ignorierte die Warnung, küsste wieder Cates Hals. Als er an den Bändern ihres Überkleides zog, legte Cate die Hände an seine Brust, als wolle sie ihn wegschieben.

»Connor?«, flüsterte sie, und er spürte, dass sie zitterte.

»Ja, kleine Caty?«, erwiderte er ebenfalls flüsternd, und jetzt war er nicht mehr sicher, wer von ihnen beiden zitterte.

»Liebst du mich?«

»Was?« Er fuhr zurück. Was sollte dieser Unsinn?

Sie löste sich aus seiner jetzt lockeren Umarmung. »Bevor wir weiter gehen, muss ich wissen, wo ich stehe.«

»Wo du stehst? Du bist meine Ehefrau. Ich dachte, das hätten wir besprochen.«

Sie ging einen Schritt rückwärts, und er setzte einen Schritt nach.

»Dem Gelöbnis nach, aber davon spreche ich nicht. Ich

will wissen, ob du mich liebst.« Sie wich noch einen Schritt zurück und verschränkte die Arme unter den Brüsten.

Unfähig, ihre Frage zu beantworten, starrte er sie stumm an.

»Versuchen wir es anders. Vertraust du mir?«

»Ob ich dir vertraue?«, brachte er mühsam hervor. Einer *Frau?* Wie konnte sie ihm, nach allem, was sie über ihn wusste, diese Frage stellen?

»Nein? Dann wollen wir sehen, wie weit ich dir vertrauen kann, wie viel deine Ehre wirklich wert ist.«

»Was?« Sie zweifelte seine Ehre an? Mit einem großen Schritt war er bei ihr, packte sie bei den Oberarmen und zog sie so dicht zu sich heran, dass sie seinen Atem spürte, als er sprach. »Erkläre dich, Frau.«

»Ich kann nicht deine Ehefrau sein. Nicht in diesem Sinn. Ich kann mich keinem Mann hingeben, der mich nicht liebt, der mir nicht vertraut.«

»Und was war das letzte Nacht?« Jetzt spürte er ganz deutlich, dass sie es war, die zitterte.

Cate senkte den Kopf. »Offensichtlich ein Fehler«, flüsterte sie.

Er barg sein Gesicht in ihrer warmen Halsbeuge. Als Cate sprach, bebte ihre Stimme, doch was sie sagte, traf ihn wie ein Schlag.

»Du hast geschworen, mich vor Schaden zu bewahren. Wenn du mich gegen meinen Willen nimmst, wirst du mir Schaden zufügen. Wo bleibt da deine kostbare Ehre?«

Er ließ sie los und trat zurück, suchte in ihrem Gesicht nach ihren wahren Gefühlen. Er sah nur Entschlossenheit. Doch ihr Kinn zitterte, als sei sie den Tränen nahe. Aus

Angst? Der Gedanke, dass die Frau, die er zu beschützen geschworen hatte, ihn fürchtete, schmerzte ihn.

Connor drehte sich um und verließ das Gemach. Er würde nicht die Kontrolle verlieren.

»Connor?«

Der scharfe Ton seiner Tante ließ ihn innehalten. Sie stand, die Hände hinter dem Rücken verschränkt, am Fuß der Treppe.

»Wo willst du hin?«

So hatte sie nicht mehr mit ihm gesprochen, seit er ein kleiner Junge gewesen war, und es ärgerte ihn.

»Mir einen Platz suchen, wo ich mich in Ruhe betrinken und dann schlafen kann.«

»Daraus wird nichts, Neffe. Solange dein Freund Robert hier weilt, tust du gut daran, den liebenden Ehemann zu spielen. Oder willst du, dass der König dein Eheglück anzweifelt? Du musst an deine Schwester denken, an deine ganze Familie.«

Sie hatte recht. Er hätte sie gerne angeschrien und beiseitegeschoben, damit er seinen Weg fortsetzen konnte, doch sie hatte recht. Er hatte keine Wahl.

Also machte er kehrt und ging die Treppe wieder hinauf. Vor der geschlossenen Tür blieb er stehen. Er hob die Hand, ließ sie wieder sinken und setzte sich auf den Boden. Er würde der Frau in seinem Gemach Zeit geben einzuschlafen. Dann würde er hineingehen und sich ans Feuer setzen.

Er lehnte sich an die Tür und bereitete sich auf eine weitere unbequeme Nacht vor.

24

Endlos scheinende, unbefriedigende Tage gingen in endlos scheinende, unbefriedigende Nächte über.

Cate verbrachte die meiste Zeit mit Mairi oder allein im Küchengarten. Der Umgang mit Kräutern war ihr vertraut, und sie fühlte sich fast wie in ihrem kleinen Garten zu Hause. Wenn es nichts für sie zu tun gab, was häufig der Fall war, setzte sie sich auf die Bank und hing einfach nur ihren Gedanken nach. Eine Beschäftigung, die sich allerdings nicht immer einfach gestaltete.

Es gab mehrere Bücher in der Burg. Sie wären echte Highlights in einem Museum. Es waren Handschriften, in Latein verfasst, was Cate in der Schule gelernt hatte und eventuell hätte verstehen können, und in Griechisch, aber die Schriftgestaltung machte es ihr unmöglich, sie zu lesen.

Connor las bis spät in die Nacht hinein. Jede Nacht. Er saß in ihrem gemeinsamen Schlafzimmer am Feuer und kam erst ins Bett, wenn er annehmen konnte, dass Cate schlief. Was sie natürlich nicht tat. Allmählich fing sie an zu glauben, dass sie nie wieder richtig schlafen würde. *Der Teufel sollte diese Feen holen.*

Als sie Connor mitgeteilt hatte, dass sie vorerst dabliebe, hatte Rosalyn darauf hingewiesen, dass es Robert sicher befremden würde, wenn das Ehepaar nicht das Schlafgemach teilte. Also zogen sie sich jeden Abend dorthin zurück.

Connor baute einen großen Wandschirm, hinter dem sie sich ungesehen an- und ausziehen konnte. Jeden Abend schlüpfte sie in ihr übergroßes Nachtgewand und allein ins Bett. Wenn Connor sich schließlich dazugesellte, hielt er größtmöglichen Abstand.

Cate hoffte, dass er genauso litt wie sie, konnte jedoch kein Anzeichen dafür erkennen – wenn man davon absah, dass er ständig müde wirkte und jedes Mal, wenn Robert über frischgebackene Ehemänner witzelte, die nachts nicht zum Schlafen kämen, eine Grimasse schnitt.

Es war später Nachmittag, und Cate hatte ihre To-do-Liste abgearbeitet. Sie hatte im Küchengarten gejätet, bis kein Hälmchen Unkraut mehr dort stand. Margaret scheuchte sie aus der Küche, wann immer sie sich dort blicken ließ, Rosalyn saß an ihrer Stickarbeit, und Cates einziger Versuch auf diesem Gebiet war jämmerlich gescheitert. Auch Mairi war anderweitig beschäftigt.

Früh am Morgen hatte Florie, eine der Mägde von Dun Ard Castle, Mairi eine Nachricht von ihrem Cousin Lyall überbracht, und Cate hatte die beiden nicht mehr gesehen, seit sie in Mairis Zimmer gelaufen waren.

Nachdem Cate eine Weile nutzlos mitten in der Großen Halle gestanden hatte, beschloss sie, nach draußen zu gehen und sich dort nutzlos zu fühlen. Zumindest wäre die Szenerie ansprechender.

Also trat sie auf den großflächigen Treppenabsatz hinaus. Sie liebte diesen Platz. Vielleicht sollte sie Connor bitten, ihr eine Bank dafür zu zimmern. Von hier aus konnte sie in den Himmel schauen und den gesamten Burghof überblicken.

Und, was das Beste war, sie konnte Connor und Robert bei ihrem täglichen Schwertkampftraining beobachten.

Cate hatte noch immer keine Ahnung, wie sie Connor dazu bringen sollte, sie zu lieben. Aber selbst wenn ihr eine geniale Idee käme, wäre nicht gesagt, dass sie Erfolg damit hätte. Das Einzige, was Cate sicher wusste, war, dass es nur eine Frage der Zeit wäre, bis sie sich Connor an den Hals werfen würde.

Da er sie offenbar körperlich anziehend fand, würde er sie wahrscheinlich nicht zurückweisen – aber sie wollte ja etwas anderes erreichen. Wenn sie sein Vertrauen gewinnen könnte, wäre das schon die halbe Miete. Das konnte sich hinziehen, aber eigentlich war das Leben hier ja gar nicht so übel.

Na ja, abgesehen davon, dass sie ohne Kaffee, Schokolade, Kartoffeln, Tomaten oder Chilies auskommen musste. Im dreizehnten Jahrhundert mangelte es entschieden an Cates Lieblingslebensmitteln. Sie seufzte tief und schwelgte gerade in einem Tagtraum von einer mit Sauerrahm übergossenen gebackenen Kartoffel, als ein Warnruf von Ewan sie in die Realität zurückholte.

»Reiter!«

Die Männer eilten vom Trainingsplatz zu der Treppe, die zum Wehrgang hinaufführte.

Cate raffte die Röcke, lief die Stufen hinunter und auf der anderen Seite des Burghofs die Treppe zur Mauerkrone hinauf. Oben angekommen, wagte sie sich gerade so weit vor, dass sie etwas sehen konnte, ohne von den Männern hier oben und von denen vor dem Burgtor bemerkt zu werden. Sie zählte acht Reiter.

Artair und der MacPherson befanden sich unter ihnen! Die anderen hatte Cate noch nie gesehen.

»Connor MacKiernan!«, rief einer von ihnen. »Da Ihr nicht, wie verabredet, vor drei Tagen zur Kirche gekommen seid, sind wir hier, um Mairi MacKiernan zur Hochzeit mit dem MacPherson abzuholen, wie es ihm der Laird der MacKiernans zugesagt hat. Schickt sie heraus.«

»Das ist seltsam. Ich kann mich nicht erinnern, die Erlaubnis zur Verehelichung meiner Schwester erteilt zu haben. Habe ich dir gegenüber etwas Derartiges geäußert, Robert?« Connor sprach auch die letzten Worte so laut, dass sie die Männer vor dem Tor wie die Männer auf der Mauer verstehen konnten.

»Nicht, dass ich wüsste«, antwortete Robert ebenfalls für die Männer unten vernehmlich. »Duncan – hat er dir gegenüber davon gesprochen?«

Duncan rieb sich den Bart. »Ich glaube nicht.« Er schüttelte den Kopf. »Nein, bestimmt nicht. Daran würde ich mich erinnern.«

»Ich werde Mairi nicht zu Euch hinausschicken«, erklärte Connor entschieden. »Der MacPherson irrt. Es gibt keine Vereinbarung, ihm meine Schwester zur Frau zu geben. Es muss sich um ein anderes MacKiernan-Mädchen handeln.«

»Sei vernünftig, Connor«, brüllte Artair. »Du weißt, dass ich diese Verbindung schon lange vor deiner Rückkehr arrangiert habe. Schick das Mädchen heraus. Mach es uns allen nicht unnötig schwer.«

»Bedaure, Onkel. Mairi hat nicht den Wunsch, Red Dunald MacPherson zu heiraten, und das hat sie dir auch mitgeteilt. Sie wird keinen Mann heiraten, den sie nicht liebt. Meine Schwester wird innerhalb dieser Mauern verbleiben. Sie steht jetzt unter meinem Schutz.«

Breit grinsend richtete Robert das Wort an die Männer unten. »Und unter meinem ebenso. Und da ich ein Repräsentant des Königs bin, steht sie damit unter dem Schutz von König Alexander dem Dritten. Ich denke nicht, dass Ihr ihn um ihrer Hand willen herausfordern wollt, oder?« Er schlug Connor auf den Rücken und sagte leise zu seinem Freund: »Siehst du, so macht man das. Schau dir den Dicken an: Er ist puterrot im Gesicht – kurz vor dem Schlagfluss.« Er lachte in sich hinein.

»Ihr seid ein Narr, MacKiernan«, ertönte die Stimme von Red Dunald MacPherson höchstselbst. »Euer Laird hat diese Heirat befohlen. Ihr habt keine Wahl. Ihr müsst gehorchen. Schickt sie mir heraus. Auf der Stelle.«

»Ich schulde Artair keinen Gehorsam. Er ist genauso wenig mein Laird, wie Ihr es seid, MacPherson. Er ist mein Onkel, das ist alles. Ich habe ihm nicht die Treue geschworen. Meine Treue gilt allein dem König. Und Ihr solltet nicht vergessen, dass Alexander hinter denen steht, die ihm die Treue geschworen haben. Jeder Angriff gegen diese Burg wird als Angriff gegen den König betrachtet werden.« Robert warf Connor einen Blick zu und lächelte. »Das sollte ihm das Maul stopfen, meinst du nicht?«

Diesmal lachten beide.

Cate verfolgte die Szene gespannt. Die Freunde genossen es, ihre Gegner vor dem Tor zu provozieren, doch bei allem

Amüsement verriet ihre Haltung Wachsamkeit und die Bereitschaft, jederzeit loszuschlagen. Gleichzeitig abgestoßen und fasziniert schauderte Cate, als sie sich das Blutvergießen vorstellte, das sich aus dieser Situation ergeben könnte.

Der MacPherson wechselte leise ein paar Worte mit Artair. Dann wendete er sein Pferd und ritt mit seinen Männern davon. Artair blieb allein zurück und starrte wütend zu den Männern auf dem Wehrgang herauf.

»Das ist dein Dank nach allem, was ich für dich getan habe?«, schrie er seinen Neffen an. »Du wirst mir nicht alles zerstören. Ich lasse nicht zu, dass du mir alles wegnimmst!« Drohend die Faust schüttelnd, wendete er sein Pferd und galoppierte davon.

Robert schüttelte den Kopf. »Ich an deiner Stelle würde nicht erwarten, in diesem Jahr zu Weihnachten eingeladen zu werden.«

Beide lachten schallend. Als sie sich zum Gehen wandten, entdeckten sie Cate.

Connor stemmte die Arme in die Seite und fragte mit seiner typisch hochgezogenen Braue: »Was tust du hier oben?«

Cate neigte den Kopf zur Seite und betrachtete ihn einen Moment nachdenklich, während eine Idee in ihrem Kopf Gestalt annahm. »Ich bin beeindruckt.«

Seine Augen weiteten sich vor Überraschung. »Soso, beeindruckt. Hast du geglaubt, dein Ehemann könnte nicht fertig werden mit diesen Männern?«

Dein Ehemann. Die Worte brachten sie aus der Fassung, doch sie erholte sich schnell. »O doch, ich glaubte schon, dass du mit ihnen fertig werden würdest – ich wusste nur nicht, dass du dabei eine so gute Figur machen würdest.« Lächelnd schlenderte sie auf ihn zu.

»Wenn dir das schon gefallen hat, dann hättest du mich im Kampf mit den Sarazenen oder Nordmännern sehen sollen. Damit hätte ich dich wahrhaft beeindrucken können, denn die waren würdige Gegner.« Er lächelte auf sie herunter, legte den Arm um ihre Schulter und ging mit ihr die Treppe hinunter. Als sie unten ankamen, schlang sie die Arme um seine Taille und schmiegte sich für einen Moment an ihn.

Wieder war er überrascht. »Womit habe ich denn das verdient?«

»Damit, dass du *du* bist.« Sie ließ ihn los und machte sich auf den Weg zum Wohnturm.

»Caty?« Connor holte sie ein und drehte sie zu sich herum. »In Zukunft steigst du nicht mehr zum Wehrgang hinauf, wenn Reiter kommen. Ich möchte dich nicht als Ziel für ihre Bogenschützen wissen. Und jetzt fort mit dir, Mädchen. Es wartet Arbeit auf mich.« Lachend entfernte er sich.

Sie schaute ihm nach, und in ihrem Kopf reifte die Idee zum Plan heran. O ja, sie hatte es völlig falsch angefangen.

25

Cate setzte sich im Küchengarten auf die Bank und feilte an ihrem Plan. Sie lebte mit einem Mann zusammen, den sie von ganzem Herzen liebte, und war trotzdem todunglücklich, weil er ihre Liebe nicht erwiderte. Das wusste sie genau, denn wenn er es täte, wäre sie nicht mehr hier. Sie stieß einen tiefen Seufzer aus und verdrehte die Augen. Es war absurd. Als sie Connor auf dem Wehrgang beobachtet hatte, war ihr ein Licht aufgegangen. Sie hatte das Ganze falsch angepackt. Sie hatte es mit einem Krieger zu tun, nicht mit einem Spieler.

Als eine Frau, die stets alle Alternativen bedachte, bevor sie handelte, betrachtete sie auch jetzt die ihr offenstehenden Möglichkeiten.

Die erste Möglichkeit war, wie bisher zu hoffen, dass Connor sich irgendwann in sie verlieben würde, und während sie darauf wartete, weiter unglücklich zu sein. Wenn sie daran dachte, wie lange Rosalyn schon vergeblich auf ihre wahre Liebe wartete, könnte sich das zu einem Dauerzustand entwickeln.

Die zweite Möglichkeit war, den Krieg in einem neuen Licht zu betrachten. Als sie die Männer angesichts der Gefahr hatte lachen und spotten hören, war sie erstaunt – sie amüsierten sich. Das hatte sie, Cate, nie gekonnt – den Gegebenheiten die größtmögliche Freude abzugewinnen. Vielleicht war es an der Zeit, es zu lernen. Ihr war klar, dass sie sich diesem Mann früher oder später hingeben würde – warum dann nicht nach ihren Bedingungen? Sie würde die Schlacht vielleicht verlieren, aber sie könnte wenigstens mit Glanz und Gloria untergehen, und Connor bliebe es überlassen, darüber nachzudenken, wer der Sieger war.

Vielleicht, nur vielleicht, hatte ihr Bruder ja unrecht. Vielleicht konnte man doch erreichen, dass einen jemand liebte, wenn man sich konsequent darum bemühte.

Sie hatte in ihrem Leben schon viel zu lange immer nur *reagiert*. Es war an der Zeit, dass sie anfing zu *agieren*, ihr Leben nicht geschehen zu lassen, sondern es selbst in die Hand zu nehmen.

Cate trat zurück und betrachtete ihr Werk. Sie hatte gute Arbeit geleistet, das musste sie sagen, obwohl Eigenlob sich nicht gehörte. Sie hatte die Stühle an die Wand geschoben und ein großes Fell vor den Kamin gelegt, in dem nur ein niedriges Feuer brannte, damit die im Raum verteilten Kerzen zur Geltung kamen. Neben dem weichen Lager standen ein Krug mit Connors Lebenswasser, eine Kanne Tee und zwei große Becher. Und auch das Buch, das er gerade las, ein wichtiger Punkt ihrer Strategie, lag bereit.

Nachdem alles zu ihrer Zufriedenheit arrangiert war, hatte sie ihren Seidenpyjama angezogen, denn Connor schien von dem knappen Top fasziniert zu sein.

Wenn körperliche Anziehung im Moment die stärkste Waffe in ihrem Arsenal war, dann würde sie sie einsetzen. Die Fronten waren abgesteckt, es konnte losgehen.

»Und wenn ich verlieren sollte, dann will ich wenigstens was davon gehabt haben«, murmelte sie.

Die Tür öffnete sich, und Connor blieb überrascht stehen. »Was hast du denn hier gemacht?«

»Ein bisschen umgeräumt.«

»Die Stühle an der Wand, das Fell vor dem Feuer …«

»Das habe ich getan, weil ich dich bitten wollte, mir beizubringen, die Schrift zu lesen, in der die Bücher geschrieben sind, und ich dachte, es wäre einfacher für mich, wenn ich mich nicht über die Armlehnen zu dir hinüberbeugen müsste.«

Er stand beim Feuer und rieb sich die Hände. »Weshalb die Kerzen?«

»Damit mir das Lesen nicht auch noch durch zu wenig Licht erschwert wird.«

Sein Blick fiel auf den Krug. Die Braue schoss in die Höhe. »Und wozu soll der gut sein?«

Cate seufzte theatralisch. »Ich dachte, wenn ich langsamer lerne, als du erwartest, könnte ein kleiner Schluck ab und zu dich besänftigen.« Sie lächelte ihn strahlend an.

Er erwiderte ihr Lächeln, musterte sie jedoch scharf. »Warum dieses Gewand?«

»Wenn ich auf dem Boden sitze, ist eine Hose das züchtigste Kleidungsstück.«

Der Mann hatte die typisch misstrauische Natur eines erfolgreichen Kriegers. Zeit, die nächste Waffe einzusetzen. »Wieso hinterfragst du jede Kleinigkeit? Wenn du mir nicht helfen willst, dann sag es einfach, und wir vergessen es.« Sie verschränkte die Arme unter den Brüsten und garnierte das Ganze mit einem Schmollmund.

Mit ein paar großen Schritten war Connor bei ihr und legte die Hände auf ihre Schultern. »Ich wollte dich nicht verstimmen. Es würde mir Freude machen, mit dir an diesem Buch zu arbeiten. Ich war nur ... überrascht von deiner Bitte.« Er führte sie zu dem Fell, ließ sich darauf nieder und zog sie herunter. »Setz dich zu mir – wir fangen gleich an.«

Sie goss Lebenswasser in den einen Becher und Tee in den anderen. Währenddessen schlug Connor das Buch an der Stelle auf, wo er letzte Nacht zu lesen aufgehört hatte.

»Was genau soll ich tun?« Wieder die hochgezogene Braue.

Die erste Antwort, die Cate durch den Kopf schoss, ließ sie glühend erröten, denn dieser Gedanke hatte nichts mit dem Buch zu tun. Vielmehr mit Connors Lippen. Und seinen Händen. Und ...

»Am besten erklärst du mir zuerst die einzelnen Buchstaben. Die Schrift ist ganz anders, als ich sie gewohnt bin.« Sie kniete sich hinter ihn. So konnte sie ihm über die Schulter schauen und sich dabei an ihn schmiegen, ohne, dass es auffiel. Ihr Herz hämmerte so laut, dass er es eigentlich hätte hören müssen.

Als er sich umdrehte, berührten ihre Gesichter sich beinahe. Er zuckte zurück und beugte sich über das Buch. »Ich denke, wir fangen vorne an«, murmelte er und schlug die erste Seite auf.

In den nächsten zehn Minuten schien Connor sich ausschließlich darauf zu konzentrieren, Cate die Buchstaben zu erläutern.

Es war an der Zeit, ein wenig vorzurücken.

Cate hob die Arme, um ihren Zopf zu lösen.

»Ich denke, für heute hast du genug gelernt.« Er klappte das Buch zu und erhob sich. »Geh schlafen.«

Nein, so war das nicht geplant.

Sie hielt ihn am Bein fest. »Connor?«

Er erstarrte.

»Darf ich dich um einen kleinen Gefallen bitten?«

»Ich werde tun, was ich kann.« Seine Stimme klang gepresst.

»Würdest du meine Schultern massieren? Meine Muskeln sind ganz hart. Ich glaube nicht, dass ich so schlafen könnte.«

Sie ließ ihre Hand an seinem Bein abwärtsgleiten und nahm dann ihre Haare auf dem Kopf zusammen.

»Wenn dir das hilft, dann werde ich es tun.« Nach kurzem Zögern gesellte er sich wieder zu ihr auf das Fell, griff nach seinem Becher und leerte ihn in einem Zug. Er rieb sich nervös die Hände, bevor er sie auf ihre Schultern legte.

»Es ist sehr warm hier, findest du nicht?«, brummte er.

»Ja, das ist es. Oh, warte einen Moment.« Sie ließ ihr Haar fallen, lächelte ihn an und zog ihre Jacke aus. »So geht es viel besser.«

Dann türmte sie ihre Haare wieder auf und drehte ihm den Rücken zu.

Connors Atem klang ein wenig unregelmäßig, als er die Hände wieder auf ihre Schultern legte und sie vorsichtig zu drücken begann. »Ist es richtig so?«, fragte er heiser.

Cate ließ den Kopf nach vorne sinken und ihre Haare fallen, so dass sie seine Hände liebkosten. Dann stöhnte sie leise.

»Fester, Connor. Viel fester«, hauchte sie sinnlich.

Connor gab einen erstickten Laut von sich und stand abrupt auf. »Ich kann das nicht tun.«

Cates Augenblick der Wahrheit war gekommen, der Moment, alle Hemmungen fallenzulassen und aggressiv ihr Ziel zu verfolgen. Sie hatte beschlossen zu tun, was immer dafür nötig wäre.

Sie drehte sich zu ihm um, kam auf die Knie hoch und neigte ihre Schulter, so dass der Träger auf ihren Arm hinunterglitt. »Ich verstehe nicht. Was ist denn?«

Schwer atmend schaute er auf sie herunter. »Weißt du denn nicht, was du mir antust? Ich bin ein Mann. Du hast mir erklärt, dass ich mich dir nicht nähern darf. Was willst du von mir?«

Seinen gequälten Blick festhaltend, legte sie die Hände auf seine Knie und fuhr mit ihnen langsam unter sein Plaid, genoss es zu spüren, wie sich seine Muskeln unter ihrer Berührung anspannten.

»Alles«, flüsterte sie. »Dich.«

Er sank auf die Knie, packte Cate bei den Oberarmen und zog sie an sich. »Bist du sicher, dass du weißt, was du tust?«, fragte er mit vor Begehren belegter Stimme.

Träge lächelnd erwiderte Cate: »Nein. Ich habe keine Ahnung, was ich tue. Ich weiß nur, dass ich dich will.«

Stoßweise atmend ließ er sie los. »Wenn ich jetzt nicht gehe, werde ich nicht mehr … ich denke nicht, dass ich …«

Sie legte den Finger auf seine Lippen. »Genau. Denk nicht. Tu's.« Sie hob die Arme, griff in sein Haar und zog seinen Mund auf ihren herunter.

Connor drückte sie sanft nach hinten auf das Fell. Sie zog ihm mit einer Hand den oberen Teil seines Plaids von der

Schulter, mit der anderen zog sie an den Kordeln seines Hemds. Er richtete sich auf und zog das Hemd über den Kopf.

Als Cate angesichts seiner nackten Brust scharf die Luft einzog, lächelte Connor zähneblitzend. »Gefällt dir das?«

Sie strich mit den Händen über die Muskelstränge und antwortete atemlos: »O ja. Sehr. Noch eine Art, mich zu beeindrucken.«

Sein Lächeln wurde verführerisch. »Ich habe noch nicht einmal angefangen, dich zu beeindrucken, Mädchen.« Er legte die Hände an ihre Seiten, schob das Top nach oben, zog es ihr über den Kopf und betrachtete sie. »Ich kann dir nicht sagen, wie lange ich das schon tun wollte.«

»Und was willst du noch tun?«, flüsterte sie. Jede Faser ihres Körpers schrie nach seiner Berührung.

»Das.« Er ließ seinen Mund von ihrem über ihre Kehle abwärtswandern, während seine Hände ihre Brüste liebkosten, glühende Spuren auf ihrer Haut hinterließen. Dann spielten seine Lippen mit den Knospen.

Cate stöhnte vor Lust.

Er zog sich zurück.

Sie glaubte nicht, dass sie es überleben würde, wenn er jetzt aufhörte. Mühsam brachte sie hervor: »Nein. Nicht aufhören. Bitte.« Sie öffnete die Augen und sah das selbstbewusste Lächeln, das sie so liebte.

»Ich höre nicht auf.« Sein Grinsen ließ sie dahinschmelzen. »Ich werde dich beeindrucken, wie dich noch kein Mann beeindruckt hat.«

»Du bist auf dem besten Weg dazu.« Beim letzten Zusammensein – ihrem ersten Mal – hatte sie hauptsächlich *gefühlt*. Heute stellte sie fest, dass seinen muskulösen Körper im Feuerschein zu sehen sie fast ebenso erregte wie seine Berührung.

Fast.

Sie kickte ihre Pyjamahose weg.

Grinsend streckte er ihre Arme über ihren Kopf, hielt sie dort fest und stieß langsam mit seiner Zunge in ihren Mund. Tief. Cate erwiderte Stoß für Stoß.

Connor fuhr mit den Fingern an ihren Armen abwärts, seitlich bis zu ihrer Taille, unter den Gummizug ihres Slips.

»Dient dieses Stückchen Spitze irgendeinem Zweck?«

Sie konnte nur nicken.

Leise lachend schob er den Slip an ihren Beinen hinunter und schleuderte ihn weg. Dann stand er auf, und sie beobachtete ihn, wie er sich im flackernden Feuerschein seines Plaids entledigte, den Gürtel öffnete und den Überwurf fallen ließ.

»Bist du immer noch beeindruckt?«

»Sehr.«

»Dann warte ab, was als Nächstes kommt.«

Sein Lächeln sandte ein Kribbeln über ihren ganzen Körper.

»Du meinst, es wird noch besser?«

»O ja, kleine Caty. Das verspreche ich dir. Viel, viel besser.«

Ihre Haut war so zart, dass es ein Genuss für ihn war, sie nur zu streicheln. Und sie duftete wie eine Blumenwiese. Er vergrub seine Nase in Cates Halsbeuge und genoss den Moment.

Was immer sie auch zu ihrer Meinungsänderung veranlasst hatte – er hoffte, es würde anhalten. Er würde dafür tun, was er konnte.

Während er seinen Mund von ihrer Kehle abwärtswandern ließ und innehielt, um ihren Brüsten seine Aufwartung zu machen, genoss er es, Cates kleine Hände von seinem Rücken zu seinen Schultern und weiter hinauf in sein Haar gleiten zu spüren. Nie hätte er gedacht, dass federleicht über die Kopfhaut streichende Fingernägel derart erregend sein konnten.

Er ließ seine Hände bis zu ihrer Taille wandern, staunte wieder, wie zerbrechlich Cates Körper sich in seinem Griff anfühlte. Als er mit den Daumen über ihren flachen Bauch strich, spürte er die Muskeln unter seiner Berührung zucken. Wie beim ersten Mal hörte er Cate die Luft durch die Zähne einziehen, als seine Zungenspitze ihren Nabel liebkoste.

Er ließ seine Hände über ihre Schenkel gleiten, spreizte sie, schickte seine Finger auf die Reise. Als Cate sich ihnen entgegenhob und sich seinen Bewegungen anpasste, fühlte er sich so siegreich wie in einer seiner vielen Schlachten.

Cate erschauerte und rief erstickt seinen Namen.

»Jetzt, Connor!«, flehte sie atemlos. »Jetzt.«

Eine Bitte, die er nur zu gerne erfüllte. Er senkte sich auf sie und lenkte sein Schiff langsam in den Hafen, den er erst einmal besucht hatte. Als er ihre Hüften umfasste, wusste er nicht, ob er es tat, um sie näher zu sich heranzuziehen oder um sich zu verankern.

Zentimeterweise stieß er in den engen, heißen Kanal vor, zwang sich, seine Erregung zu bezähmen, den Genuss zu verlängern.

»Jetzt, Connor! Jetzt!«, schrie sie und umklammerte ihn mit den Beinen.

Seine Beherrschung wurde von einer Welle überwältigender Leidenschaft hinweggespült. »Jetzt«, echote er und stieß zu, wieder und wieder.

Als sie sich versteifte, und er sie um sich herumpulsieren spürte, hielt er inne und drückte sie fest an sich, bis sein eigener Drang nach Erlösung ihn zwang, erneut in das Paradies einzutauchen, das Cate für ihn war. Er verströmte sich in ihr, zitterte am ganzen Körper, fühlte sich schwach und erschöpft.

Bis er in das Gesicht der Frau blickte, die unter ihm lag. In ihren Augen leuchtete die Befriedigung, die er ihr gespendet hatte.

Mit Cate im Arm rollte er sich herum. Sie schmiegte sich mit ihrem warmen, feuchten Körper an ihn, ihre duftenden Haare kitzelten ihn unter dem Kinn.

In diesem Moment hätte er am liebsten einen Triumphschrei ausgestoßen wie auf dem Schlachtfeld. Seine Frau war tief beeindruckt, und er fühlte sich als Sieger.

26

Cate lag zufrieden lächelnd in Connors Armen. Das musste man ihm lassen – wenn der Mann versprach, dass es noch besser würde, dann hielt er Wort.

Ihre Entscheidung, die schönen Seiten des Lebens zu genießen, war die beste, die sie je getroffen hatte. Sie hatte nicht geahnt, dass sie so empfinden konnte. Selbst wenn er sie nie wirklich lieben würde – so könnte sie leben. Es war vielleicht keine Liebe, aber es war sehr, sehr gut.

Sie hob den Kopf von seiner Brust, schaute zu ihm hoch und sah seine Braue sich heben und das leichte Lächeln auf seinem Gesicht.

»Hast du dich so weit erholt, dass ich dich wieder beeindrucken kann?« Er zog sie zu sich hinauf, bis ihrer beider Lippen sich fast berührten.

»Jedenfalls spüre ich, dass *du* dich so weit erholt hast.« Sie kicherte, bis er sie mit einem seiner schwindelerregenden Küsse zum Schweigen brachte.

»Wow«, hauchte sie, als er sie freigab.

»Ich nehme an, das heißt, es war gut.« Er sah aus wie ein Mann, der um seine Kunstfertigkeit wusste.

»Gut genug für eine Wiederholung.«

Sie ließ ihre Hand nach unten gleiten, bis sie fand, was sie suchte.

Connor zog scharf die Luft durch die Zähne.

»Ja, kleine Caty, ich bin mehr als bereit, dich wieder zu beeindrucken. Jetzt gleich. Ich kann es nicht erwarten.«

In einer fließenden Bewegung drehte er sie auf den Rücken und spreizte mit dem Knie ihre Beine, während er seinen Mund auf ihren senkte.

Cate fühlte sich wie im Himmel.

Sie hatte gerade ein Bein um Connor geschlungen, als jemand an die Tür hämmerte.

Er unterbrach den Kuss nur so lange, wie er brauchte, um »Ruhe!« zu brüllen.

»Du musst kommen, Connor!«, rief Margaret. Sie klang hektisch. »Schnell. Lyall ist am Tor, und Niall sagt, er ist verletzt!«

»O Gott!«, stöhnte er und legte einen Moment seine Stirn an Cates, bevor er aufstand, sein Plaid ergriff, um es anzulegen, und in seine Stiefel stieg. »Rühr dich nicht von der Stelle«, befahl er ihr, als er den Raum verließ.

Kaum war er gegangen, sprang Cate aus dem Bett und zog sich an. Als sie zur Tür hinauswollte, wäre sie fast über Wolf gefallen, der hechelnd davor stand. »Okay, Junge, komm mit, wenn du willst, aber lauf mir ja nicht zwischen den Füßen rum.«

Im Burghof herrschte geschäftiges Treiben, und Cate sah im Licht der Fackeln oben und unten an der Treppe und in Nialls Hand, wie Robert Lyall vom Pferd zog, der ihm scheinbar völlig entkräftet in die Arme sank.

Die Treppe hinunterhastend, wurde Cate beinahe von dem knurrend vorbeistürmenden Wolf umgestoßen.

»Wolf!«, brüllte Connor und dann zu Ewan hinüber: »Sperr den Hund in den Keller! Ich weiß nicht, was in ihn gefahren ist.«

Als Cate näher kam, sah sie Blut aus Lyalls Mundwinkel und einer Platzwunde über dem Auge sickern.

Lyall stützend, führte Connor ihn Richtung Treppe. »Beruhige dich. »Was willst du mir von Mairi erzählen?«

»Er hat sie. Wahrscheinlich bringt er sie zum MacPherson. Ich wollte ihn aufhalten, aber es gelang mir nicht. Wir müssen sofort aufbrechen, wenn wir sie retten wollen.« Seine Beine gaben nach, und Robert griff zu und stützte ihn auf der anderen Seite.

»Überprüfe Mairis Gemach, Duncan«, wies Connor den alten Recken an.

Als Connor Cate sah, herrschte er sie stirnrunzelnd an: »Habe ich dir nicht gesagt, du sollst dich nicht von der Stelle rühren, Frau?«

Als sie, seine Mimik nachahmend, eine Braue hochzog, spielte ein kleines Lächeln um seine Lippen.

»Wenn du schon hier bist, dann mach dich nützlich. Hol Rosalyn – sie muss Lyalls Verletzungen behandeln.«

Cate lief die Stufen hinauf und stieß gleich hinter der Tür auf Connors Tante, die, nur in ein Nachthemd gewandet, ihren Arzneikorb an sich drückte. Die Angst in den Augen der sonst so unerschrockenen Frau erschreckte Cate.

Sie folgten den Männern in die Große Halle, wo Lyall auf einen Stuhl gesetzt wurde. Margaret brachte einen Eimer mit warmem Wasser, und Duncan vermeldete, nichts Auffälliges, nur ein unberührtes Bett in Mairis Gemach gefunden zu haben.

Rosalyns Hand zitterte, als sie Lyalls Stirn abtupfte. Er stöhnte auf, und sie gab ihm einen Schluck Kräuterdestillat. »Es ist viele, viele Jahre her, dass ich ein so ungutes Gefühl hatte, Connor.«

Connor legte seinem Cousin die Hand auf die Schulter und fragte drängend: »Wer hat Mairi entführt? Wer hat meine Schwester in seiner Gewalt?«

»Blane! Er schickte Florie mit der angeblichen Nachricht von mir hierher, dass ich dringend Mairis Hilfe brauche und sie sofort kommen müsse. Das erzählte Florie mir, als ich sie weinend im Stall entdeckte. Sie hatte es nicht gewollt, aber sie fürchtete sich vor dem, was Blane ihr antun würde, wenn sie nicht gehorchte.«

Connor wechselte einen Blick mit Duncan, der daraufhin die Große Halle verließ.

»Wo sind sie jetzt?«

»Ich weiß es nicht, nehme aber an, auf dem Weg zum MacPherson. Ich war sofort losgeritten, um Mairi zu retten, aber als ich auf Blane stieß, stürzten seine Männer sich auf mich und schlugen mich nieder. Als ich zu mir kam, ritt ich, so schnell ich konnte, hierher.«

»Wie viele Männer hat er bei sich?« Robert war anzusehen, dass er im Geist bereits eine Strategie entwarf.

»Sechs oder acht. Vielleicht auch mehr. Wir müssen uns beeilen.« Er versuchte aufzustehen, sank jedoch auf den Stuhl zurück.

Rosalyn strich ihm beruhigend übers Haar. »Langsam, Lyall. Gib dir ein wenig Zeit, zu Kräften zu kommen.«

»Du gehst zu Bett, Lyall«, verfügte Connor energisch. »In deinem Zustand kannst du uns nicht helfen. Wir finden sie und bringen sie wieder nach Hause. Robert ist ein guter Spurenleser. Duncan holt bereits die Pferde.«

Mit Cate im Schlepptau rannte Connor nach oben, wo er sein Hemd anzog und Schwert und Messer an sich nahm.

»Dann steckte also Blane hinter den Anschlägen auf mich«, sagte sie kopfschüttelnd.

»Ja. Ich hatte ihn und seinen Vater von Anfang an in Verdacht. Deshalb brachte ich dich her. Hier konnte ich dich beschützen. Und Mairi.« Schmerz stand in seinen Augen. »Aber nur, solange sie innerhalb dieser Mauern blieb. Ich verstehe nicht, dass sie nicht mit mir gesprochen hat, bevor sie ging.«

Cate legte die Arme um ihn. Sie spürte seine Angst um seine Schwester ebenso deutlich wie ihre Angst um ihn.

»Pass auf dich auf, Connor. Ich könnte es nicht ertragen, wenn dir etwas zustieße. Blane ist gefährlich.«

Er umarmte sie und küsste sie auf den Scheitel. »Nicht so gefährlich wie ich. Mach dir keine Gedanken, meine kleine Caty.«

Lächelnd streichelte er ihre Wange. »Ich möchte mich unterwegs nicht auch noch um *dich* sorgen. Versprich mir, dass du die Burganlage nicht verlässt, bis ich wieder hier bin.«

»Ich verspreche es. Denk nicht an mich. Befreie Mairi und komm zu mir zurück. Wohlbehalten.« Tapfer lächelte sie zu ihm auf.

»Das werde ich.« Seine Augen blitzten. »Und dann beenden wir, was wir begonnen haben. Das verspreche *ich*.«

Cate stand am Fenster und schaute Connor nach, bis ihn die Dunkelheit verschluckte. Dann ging sie wieder ins Bett und nahm Connors Kissen in die Arme, atmete seinen Duft ein. Sie würde lange keinen Schlaf finden. Seit vielen Jahren sah sie ihren Vater und ihre Brüder in Flugzeuge steigen und irgendeiner Gefahr entgegenfliegen, doch nie hatte sie sich so geängstigt wie jetzt um Connor. Noch eine unangenehme Begleiterscheinung der wahren Liebe.

Es wurde schon hell, als Cate endlich einschlief. In ihren Träumen sah sie Schreckensbilder von Männern mit Schwertern, die Connor angriffen, von Connor, der leblos am Boden lag.

Als ein lautes Klopfen sie weckte, brauchte sie einen Moment, um zu begreifen, wo sie sich befand. Schlaftrunken taumelte sie zur Tür.

»Was ist los?«

»Schnell, Cate. Connor ist verletzt.«

Von einer Sekunde zur anderen war sie hellwach. Sie riss die Tür auf, stieß Lyall beiseite und wollte die Treppe hinunterlaufen, doch er schlang von hinten den Arm um sie. Cate versuchte, sich zu befreien, gab jedoch auf, als sie ein Messer an ihrer Kehle spürte.

Er lachte leise. »Verzeih – ich meinte, er *wird* verletzt. Wenn er zurückkommt.« Sein Atem streifte ihre Wange. Cate bekam eine Gänsehaut. »Wir gehen jetzt die Treppe hinunter. Sei ein braves Mädchen.«

»Ich verstehe nicht. Was hast du vor?«

»Natürlich verstehst du es nicht. Du bist eine Frau, und noch dazu eine aus einem fernen Land.« Am Fuß der Treppe blieb er mit ihr stehen. »Wenn auch eine besonders reizende. Ich muss sagen, ich kann nachfühlen, dass Blane dich für sich haben will. Vielleicht sollte ich diesen Teil meines Plans überdenken.«

Er lachte, rief dann nach Niall und schob Cate in die Große Halle.

Als der Verwalter um die Ecke bog, blieb er angesichts des Messers an Cates Kehle abrupt stehen.

»Ich sehe, Ihr erkennt die missliche Lage der Lady. Sehr klug von Euch, dort stehen zu bleiben. Geht hinaus und öffnet das Tor. Meine Männer warten auf Einlass. Oh, und damit Ihr nicht auf dumme Gedanken kommt, solltet Ihr wissen, dass Euer Jungchen in meinem Gemach auf dem Fußboden liegt, dressiert wie ein Huhn für die Tafel. Und für die kleine Lady hier hätte es natürlich auch unerfreuliche Folgen.«

Als Niall ihn mit aufgerissenen Augen weiter regungslos anstarrte, schrie er ihn an: »Beweg dich!«, und der Mann rannte los.

»Was willst du damit erreichen?«, fragte Cate. Ihr Vater hatte seinen Söhnen immer wieder eingeschärft, die Feinde zum Reden zu animieren.

»Es gehört zu meinem Plan. Keine Angst, Cate, du wirst alles an vorderster Front miterleben. Du bist ein sehr wichtiger Teil meines Vorhabens, wenngleich deine Ankunft mich zunächst verärgerte. Doch jetzt habe ich erkannt, dass du dem Ganzen eine besondere Würze verleihst. Sobald alle sich an ihren Plätzen befinden, können wir beginnen. Die Tür öffnete sich. »Ah, da sind ein paar meiner Männer.«

Vier Riesen betraten die Große Halle. Zwei von ihnen schleiften Blane herein, der offensichtlich zusammengeschlagen worden und so gut wie bewusstlos war.

»Der Eingang zum Verlies befindet sich unter dieser Halle«, erklärte Lyall seinen Kumpanen. »Werft ihn dort hinein – und den alten Mann, der euch das Tor geöffnet hat, dazu. In der Küche findet ihr eine Frau und ein Mädchen. Schafft sie in den Hof hinaus. Oh, und Malcolm, du gehst mit noch einem Mann in den linken Turm und bringst meine Tante in den Hof.«

Lyall schob Cate vor sich her zur Tür. Als sie an Blane vorbeikamen, hob er den Kopf und sagte mit einem verzerrten Lächeln: »Ich wollte nie, dass dir etwas geschieht. Ich dachte, ich könnte dich vor ihm retten, aber ich habe versagt. Verzeih mir.«

»Du konntest dich ja nicht einmal selbst retten, Bruder. Du warst schon immer ein Weichling, wolltest nie jemandem weh tun. Ich habe Vater oft gewarnt, wie gefährlich deine Feigheit werden kann. Und jetzt sieh dich an. Du wärest nie auch nur annähernd ein Laird geworden, wie ich es sein werde. Du warst es nie wert, der Erstgeborene zu sein. *Ich* hätte es sein sollen. Schafft ihn weg.« Lyall schob Cate weiter.

Als die Männer, die Blane zwischen sich hatten, die Tür zum Keller öffneten, schoss Wolf heraus und stürmte auf Lyall zu. Einer seiner Spießgesellen packte einen Stuhl und schlug ihn dem Tier auf den Kopf.

»Wolf!«, schrie Cate.

Er lag reglos da. Sie wollte zu ihm, nach ihm sehen, wagte jedoch nicht, sich zu rühren. In diesem Moment wurde ihr klar, dass Wolf es schon bei Lyalls Ankunft auf ihn abgesehen hatte. Sie hätten dem armen Hund vertrauen sollen.

»Ich hasse diesen Köter!« Lyall versetzte ihm einen Tritt.

»Es hat mir fast den Arm abgebissen an dem Tag im Wald. Wäre mein Bogenschütze nicht gewesen, hätte ich noch mehr Narben als jetzt. Werft das Vieh zusammen mit Blane und dem Alten ins Verlies.«

Er schob Cate Richtung Ausgang.

»Wohin bringst du mich?«

»Wir müssen zum Wehrgang hinauf. Dein liebender Ehemann wird bald zurückkehren. Wenn er keine Spur findet, wird sein Misstrauen erwachen. Aber zu spät.« Dicht an ihrem Ohr sang er leise: »Zu spät, zu spät.«

»Blane hat Mairi überhaupt nicht entführt, oder? Wo ist sie? Was hast du mit ihr gemacht?«

»Nein, Blane hat nichts mit ihrem Verschwinden zu tun. Aber er war ein exzellenter Lockvogel. Und er verschaffte mir die Tarnung, als er mich attackierte, nachdem er mich durchschaut hatte.« Er lachte grimmig. »Etwas weniger Wirklichkeitstreue hätte es zwar auch getan, aber sie machte meine Geschichte umso überzeugender. Sogar dich konnte ich mit meinem Schauspiel hinters Licht führen.« Er drückte Cate an sich. »Mairi müsste inzwischen auf Dun Ard Castle und sicher in ihrem Zimmer eingeschlossen sein und darauf warten, dass ihr Bräutigam sie holen kommt.«

»Aber du magst Mairi doch. Du warst immer nett zu ihr. Wie konntest du auch nur daran denken, sie diesem grässlichen alten Mann zu überlassen?«

Das durfte nicht wahr sein. Ihr drehte sich alles.

»Ja, ich war immer gut zu ihr. Sie erheiterte mich, war eine willkommene Ablenkung von den täglichen Sorgen. Und vor allem bot sie mir eine einfache Möglichkeit, auf dem Laufenden zu bleiben, was Connors Aktivitäten anging.

Nun, jetzt wird sie den MacPherson erheitern. Der grässliche alte Mann, wie du ihn nennst, wird mir ein mächtiger Verbündeter sein, wenn ich Laird der MacKiernans bin.«

»Wenn du Laird bist? Darum geht es hier? Du tust das alles nur, um Laird zu werden?«

»Du verstehst das nicht, meine Liebe. Ich bin der zweitgeborene Sohn des MacKiernan und müsste mich mit den Brosamen begnügen, die Blane mir vielleicht zuwirft. Ein Leben als Krieger, wie Connor es führt, wäre nichts für mich. Also räume ich alle Hindernisse aus dem Weg und nehme den Platz an der Spitze des Clans ein, wo ich hingehöre.«

Er begann, in ihr Ohr zu summen.

Sie erreichten den Wehrgang, und Lyall schob Cate an die Brustwehr. Verzweiflung packte sie, als sie die Reiter kommen sah. Was konnte sie tun, wie könnte sie Connor warnen? Als er sein Schwert zog, erkannte sie, dass er sie entdeckt hatte.

»Recht so!«, rief Lyall hinunter. »Ich möchte, dass Ihr alle es meinem Cousin gleichtut und Eure Waffen zieht. Oh, und sie auf den Boden werft. Dann lasse ich euch ein.«

»Und warum sollte ich meine Waffen auf den Boden werfen, Lyall?« Connor hatte sein Schwert über seine Schenkel gelegt.

»Weil ich, was du vielleicht nicht sehen kannst, ein Messer an diesen reizenden Hals halte. Wenn du nicht tust, was ich dir sage, bleibt mir nichts anderes übrig, als ihn aufzuschlitzen und das Blut deiner jungen Ehefrau an der Mauer zu dir hinabrinnen zu lassen.«

Er kicherte, und Cate war überzeugt, dass er genau das

tun würde, denn sie spürte in diesem Moment, wie die Spitze seines Messers sich in ihr Fleisch drückte.

Fluchend warf Connor sein Schwert auf den Boden. Duncan und Robert taten es ihm nach.

»Und auch deine Kurzmesser, Cousin. Alle. Dann steigt ihr ab, und wir lassen euch herein.«

Er nahm das Messer weg und fuhr mit dem Daumen über die Stelle, wo die Spitze gesessen hatte. Es brannte, und daran erkannte Cate, dass ihre Haut verletzt war.

Als Lyall sie mit einer Hand beim Nacken packte, ihr mit der anderen das Messer in die Seite hielt und sie langsam die Treppe in den Hof hinunterführte, hörte Cate, wie das Tor geöffnet wurde. Lyall summte wieder.

Als sie im Hof ankamen, knieten Connor, Robert und Duncan, die Arme auf den Rücken gebunden, auf der Erde, und Lyalls Spießgesellen schlangen die Seile von den Händen um die Hälse der drei, machten die Männer damit bewegungsunfähig.

Etwas abseits standen Rosalyn und Malcolm, der ihren Oberarm umklammert hielt.

»Lyall!«, rief sie in scharfem Ton.

Ohne Cates Genick loszulassen, drehte er sich ihr zu.

»Der Mann tut mir weh. Es ist deine Pflicht, mich zu beschützen.«

Er lachte, erst leise, dann schallend.

»Nein, Tante, es ist nicht meine Pflicht. Ich halte nichts von diesem alten Aberglauben. Aber sei dankbar – du bist besser dran als die hier.«

Er schüttelte Cate wie eine Katze. Sie geriet ins Stolpern, doch Lyall dirigierte sie weiter auf Connor zu.

»Endlich habe ich mich aller abergläubischen Narren und Feiglinge entledigt«, schrie er. »Ich brauche die Götter nicht.«

Connors Augen waren dunkel vor Zorn, als er den Kopf hochwarf, und das Seil sich in seinen Hals grub. »Dein Vater wird nicht erfreut sein, wie du Rosalyn behandelst«, sagte er.

»Darüber mache ich mir keine Gedanken. Was für ein trauriger Tag für die Leute von Dun Ard.« Er schüttelte scheinbar betrübt den Kopf, doch dann erhellte sich seine Miene. »Jedenfalls wird er es noch, wenn sie von dem schrecklichen Unfall erfahren, dem mein Vater gestern auf dem Nachhauseritt von deiner Burg zum Opfer fiel.« Er lächelte böse. »Seltsam – der Unfall ähnelt dem, den er einst für deinen Bruder Kenneth arrangierte.« Wieder schüttelte er den Kopf. »Die arme Anabella. So jung und schon Witwe – und das auch noch ohne Kinder.« Er schnalzte mit der Zunge. »Ihre Stellung auf Dun Ard wird unsicher sein.«

»Und Blane?« Connors Stimme war so hart wie seine Augen. »Wir haben keine Spuren gefunden, die darauf hindeuteten, dass er mit meiner Schwester auf dem Weg zum MacPherson ist. Hatte auch er einen Unfall?«

»O nein. Meine Männer verstehen sich ausgezeichnet darauf, ihre Spuren zu verwischen. Ich bezahle sie deshalb besonders gut.« Lächelnd fuhr er mit der Spitze seines Messers am Träger von Cates Pyjamaoberteil entlang. »Was Blane angeht, so genießt er die Behaglichkeit deines Verlieses.«

»Das Verlies ist doch seit meines Vaters Zeiten geschlossen.«

»Ich habe es wieder geöffnet.« Er lachte schrill.

»Und was ist mit Mairi?« Connor klang jetzt ruhiger, der Krieger schien zu sprechen, nicht mehr der Mann und Bruder.

»Sie ist gesund und in Sicherheit, wartet auf Dun Ard, in ihr Gemach eingeschlossen, darauf, dass ihr Bräutigam sie abholt. Ich kann mir allerdings vorstellen, dass sie nicht allzu glücklich ist.« Er kicherte.

»Der König wird Euch hart bestrafen«, meldete Robert sich das erste Mal zu Wort und wurde damit belohnt, dass der Mann, der seine Fesseln hielt, seinen Kopf nach hinten riss.

»Oh, das glaube ich nicht. Ich glaube, er wird mich vielmehr belohnen, wenn er hört, dass ich gezwungen war, meinen eigenen Bruder zu töten, um Connors Tod zu rächen. Vielleicht wird auch Connor Blane töten, und ich kann *seinen* Tod rächen. Ich habe noch nicht entschieden, welche Variante mir besser gefällt. Auf jeden Fall werdet ihr alle zusammen im Verlies verrotten. Ich habe viel Zeit für meine Entscheidung.«

»Warum sollte dir jemand glauben, dass ich Blane etwas angetan hätte?«

»Alle wissen, dass du das Recht hast, um die Position des Laird zu kämpfen – und nachdem mein Vater tot ist, bietet es sich an.«

»Ich habe dir und allen anderen erklärt, dass ich keinen Wert darauf lege, Laird zu werden.«

»Ja, das hast du. Wieder und wieder. Es wäre viel einfacher für mich gewesen, wenn du ihn bekämpft hättest. Dann könnte ich euer aller Tod mit einer blutigen Auseinandersetzung erklären. Aber du hast es nicht getan, kamst mir ständig mit deiner verdammten Ehre in die Quere. Als ich dachte, du wärest endlich für immer fort und ich müsste mich nie mehr mit dir befassen, schlepptest du dieses Mädchen an und heiratetest es.«

Wieder schüttelte er Cate, dass sie nach Luft schnappte.

»Lass sie los!«, brüllte Connor und versuchte vergeblich, seine Fesseln zu sprengen.

»Nein, das werde ich nicht tun. Ich glaube, ihre Rolle in meinem Plan hat sich gerade geändert.« Er lächelte den noch immer gegen die Stricke ankämpfenden Connor strahlend an. »Ich glaube, sie wird, bevor der Tag vorüber ist, so willig zu mir kommen, wie deine Mutter zu meinem Vater gekommen ist.«

Connor starrte ihn hasserfüllt an. »Nein«, knurrte er. »Cate wird mich nicht verraten.«

»Nein, sie wird dich nicht verraten. Sie wird zu mir kommen, um dein Leben zu retten. Genauso wie deine Mutter zu meinem Vater ging, um dein Leben zu retten. Um dir Kenneths Schicksal zu ersparen. Um zu erreichen, dass du zu ihrer Familie nach England geschickt wurdest. In Sicherheit.«

Dicht an Cates Ohr fragte er: »Was wärest du willens zu tun, damit ich Connor verschone?«

Der Mann war eindeutig geistesgestört.

»Alles«, antwortete Cate. »Ich tue alles, wenn du ihn nur am Leben lässt.«

»Nein!«, schrie Connor, wie ein Wilder gegen seine Fesseln kämpfend. »Zwing sie nicht dazu, Lyall!« Und zu Cate sagte er flehend: »Das darfst du nicht, Cate!«

Lyall ließ sie lachend los, und sie lief zu Connor, sank vor ihm auf die Knie und nahm sein Gesicht in die Hände.

»Ich kann nicht zulassen, dass er dir etwas antut. Verstehst du das nicht? Ich liebe dich, Connor. Mehr als alles andere auf der Welt. Ich werde dich immer lieben. Auch wenn du meine Gefühle nie erwiderst – ich werde alles tun, um dich zu retten. Was immer auch nötig ist.«

Gequält aufstöhnend schloss Connor die Augen. Als er sie wieder öffnete, las Cate Leidenschaft darin – Leidenschaft für sie.

»Du irrst, kleine Caty«, flüsterte er. »Ich habe es nicht erkannt, aber jetzt, da es zu spät ist, weiß ich, dass ich dich bis zu meinem letzten Atemzug lieben werde. Ich bitte dich um meinetwillen, lass dir das nicht von ihm antun!« Sein Blick drückte das gleiche Flehen aus wie seine Stimme.

»Oh, Connor!« Sie wollte die Arme um ihn schlingen, doch Lyall riss sie zurück und schob sie grob zu dem Mann hinüber, der Rosalyn festhielt.

»Pass auf sie auf, bis ich fertig bin.« Er lachte gemein. »Ich beginne, den Reiz zu begreifen, einem Mann die Frau wegzunehmen.« Er ging zu Connor, holte mit dem Fuß aus und versetzte seinem Erzfeind einen Tritt ins Gesicht, dass dieser nach hinten fiel. »Das wollte ich schon lange tun. Ich habe oft gedacht, dass es mir bestimmt Spaß machen würde.« Wieder lachte er. »Und ich hatte recht.«

»Hör auf! Hör auf! Ich tue, was immer du willst, aber lass ihn in Ruhe.« Cate versuchte verzweifelt, sich Malcolms Griff zu entwinden.

»Nicht so ungeduldig, Mädchen. Dazu kommen wir noch früh genug.« Noch immer lachend, schlug Lyall Connor, den die Wächter wieder auf die Knie hochgezerrt hatten, so brutal mit dem Handrücken ins Gesicht, dass sein Cousin erneut das Gleichgewicht verlor.

Cate sank auf die Knie und beobachtete mit Tränen in den Augen, wie Lyall Connor weiter misshandelte. Nahm alles wie durch einen Schleier wahr. Durch einen grünschimmernden Schleier. Erst als Rosalyn ihren Namen rief, begriff sie, was geschah.

»Nein!«, flüsterte sie.

Die Zeit stand still. Alle verharrten regungslos, Connor, der mit einem Ausdruck der Erleichterung zu ihr herüberschaute, Lyall, der zu einem neuerlichen Schlag ausgeholt hatte …

Rosalyn war davon ausgenommen, stand vor der pulsierenden Lichtsphäre und sagte zu Cate: »Vergiss nicht, was ich dir gesagt habe. Je dunkler das Mal, umso stärker die Kraft.« Sie legte die Hand auf die grünschimmernde Kugel. »Meine Kraft hat dich hierhergeholt, deine Kraft wird dich hierher zurückbringen, wenn du dich dafür entscheidest.«

Rosalyn drehte sich um und zog den Ärmel ihres Nachtgewands so weit herunter, dass Cate das blasse Mal auf dem Schulterblatt sehen konnte.

Als sie die Augen zusammenkniff und den Kopf zur Seite neigte, erschien es ihr wie eine Blume.

Dann wurde es dunkel.

27

Als Cate die Augen aufschlug, lag sie zu Hause in ihrem Schlafzimmer auf dem Fußboden und ihre Hand in einer klebrigen Pfütze. Sie roch an ihren Fingern. Drambuie. Sie hatte zwei Monate in der Vergangenheit verbracht, und in der Gegenwart war nicht einmal der ausgelaufene Whisky getrocknet.

Sie rappelte sich auf und fragte sich, ob das alles vielleicht nur ein Traum gewesen war. Doch als sie in den Spiegel schaute, sah sie das Blut an ihrem Hals. Sie berührte die Stelle. Das Blut war noch nicht geronnen. Und an ihrem Finger steckte der schwere Goldreif.

»Connor ist real! Gott sei Dank, er ist real!« Schaudernd kämpfte sie gegen die aufsteigende Panik an. Sie musste ihn retten! Aber was konnte sie tun?

»Was auch immer nötig ist«, sagte sie laut und entschlossen. Das hatte sie versprochen. Und es war ihr ernst damit. Aber wie sollte sie es anstellen?

Im Bad lagen, noch nass und feucht, der Waschlappen und die Handtücher, die sie vor zwei Monaten benutzt hatte. Nein, gerade eben erst. Sie wusch sich das Blut ab, desinfizierte den Schnitt und klebte ein Pflaster darauf.

Wie konnte sie Connor retten? Die Zeit lief ihr davon.

Sie drehte dem Spiegel den Rücken zu und betrachtete

sich über die Schulter. Das Mal war das genaue Ebenbild von Rosalyns, nur viel dunkler.

Cate lächelte. Wie hatte sie das vergessen können? Es ging nicht um Zeit. Es ging um Liebe.

Sie hatte alle Zeit, die sie brauchte. Sie musste sich lediglich eine Strategie überlegen, sich Verstärkung besorgen und ein paar Feen lokalisieren. Kein Problem.

Sie lief ins Wohnzimmer, schnappte sich das Telefon und tippte eine Nummer ein. Zum ersten Mal würde Cate die rund um die Uhr arbeitende Research-Abteilung von Coryell Enterprises für ihre eigenen Zwecke einspannen.

»Peter Hale.«

Sie hatte Glück – er war ihr Lieblingsresearcher.

»Hier ist Cate. Ich habe einen dringenden Auftrag für Sie.«

»Miss Coryell. Wie dringend?«

»Superhyperduperdringend.«

»Verstanden. Na, dann mal los.«

»Es geht um Schottland. Sie müssen zwei Burgen für mich finden. Eine heißt Dun Ard, die andere Sithean Fardach.« Sie buchstabierte beide Namen. »Die Castles liegen nur wenige Meilen voneinander und etwa einen Tagesritt von der Hafenstadt Cromarty entfernt. Sie waren um das dreizehnte Jahrhundert herum bewohnt. Ich brauche Namen, Daten, Geschichte, das ganze Programm von 1270 aufwärts. Das reicht für den Anfang. Morgen früh komme ich ins Büro und bringe Ihnen noch ein paar Namen von damals, über die ich etwas wissen will.«

»Wow. Schottland im dreizehnten Jahrhundert. Das könnte schwierig werden.«

»Wenn Sie schnell sind und viel rauskriegen, sorge ich dafür, dass Sie einen Bonus bekommen.«

»Gebongt. Noch was?«

»Ja. Wenn Sie in derselben Gegend einen Platz auftreiben, um den sich Feenmärchen ranken, in denen Bäume vorkommen, die mit Stoffstreifen geschmückt sind, wird der Bonus Ihre Weihnachtsgratifikation wie ein Trinkgeld aussehen lassen.«

»Ich bin schon dran, Boss.« Er legte auf.

Cate tippte die nächste Nummer ein. Wie beim letzten Mal musste sie fünf Klingelzeichen lang warten, bis sie die verschlafene Stimme hörte.

»Ja? Was ist los?«

»Ich bin's.«

»Wie oft willst du mich heute Nacht wecken? Gibt es noch was, worüber du eigentlich nicht reden willst, oder bist du zur Vernunft gekommen und hast den Arsch endlich zum Teufel gejagt?«

»Es ist eine lange Geschichte. Ich lasse euch morgen früh Flugtickets ins Hotel bringen. Wir sehen uns in Schottland – ich hole euch am Flughafen ab.«

»Ein neuer Auftrag?« Plötzlich war er hellwach.

»Gewissermaßen. Sagen wir einfach, ich biete euch das Abenteuer eures Lebens, großer Bruder. Ich erkläre euch alles, wenn wir uns sehen.«

Cate legte auf und lachte. Sie kannte ihren Bruder. Als echter Abenteuerjunkie würde er heute Nacht kein Auge mehr zumachen.

Sie zog die Schublade des Telefontischchens auf. Ein Hershey's Nugget war alles, was sie darin fand. Sie wickelte den Mini-Schokoriegel hastig aus und steckte ihn heißhungrig in den Mund.

»O ja, Baby. EXTRA BITTER mit Mandeln.« Cate seufzte genießerisch. »Starbucks muss noch warten.«

Sie hatte gerade begonnen, die nächste Nummer einzugeben, als es klingelte. Das ungewohnte Geräusch erschreckte sie. Über sich selbst lachend, ging sie mit dem Telefon in der Hand zur Tür.

Richard sah ungeheuer elegant aus in seinem Smoking – und ungeheuer verärgert, als er mit seinem Handy auf sie deutete.

»Ich versuche, dich zu erreichen, seit ich zu Hause losgefahren bin, aber bei dir war ständig belegt. Wir kommen zu spät zu dem Dinner.« Er schien sie erst jetzt wirklich wahrzunehmen. »Du bist ja noch nicht einmal angezogen.« Er musterte sie eingehend. »Allerdings steht dir dieses Outfit gut. Ausgesprochen gut.« Sein Blick glitt beifällig an ihr abwärts und wieder aufwärts, bis er ihrem begegnete. »Ist das deine Art, dich für unser kleines Missverständnis heute Nachmittag zu entschuldigen?«

Er griff nach ihr.

Cate wich zurück und lachte spöttisch. »Träum weiter.« Sie hatte weder Zeit noch Lust, sich mit ihm auseinanderzusetzen. Also hob sie das Telefon und sagte: »Ich bin beschäftigt. Du wirst ohne mich zu dem Dinner gehen müssen.«

»Die Leute sind entscheidend für meine Karriere – das weißt du, Cate.«

»Worum es hier geht, ist mir wichtiger als deine Karriere. Wir reden morgen.«

Angewidert den Kopf schüttelnd, schlug sie ihm die Tür vor der Nase zu. Von ihr aus konnte er da draußen ruhig eine Szene machen – aber wie sie ihn kannte, würde er zu dem Dinner mit seinen »entscheidenden Leuten« eilen.

Morgen würde sie sich mit ihrer gemeinsamen Zukunft befassen, genauer gesagt damit, dass es die nicht geben würde. Richard würde nicht begeistert sein, dass sie ihm seinen Ring nicht sofort zurückgeben konnte.

Sie tippte erneut die Nummer ein. Es dauerte lange, bis er sich endlich meldete.

»Ja?«

»Daddy? Hier ist Cate. Wir müssen uns über Moms Familie unterhalten.« Pause. »O ja, man könnte durchaus sagen, dass etwas Ungewöhnliches passiert ist.«

Lächelnd kuschelte sie sich zu einem ausführlichen, informativen und lange überfälligen Gespräch in ihre Sofakissen.

Auf dem Flughafen von Inverness war die Hölle los gewesen und das Mädchen von der Autovermietung ein Ausbund an Unfähigkeit, aber das Schlimmste für Cate war der Skeptizismus ihrer Brüder. Obwohl ihr Vater ihnen auf dem Flug von Madrid ausführlich geschildert hatte, worum es ging, taten sie sich noch immer schwer, die Geschichte zu glauben.

Selbst jetzt, während sie mit dem kleinen Van in halsbrecherischem Tempo auf der falschen Straßenseite dahinrasten, ertappte sie immer wieder einen ihrer Brüder dabei, sie anzustarren, als müsste man sie einweisen. Und nach der längsten Woche ihres Lebens war sie nicht einmal mehr sicher, dass sie damit falschlagen. Sobald sie die Koordinaten erreichten, die Peter ihr als mögliches Feental angegeben hatte, würde sie wissen, ob sie ein Fall für den Psychiater war oder nicht.

Die vergangenen Tage hatten sie mit der Erkundung ihrer Location verbracht. Dun Ard Castle existierte noch, allerdings als Luxushotel und Jagdschloss.

Beim Anblick der Überreste von Sithean Fardach kamen Cate die Tränen. Statt des stolzen Castles war da nur noch ein eingezäunter Haufen Steine. Schilder verboten das Betreten des Geländes, aber das machte nichts, denn selbst, wenn sie zum Eingang des Verlieses hätte gelangen können, wäre sie nicht so mutig gewesen, es nach Knochen abzusuchen.

Als ihr Vater von der Straße abbog und den Wagen parkte, atmete Cate tief durch, um einen klaren Kopf zu bekommen. Von hier aus müssten sie die letzten zwei Meilen zu Fuß gehen. Sie stieg aus und wischte sich die vor Nervosität feuchten Hände an ihrer Jeans ab. Dabei rutschte der Goldreif an ihrer linken Hand auf und ab, erinnerte sie unnötigerweise daran, was auf dem Spiel stand.

Schweigend wanderten sie durch den immer dichter werdenden Wald, bis sich auf einmal eine Lichtung vor ihnen auftat.

Peter hatte sich seinen Bonus verdient.

Das Tal hatte sich kaum verändert. Das Wasser des Bachs stürzte noch immer über die Felswand in einen Kolk klaren Wassers – aber fast alle Bäume, die das Strudelloch umstanden, waren mit Stoffstreifen behängt, deren jeder einen Traum repräsentierte.

»Okay, Jungs. Hier sind wir richtig. Sorgt dafür, dass niemand anderer auf die Lichtung kommt. Ich möchte nicht in einer schottischen Klapsmühle landen, weil jemand mich dabei erwischt hat, wie ich mit unsichtbaren Feen rede.«

Sie grinste ihre Brüder an und verdrehte die Augen, als Jesses Blick ihr vermittelte, dass sie vielleicht einen Kurzaufenthalt in einer solchen Institution in Betracht ziehen sollte, wenn das hier vorbei wäre. Ihr Vater umarmte sie und gesellte sich dann zu seinen Söhnen. Mit dem Rücken zum Wasser sicherten sie in strategischem Abstand voneinander den Waldrand.

Cate trat an den Kolk, atmete tief ein und langsam aus. Der Augenblick der Wahrheit war gekommen.

»Hey, Feen. Erinnert ihr euch an mich? Ich bin's – Caitlyn Rose MacKiernan.« Wenn das hier nicht funkionierte, würde sie auf ewig die Spötteleien ihrer Brüder ertragen müssen. Und siebenhundertdreißig-und-noch-was Jahre früher würde ihre wahre Liebe sterben.

Sie zog ihr T-Shirt hoch und wandte dem Wasser den Rücken zu. »Seht ihr das? Ich bin gekommen, um mich der Familie formell vorzustellen.«

Nach ein paar Sekunden begannen sie Schauer zu überlaufen, und dann fühlte es sich an, als zeichne ein Finger den Umriss ihres Muttermals nach. Sie drehte sich um und sah das schimmernde Bild einer Frau vor sich, in deren langen, blonden Haaren ein für Cate nicht spürbarer Wind spielte.

»Hi.« Nicht unbedingt eine passende Begrüßung, aber die einzige, die Cate auf die Schnelle einfiel.

»Willkommen, Tochter des Tals.« Cate hörte die Stimme

nur in ihrem Kopf, aber klar und deutlich. »Wie darf ich dir helfen? Möchtest du unsere Kraft für eine Aufgabe leihen?«

»Ja und nein.«

Cate hatte nicht erwartet, dass eine Fee überrascht dreinschauen konnte, aber diese tat es.

»Ich muss mir zwar Kraft leihen, aber nicht von euch«, erklärte Cate ihr. »Es gibt so vieles, was ich nicht weiß, und ich bin hier, um den Ursprung der Macht kennenzulernen ... meinen Großvater Pol.« Wenn man zwanzig oder dreißig Generationen übersprang, *war* er so was wie ihr Großvater.

»Das ist unmöglich. Er erscheint nie.«

Wieder drehte Cate sich um und zog ihr T-Shirt hoch. Sie deutete auf ihr Mal. »Seht Ihr das? Ich habe zwei andere gesehen, aber keines davon war so dunkel wie meines. Soviel ich weiß, war sogar das meiner Mutter blasser. Man hat mir erklärt, je dunkler das Mal ist, umso direkter ist die Abstammung.« Als sie sich wieder dem Wasser zuwandte, sah sie eine offensichtlich erregte Fee vor sich. »Ich muss mit meinem Großvater sprechen. Ich brauche seine Hilfe, sonst stirbt der Mann, den ich liebe.«

Das Wasser in der Mitte des Strudellochs begann zu schäumen. Die Fee entschwand schimmernd mit einem nervösen Blick über die Schulter. Und auf einmal ging ein grüner Schein von dem Wasser aus, und eine männliche Gestalt kam zu Cate geschwebt.

Der Mann war groß, hatte die schlanke Figur eines Leichtathleten. Hellblonde Locken fielen bis auf die Schultern herab, umrahmten ein Gesicht, in dem smaragdgrüne Augen leuchteten. Augen, die Cate kannte. Augen, die sie täglich im Spiegel sah.

»Ihr seid mein Vorfahr, Pol?«

»Ich bin Pol.« Er neigte den Kopf leicht zur Seite und musterte Cate fragend. »In all diesen vielen Jahren hat keine meiner Töchter um mein Erscheinen gebeten.«

»Vielleicht war keine so verzweifelt, wie ich es bin. Ich bitte dich um deinen Rat. Der Mann, den ich liebe, wird sterben, wenn ich nicht zu ihm gelangen kann.«

Pol hob die Hand, und eine sanfte Brise ließ Cates Haare um ihre Schultern wehen. Er blickte Cate eindringlich in die Augen.

»Wie sehr liebst du diesen Mann?«

»Mehr als alles andere.«

»Genug, um für ihn zu sterben?«

Alle Geräusche um sie herum erstarben, als halte die Natur in Erwartung von Cates Antwort den Atem an.

»Mit meinem Tod wäre ihm nicht gedient, Großvater. Wenn ich stürbe, könnte ich ihn nicht retten. Ich liebe ihn genug, um für ihn zu *leben*.«

Schweigend schaute er sie an, und sie spürte, dass sein Blick bis in ihre Seele drang. Dann lachte er, und es war wie eine Melodie, die das Wunder und die Heiterkeit des Lebens einfing. Cate fühlte sich wie in eine weiche, warme Decke gehüllt.

»Es fließt in der Tat mehr Blut von mir in dir als in all meinen anderen in all den vielen Jahrhunderten geborenen Töchtern. Ich leihe dir meine Kraft. Nutze sie, um deine wahre Liebe zu retten.«

Ein Kribbeln durchlief sie von den Haar- bis in die Zehenspitzen. »Das ist alles?«

Pol lächelte. »Das ist alles.«

»Nein, das ist es nicht. Ich will wissen, warum.«

»Warum was, Tochter?«

»Wenn Ihr mit Eurem Segen dafür sorgen wolltet, dass Eure Töchter ihre wahre Liebe finden und behalten, warum wurde meine mir dann genommen?« Diese Frage quälte sie schon so lange.

»Der Schlüssel dazu liegt in den Worten *wahre Liebe*. Viele sagen leichtfertig, dass sie jemanden lieben, ohne es zu meinen. Ich habe in deinem Herzen gesehen, dass du diese Worte auch schon einmal zu jemandem gesagt hast.«

Cate nickte. Sie hatte sie zu Richard gesagt.

»Aber wenn es einem ernst ist, gibt einem die Liebe die Kraft, Dinge zu tun, die man nicht zu können glaubt. Damit mein Segen wirkt, ist dieser Beweis nötig. Du bist ängstlich, hältst dich für machtlos, unfähig, dein Leben in die Hand zu nehmen, doch um deine Liebe zu beweisen, musst du mutig sein, über dich hinauswachsen.«

Pol schwebte davon, wurde durchsichtig.

»Wartet. Ich habe noch andere Fragen, die Ihr beantworten müsst.«

»Was für Fragen könnten das sein?«

Sie fasste es nicht. »Wie komme ich in die Vergangenheit? Ich habe den Anhänger nicht. Ich kenne keinen Zauberspruch. Wie kann ich Connor retten? Was soll ich tun? Wie erreiche ich es, dass ich nicht schlafend ankomme wie bei meinen letzten beiden Zeitreisen?«

Wieder erklang das melodische Lachen, wärmte sie durch und durch.

»Du brauchst keinen Anhänger und keine Zaubersprüche. Du besitzt die Kraft der Feen, die Kraft meiner Töchter, meine Kraft. Es war Feenzauber, der dich das erste Mal durch die Zeit reisen ließ, nicht der Anhänger. Er war nur das Gefäß, das den Zauber enthielt. Jetzt bist *du* im Besitz des Zaubers. Wenn du bei deiner Ankunft nicht schlafen willst, dann tu es nicht. Und was die Rettung deines Geliebten angeht, so weißt du bereits, was zu tun ist. Du hast diese Männer mitgebracht, die erfahren sind in der Rettung von Menschen.«

Pol bewegte sich auf die Mitte des Strudellochs zu. »Was du tun sollst? Das, was du selbst gesagt hast, Tochter – du tust, was auch immer nötig ist. Und merke dir: Du kannst den Lauf der Geschichte nicht verändern, nur die Umstände.«

Er schimmerte über dem schäumenden Wasser und löste sich auf. Das Wasser beruhigte sich.

»Nie bekommt man eine präzise Antwort«, murmelte Cate. »Ich hätte nicht gedacht, dass Feen so schwierige Geschöpfe sind.« Sie glaubte, irgendwo über sich ein leises Lachen zu hören.

»Sollen wir den ganzen Tag hier rumstehen, während du Selbstgespräche führst?«, fragte Jesse, der immer noch mit dem Rücken zu ihr stand.

»Hast du ihn denn nicht gehört?«

Ihr Bruder drehte sich herum. »Wen? Ich habe nur dich gehört, Tinkerbell.«

Cody, der sich ihr ebenfalls zugewandt hatte, kicherte hinter vorgehaltener Hand. »Tinkerbell – das ist gut, Mann.«

»Blödmänner.« Cate schüttelte den Kopf. »Gehen wir.«

Clint Coryell schaute sie fragend an. »Hast du bekommen, was du wolltest?«

Sie konnte sich immer darauf verlassen, dass ihr Dad seine Söhne zum Wesentlichen zurückführte.

Sie machten sich auf den Weg zu dem geliehenen Van.

»Wir gehen vor wie geplant …«, begann Cate.

»Es passt mir noch immer nicht, dass du mitgehen willst«, fiel Jesse ihr ins Wort. »Wir haben Erfahrung in der Befreiung von Geiseln. Du hast so was noch nie gemacht. Kannst du nicht einfach mit der Nase wackeln oder so und uns drei allein da hinschicken?«

Cody und Cass murmelten zustimmend.

Ein Fortschritt. Jetzt stellten sie nicht mehr ihren Verstand in Frage, sondern nur noch ihre Kompetenz.

»Nein. Das haben wir doch x-mal durchgekaut. Mit Nasewackeln ist es nicht getan. Ich habe ein paar Dinge aus der Gegenwart dortgelassen, und mich an denen zu orientieren ist die einzige Möglichkeit, in die Vergangenheit zurückzukommen. Glaube ich zumindest.«

»Außerdem ist diese Sache doch etwas völlig Neues für euch, Jungs«, warf Clint ein. »Cate hat zumindest eine gewisse Erfahrung auf diesem Gebiet.«

»Genau. Um Cody und Cass ans Ziel zu bringen, werde ich meinen Glücksstein benutzen. Ich bin sicher, dass Mairi ihn noch trägt. Wenn ihr bei eurem Eintreffen eine hochgewachsene Blondine mit meinem Ring an der Zehe vorfindet, dann seid ihr richtig.«

Die beiden wechselten einen Blick.

»Ihr könnt euch darauf verlassen«, versicherte sie ihnen. »Erklärt ihr, wer ihr seid, und befreit sie. Die Wachen dürften kein Problem für euch sein.« Sie wandte sich Jesse zu. »Bei Connor wird es nicht so einfach. Wir müssen das Verlies finden, und es sind noch andere mit ihm da unten. Für uns werde ich Richards Verlobungsring anpeilen.«

Jesse prustete. »Wenn der Arsch wüsste, dass sein Ring deinen Ehemann rettet!« Er grinste. »Ich würde es ihm für mein Leben gern hinreiben.«

Cate lächelte. »Du hast recht – er wäre sicher nicht begeistert. Der Ring müsste noch in dem Sporran sein. Ich glaube nicht, dass Connor ihn dabeihatte, als er Mairi suchen ritt. Er kann in unserem Schlafzimmer sein, aber auch überall sonst. Je nachdem, wo er ist, müsstest du von dort den Weg zum Verlies finden. Du siehst – ohne mich geht es nicht.«

»Ich bin bisher gut damit gefahren, mich nach Lageplänen zu orientieren«, protestierte Jesse. »Und ich habe noch nie einen Klienten mitgenommen.«

»Du bekommst diesmal keinen Lageplan, und ich bin kein Klient. Ende der Diskussion.«

»Gott, ich hasse es, wenn sie auf stur schaltet«, murmelte er und schüttelte den ganzen Weg bis zum Auto immer wieder den Kopf.

Cate ging vor dem Steinhaufen, der einmal Sithean Fardach gewesen war, nervös auf und ab.

»Du hättest dich als Lara Croft kostümieren sollen«, meinte Jesse. Er lag, den Kopf auf seinen Rucksack gebettet, im Gras.

»Ich merk's mir fürs nächste Mal. Für heute tut es dieses Outfit auch.« Sie trug Jeans und einen steifen, kratzigen Rollkragenpullover. Ihre einzige Konzession an die Vergangenheit war ein dünner Zopf an der Seite, den sie hinters

Ohr geklemmt hatte. Wie Connor. »Ich brauche keine Lederkluft für diese Mission.«

»Also ich sehe gut aus in Leder. Außerdem ist es weich und dehnbar, gibt mir die Möglichkeit zur Beinarbeit, wenn nötig.« Er grinste sie an. »Ich sollte dafür bezahlt werden, dass ich Werbung für sie mache.«

Cate verdrehte die Augen. »Wie spät?«

»Gib Ruhe. Ich habe dir gesagt, dass ich es dich wissen lasse, wenn die Uhr null neunhundert anzeigt. Entspann dich. Erinnerst du dich an das, was ich dir gezeigt habe?«

»Ich kann mich nicht entspannen. Und ja, ich glaube, ich erinnere mich. Wir werden es feststellen, falls ich es brauche.«

»Ich rate es dir. Achte auf mich. Wirst du klarkommen?«

»Ja. Es ist nur so wichtig. *Er* ist so wichtig. Ich will nicht, dass etwas schiefgeht.«

»Mach dir keine Sorgen. Ich werde nicht zulassen, dass etwas schiefgeht. Ich weiß, was er dir bedeutet. Hey – ich freue mich, ihn kennenzulernen. Er muss was ganz Besonderes sein.«

»Ja, das ist er.« Es musste einfach klappen.

Jesse schaute auf seine Uhr. »Okay, kleine Schwester. Es ist so weit.«

Cate machte ihren Kopf frei und schloss die Augen.

»Mit der Kraft der Feen schicke ich zwei Männer auf die Suche nach meinem Ring und der Frau, die ihn trägt. Danach sollen sie sofort zurückkehren. Oh, und sie sollen wach ankommen.«

»Nicht sehr poetisch«, bemerkte Jesse. »Meinst du, es hat funktioniert?«

»Ja. Ich habe sie gesehen. Es ist verblüffend.«

Cody und Cass waren völlig verdattert gewesen, als die Lichtsphäre sich um sie schloss.

Jesse stand auf und schulterte seinen Rucksack.

»Auf zum Tanz.« Grinsend nahm er sie bei der Hand.

Wieder schloss Cate die Augen. »Mit der Kraft der Feen reisen wir zu Richards Ring, und wir werden wach dort ankommen. Jetzt.«

Sie hatte kaum zu Ende gesprochen, als die Lichtsphäre sie umhüllte. Der Ausdruck auf Jesses Gesicht war Gold wert. Diesmal erloschen die Lichter nicht, sondern boten eine Las-Vegas-würdige Show.

28

Als die Lichter zu blitzen aufhörten, war es dunkel. Und es roch nach Pferden. Ausgerechnet. Cate stöhnte auf.

Als ihre Augen sich an das hereinfallende Mondlicht gewöhnt hatten, erkannte sie, dass sie im Stall gelandet waren – und sie sah Connors Sporran an einem Nagel hängen. Sie kramte nach dem Ring, fand ihn und steckte ihn ein.

»Okay?«, flüsterte Jesse kaum hörbar.

Auf ihr Nicken hin zog er sie lautlos zum Ausgang. »Nicht vergessen – du bleibst hinter mir!«

Als sie die Tür fast erreicht hatten, wurde sie aufgestoßen – von einem der Männer, die für Lyall arbeiteten. In einer einzigen Bewegung stieß Jesse Cate zur Seite und brachte ihn mit einem Kung-Fu-Trick zu Fall. Im nächsten Moment beugte er sich über den Mann, und dann herrschte Stille. Jesse atmete nicht einmal schwer.

»Gib mir den Strick«, flüsterte er.

»Ist er … ich meine … hast du …« Sie konnte sich nicht überwinden, es auszusprechen, wusste nicht, ob sie wirklich wissen wollte, was sie ihren Bruder da gerade hatte tun sehen.

»Ihn umgebracht? Benutz dein Hirn, Schwester«, zischte er. »Würde ich dich um den Strick bitten, wenn er tot wäre? Jetzt gib schon her.«

»Du willst ihn gefesselt hier liegen lassen?«

»Hör zu, Caty. Ich will mich nicht noch einmal mit dem Kerl befassen, und ich darf ihn nicht töten. Wenn ich das richtig sehe, würde ich damit die Zukunft verändern, und vielleicht würde dann jemand Wichtiges wie, sagen wir, der Präsident, nicht mehr existieren.« Er schüttelte den Kopf. »Dad hatte recht – das hier ist wirklich ›etwas völlig Neues‹.«

Sie spähten nach draußen. Am Fuß und am Kopf der Treppe zum Wohnturm standen je zwei Wachen.

Jesse deutete auf eine niedrige Mauer. »Was ist dahinter?«

»Der Küchengarten. Und ein Hintereingang zum Castle – durch die Küche.« Cate grinste. »Lernst du meine Begleitung langsam schätzen?«

Ihr Bruder verdrehte die Augen. »Wir gehen da rüber. Bleib hinter mir und duck dich.«

Im Schatten der Ringmauer schlichen sie zur Gartenmauer. Am Ziel angelangt, kletterte Jesse hinauf und ließ ein Seil herunter, das er aus seinem Rucksack geholt hatte. Cate lächelte, als sie sah, dass er sogar eine Schlaufe geknüpft hatte, in die sie ihren Fuß stellen konnte, während er sie hochzog.

Aus der Küche dringende Geräusche ließen sie beide erschrocken innehalten, doch als sie die Tür einen Spaltbreit öffneten, sahen sie, das Margaret und Janet mit der Zubereitung einer Mahlzeit für die Schurken beschäftigt waren, die sie gefangen hielten. Es waren keine Wachen in der Küche.

»Margaret!«, flüsterte Cate, um ihre Aufmerksamkeit zu erregen und machte die Tür weiter auf.

Die Frau drehte sich um und ließ vor Überraschung den Kochlöffel fallen. Dann kam sie angelaufen und schloss Cate in die Arme.

»Wie seid Ihr den schrecklichen Männern entkommen? Was tut Ihr hier? Und wie seht Ihr bloß aus?«

»Wir wollen Connor und die anderen befreien.«

Margaret schnappte erschrocken nach Luft, als Jesse hereinkam, und Cate nahm ihre Hand.

»Keine Angst. Das ist mein Bruder Jesse. Er ist mitgekommen, um mir zu helfen. Wo sind die Wachen? Werden sie uns sehen können, wenn wir zur Kellertür gehen?«

»Ja, das würden sie. Aber ihr könnt einen anderen Weg nehmen. Man gelangt auch von der Backstube aus in den Keller.« Margaret kamen die Tränen, und sie trocknete ihre Wangen mit der Schürze. »Sie waren sehr grob zu den Männern, bevor sie sie nach unten brachten. Ich glaube nicht, dass im Keller Wachen sind. Wozu auch?« Wieder liefen ihr Tränen über das Gesicht. »Mein armer Niall ist auch dort. Und Ewan muss sie in der Großen Halle bedienen. Die meisten Wachen sind in der Großen Halle, essen oder schlafen und trinken alles, was sie finden können. Ein paar sind draußen.« Wieder musste die Schürze herhalten. »Die arme Rosalyn haben sie in der Großen Halle an einen Stuhl gebunden. Sie muss alles mit ansehen und sich ihre Beleidigungen gefallen lassen. Der schreckliche Lyall hat das befohlen.«

»Ist das nicht der Kerl, der seine Visitenkarte an deinem Hals hinterlassen hat?« Jesses Augen glitzerten gefährlich. »Mit dem würde ich mich gerne unterhalten, bevor wir gehen.« Er lächelte böse. »Wo finde ich ihn?«

»Lyall ist in Eurem Schlafgemach, Milady.«

Jesse schaute zu Cate, und sie nickte. »Ich führe dich hin. Nachdem wir meinen Ehemann befreit haben.« Sie lächelte. Es fühlte sich so gut an, das zu sagen – mein Ehemann. »Macht Euch keine Sorgen, Margaret, wir werden alle befreien. Ich verspreche es.« Sie tätschelte die Hand der Frau.

Dann eilte sie mit Jesse durch die heiße Backstube zur Kellertür und die Treppe hinunter.

»Die Lady hatte recht – keine Wachen. Wo ist der Eingang zum Verlies?« Jesse holte Streichhölzer aus seinem Rucksack, zündete die Fackel in der Wandhalterung an und machte seine Stablampe aus.

»Irgendwo hier unten.«

»Ohne mich geht es nicht!«, äffte er sie nach.

Unter anderen Umständen hätte sie darüber gelacht, aber jetzt hatte sie keine Nerven für seine Spöttelei.

Ein leises Stöhnen drang zu ihnen. Das musste aus dem Verlies kommen.

»Wir müssen ein Loch im Boden finden.«

Sie durchforschten den weitläufigen Raum, bis sie wieder ein Stöhnen hörten. Es kam aus einem Gitter im Fußboden ganz in ihrer Nähe.

Cate kniete sich hin und versuchte, in der stockdunklen Grube etwas zu erkennen, gab jedoch schnell auf. »Connor? Bist du da unten?«

»Cate?« Unglauben und Hoffnung. »Was machst du hier?«

Sie packte Jesse beim Arm und flüsterte aufgeregt: »Das ist er. Wir müssen ihn da rausholen. Tu was!«

Jesse sah sich um, und griff nach seinem Rucksack, als er weder ein Seil noch eine Leiter entdeckte. »Wie wollen die Kerle euch da wieder rausholen?«

»Gar nicht«, antwortete Connor. »Wir sollen hier verrotten. Wer ist da bei dir, Caty?«

»Mein Bruder, Jesse. Wer ist noch da unten?«

»Duncan, Robert, Niall und Blane. Duncan geht es nicht gut. Ich glaube, sie haben ihm eine Rippe gebrochen.«

»Erzähl deiner Lady doch nicht solche Geschichten, Jungchen. Mir fehlt nichts. Aber wenn ich einen Tropfen von dem guten Ale haben könnte, wenn ich nach oben komme, wüsste ich das sehr zu schätzen.«

Cate musste lächeln. Das war der Duncan, wie sie ihn kannte. Allzu schlimm konnte es ihn also nicht erwischt haben.

Mit Hilfe von Jesses Seil holten sie einen Mann nach dem anderen aus dem Loch. Blane war der zweite. Als er noch einmal begann, sich zu entschuldigen, hob Cate die Hand.

»Lass es gut sein. Ich schulde dir ebenso eine Entschuldigung – dafür, dass ich dich völlig falsch beurteilte. Wir sind quitt.«

»Connor und ich hatten da unten eine ähnliche Unterhaltung. Ich hatte gehofft, Lyall an der Ausführung seines Plans hindern zu können. Ich tat, was ich konnte, aber es war nicht genug. Das ist eine Bürde, mit der ich werde leben müssen. Ich danke dir für dein Verständnis.«

Als schließlich Connor heraufkam – seinem Verantwortungsgefühl und seiner Ehre entsprechend, ließ er allen anderen den Vortritt, was Cate nicht anders erwartete –, fiel Cate ihm um den Hals.

Er drückte sie an sich, schalt jedoch gleichzeitig: »Du hättest nicht zurückkommen dürfen. Es ist gefährlich für dich, hier zu sein.« Er warf Jesse einen vorwurfsvollen Blick zu. »Ich hätte erwartet, dass dir als ihrem Bruder an ihrer Sicherheit gelegen wäre.«

Jesse schnaubte. »Du bist ihr Ehemann – du solltest wissen, wie stur sie ist. Glaubst du, du hättest sie aufhalten können?«

»Natürlich!« Er senkte den Kopf und grinste verlegen. »Nun, ich hätte es zumindest versucht.«

Ohne Cate loszulassen, streckte er Jesse die Hand hin. »Ich freue mich, dich in der Familie zu haben.« Die Braue hochziehend, blickte er sich um. »Du hast nicht zufällig Waffen mitgebracht, oder?«

»O doch, das habe ich.« Jesse ging vor seinem Rucksack in die Hocke und holte eine dicke Stoffrolle heraus, knotete die Bänder auf und breitete das Behältnis auf dem Boden aus. In der Messertasche steckten Klingen verschiedener Formen und Größen.

»Sind Messer euch genehm, Jungs?«

Lachend beugte Robert sich darüber. »Ich fange an, deine Verwandten zu lieben, MacKiernan.« Er zog eines der Messer heraus und pfiff anerkennend. »So eines habe ich noch nie gesehen.« Seine Zähne schimmerten im Fackelschein. »Kann ich auch mehr als eins haben?«

»Tut euch keinen Zwang an und nehmt, was ihr braucht, Jungs. Und dann schickt die Typen zur Hölle.«

Jesse stand auf und informierte die Männer über die Position der Wachen und Geiseln. Als er erwähnte, dass Rosalyn sich in der Großen Halle befand, stieß Duncan ein

Knurren aus, bückte sich stöhnend, steckte sich ein zweites Messer ein und richtete sich stöhnend wieder auf.

»Lass mich mal die Rippen ansehen.«

Nachdem Jesse Duncans Brustkorb inspiziert hatte, legte er ihm eine elastische Binde an.

»Was ist denn das für ein Heilmittel?«, fragte Duncan misstrauisch.

»Überhaupt keines – aber der Verband verringert die Schmerzen. Eigentlich wäre Bettruhe das Richtige, aber daran ist im Moment wohl nicht zu denken.«

»Hältst du es für klug, im Schottland des dreizehnten Jahrhunderts eine elastische Binde zurückzulassen?« Nicht auszudenken, was ein Archäologe des einundzwanzigsten Jahrhunderts sich aus dem Fund zusammenreimen würde!

»Keine Angst – bei der Luftfeuchtigkeit hier verrottet die in Rekordzeit. Außerdem weiß ich aus Erfahrung, wie höllisch Rippenverletzungen schmerzen – da muss ich doch was tun.«

Nachdem sich alle bewaffnet hatten, ging Robert voran Richtung Große Halle. Connor blieb stehen, hielt Cate zurück.

»Du gehst in die Küche zu Margaret«, sagte Connor zu ihr. »Ich will nicht, dass du noch einmal in Gefahr gerätst.«

»Meinst du nicht, ich wäre besser dran, wenn du und Jesse mich beschützt?«

»Nein. Meiner Meinung nach wärest du besser dran, wenn du in deiner Zeit geblieben wärest, aber da du dazu nicht bereit warst, muss ich jetzt für deinen Schutz sorgen. Du gehst durch die Backstube in die Küche und wartest dort, bis ich dich hole. Ich dulde keinen Widerspruch.« Er blinzelte ihr zu, drehte sie um und gab ihr einen Klaps. »Geh. Es wird nicht lange dauern.«

Gehorsam ging Cate Richtung Küche, überlegte aber, wie sie in die Große Halle kommen könnte.

Cate wollte die Tür zur Großen Halle bloß einen Spalt breit öffnen, doch wie sich herausstellte, war sie nur angelehnt und flog auf. Cate geriet ins Stolpern und fiel auf die Knie. Als sie den Kopf hob, blickte sie geradewegs in zwei glitzernde, braune Augen. Wilde Augen. Lyalls Augen.

»Das ist ja reizend. Willkommen, kleine Cate.« Mit einem irren Grinsen packte er sie am Arm und zog sie auf die Füße. »Ich wollte dich schon suchen gehen – das hast du mir jetzt erspart.«

Damit war Cates Problem, in die Große Halle zu kommen, gelöst – jetzt hatte sie das Problem, wieder hinauszukommen.

Vor der Tür vom Keller zum Korridor vor der Großen Halle hielt Jesse Connor zurück. »Bevor wir da rausgehen, muss ich dir was sagen. Ich werde natürlich tun, was ich kann, um euch zu helfen, aber meine Möglichkeiten sind begrenzt. Ihr könnt töten, wen ihr wollt, weil ihr es in eurer Zeit tut – aber wenn ich einen zur Hölle schicke, kann das unabsehbare Folgen für die Zukunft haben.«

»Ich verstehe, worauf du hinauswillst.« Connor wollte weiter.

Jesse hielt ihn fest. »Das glaube ich nicht. Ich will den Mistkerl, der meiner Schwester die Kehle aufschlitzen wollte. Ich darf ihn nicht umbringen, aber ich darf ihn außer

Gefecht setzen. Ich will nur sicher sein, dass du dann zur Stelle bist, um ihm den Garaus zu machen.«

Connor grinste. »Keine Sorge, Jesse – er wird die Burg nicht lebend verlassen. Ich habe ihn im Geist zum Tode verurteilt, als ich meine Caty oben auf dem Wehrgang in seiner Gewalt sah.«

»Ich kann nur sagen, ich freue mich ebenfalls, dich in meiner Familie zu haben.« Jesse schlug ihm auf die Schulter. »Soviel ich hörte, hält unser Freund sich in eurem Schlafzimmer auf.«

»Dann lass ihn uns aufsuchen.« Connor lächelte voller Vorfreude.

In diesem Moment öffnete Robert die Tür, und die Hölle brach los.

Connor blieb nur ein Moment, um zu bewundern, wie viel Schaden sein Schwager mit seinen Füßen anrichten konnte, denn eine der Wachen stürzte sich auf ihn. Er erledigte den Angreifer, nahm ihm das Schwert aus der toten Hand und benutzte es, um seinen nächsten Angreifer aus dem Weg zu räumen.

»Connor!«, schrie Jesse. »Wohin?«

Connor deutete in die entsprechende Richtung und rannte los.

Robert machte gerade kurzen Prozess mit einer weiteren Wache und legte dann grinsend den Riegel vor den Haupteingang, um potenzielle Angreifer auszusperren.

Duncan vergewisserte sich, dass der Schurke neben Rosalyn nicht mehr gefährlich werden konnte, und bückte sich dann, um die Stricke um ihre Hände zu zerschneiden.

Connor wollte die Turmtreppe hinauflaufen, hinter Jesse

her, der ihm drei Stufen voraus war, doch die Worte, die in diesem Augenblick an ihr Ohr drangen, ließen beide wie angewurzelt stehen bleiben.

»Aber Connor, du willst das gesellige Beisammensein doch nicht etwa verlassen, nachdem deine reizende Lady uns wieder mit ihrer Anwesenheit beehrt.«

Lyall. Angst kroch in Connor hoch. Er begegnete Jesses Blick und las darin das gleiche Gefühl.

Jesse kam zu ihm herunter, und gemeinsam gingen sie in die Große Halle. Tote lagen auf dem Boden und hingen über den Tischen. Robert bewegte sich unauffällig von der Tür weg in Position. Connor und Jesse taten es ihm gleich, bis sie, einen Halbkreis bildend, nur noch ein paar Meter von Lyall entfernt waren.

Der hielt, von drei Wachen flankiert, Cate als menschlichen Schild vor sich und drückte ihr wieder ein Messer an die Kehle. Cate fixierte ihren Bruder.

Die Angst wich, an ihre Stelle trat die für den Kampf entscheidende Entschlossenheit.

»Lass sie los, Lyall. Ich töte dich.«

»Das glaube ich nicht.« Lyall grinste irre. »Ich habe meine Pläne noch mal geändert. Ich werde dich töten – indem ich sie töte.« Er setzte zu dem todbringenden Schnitt an.

Jesse rannte auf ihn zu und brüllte: »Jetzt!«

Cate warf sich nach vorne, in das Messer, und rammte ihren Kopf dann mit aller Kraft Lyall ins Gesicht, als der gerade den Schnitt vollendete. Blut spritzte, und Cate sank zu Boden.

In seiner rasenden Wut und Verzweiflung konnte Connor nicht klar sehen, hatte nichts anderes im Sinn, als zu seiner Caty zu gelangen und zu dem Mann, der sie ermordet hatte. Die Geschehnisse um ihn herum nahm er nur wie durch einen roten Nebel und in stark verlangsamtem Tempo wahr. Sein Blick war auf den reglosen Körper seiner Liebsten geheftet.

Robert stellte sich der Wache in den Weg, die das Schwert auf Connors Herz richtete. Aber wozu? Connors Herz lag blutend vor Lyalls Füßen auf dem Boden.

Jesse kam angeflogen und stieß mit den Füßen einen Mann zu Boden, der ausgeholt hatte, um Connor den Kopf abzuschlagen.

Duncan schlug der dritten Wache den Kopf vom Rumpf, bevor der Mann hinter Lyall in Deckung gehen konnte.

Schließlich war nur noch Lyall da. Lyall, dessen Gesicht voller Blut war. Cates Blut. Lyall, der mit wutverzerrtem Gesicht auf Cate hinunterstarrte. Und dann stürzte er plötzlich wie ein gefällter Baum vornüber neben sie mit Blanes Messer im Rücken.

Cates Aufschrei verscheuchte den roten Nebel und brachte Connor zur Vernunft. Er sank auf die Knie, hob Cate hoch und drückte sie an sich.

»Du lebst«, brachte er mühsam und kaum hörbar heraus.

»Ja.« Sie schlang die Arme um seinen Hals.

»Aber wie ist das möglich? Ich habe doch gesehen, wie er dir die Kehle durchschnitt. Und überall war Blut. Wie konntest du überleben?«

Er wollte sie von sich weghalten, sich vergewissern, dass sie wirklich nicht blutete, doch er hätte es nicht ertragen, auch nur für einen Moment auf ihre Nähe zu verzichten.

»Dank des Kevlar-Rollkragens.« Jesse schlug Connor im

Vorbeigehen auf die Schulter. »Das erklären wir dir später. Das Blut kam aus Lyalls gebrochener Nase. Klasse Stoß mit dem Kopf, Caty. Genau, wie ich es dir gezeigt habe. Ich wusste, dass der Mistkerl sich wieder deine Kehle vornehmen würde.« Er ging neben Robert in die Hocke und tastete am Hals nach dem Puls. »Scheiße. Der Junge braucht dringend Hilfe!«

Robert blutete stark. Jesse presste die Hand auf die Wunde. Rosalyn riss einen Streifen von ihrem Hemd ab und reichte ihn ihm. »Das wird nicht genügen«, sagte sie bestürzt.

Cate rückte von Connor ab und nahm sein Gesicht in die Hände. »Weißt du noch, wie du damals zu mir in meine Zeit kamst und von mir verlangtest, mich schnellstens zu entscheiden, ob ich mit dir kommen würde oder nicht?«

Er nickte, versuchte noch immer zu begreifen, was gerade geschehen war.

»Jetzt bist du an der Reihe. Ich nehme dich mit. In das Dun Ard meiner Zeit. Die Geschichtsbücher berichten, dass nach Artairs Tod die MacKiernan-Brüder auf Sithean Fardach um die Nachfolge des Lairds kämpften. Ich nehme an, dass Blane gewonnen hat. Aber der Ritter und seine Lady, die auf Sithean Fardach lebten, wurden in dem Kampf offenbar getötet. Jedenfalls werden ihre Namen in keinem der Berichte mehr erwähnt. Die beiden – das sind du und ich. Wäre Jesse nicht dazwischengegangen, hätte der Mann mit dem Schwert dir den Kopf abgeschlagen.« Sie schauderte bei dem Gedanken, wie knapp Connor dem Tod entronnen war.

»Dann gibt es nichts zu entscheiden – ich kann nicht

hierbleiben, ohne die Geschichte durcheinanderzubringen.«

Er war wieder er selbst. Es kümmerte ihn nicht, wo er den Rest seines Lebens verbrachte, solange Cate bei ihm war.

»Doch, du musst entscheiden, was mit Robert geschehen soll. Wenn wir ihn hierlassen, verblutet er. Aber wir können ihn mitnehmen. In meiner Zeit könnte er gerettet werden. Was sagst du?«

Connor sank neben seinem Freund auf die Knie. Robert wurde zusehends schwächer und hatte offensichtlich große Schmerzen, aber er war bei Bewusstsein.

»Robert? Ich weiß, dass du nicht verstehen kannst, worum es hier geht, aber du hast gehört, was Cate gerade gesagt hat, oder? Bist du bereit, mich in ein neues Abenteuer zu begleiten, alter Freund?«

Robert lächelte mühsam. »Ich dachte von Anfang an, dass deine Lady nicht aussieht wie eine aus *Outremer*. Ja, ich entscheide mich für das Abenteuer. Die andere Möglichkeit gefällt mir nicht recht.«

»Abgemacht.« Connor stand auf und zog Cate hoch. »Er kommt mit uns.« Er wandte sich seiner Tante zu: »Was ist mit dir?«

»Ich bleibe.« Rosalyn trat auf ihn zu, zog seinen Kopf zu sich herunter und küsste ihn auf die Stirn. »Mein Platz ist hier, Neffe. Ich kann nicht fort.«

»Aber wer wird dich beschützen?«

»Ich habe mich entschlossen, das zu übernehmen«, meldete Duncan sich zu Wort.

»Und wenn er einmal verhindert ist, tue ich es«, erklärte

Blane, der sich zu ihnen gesellt hatte. »Ich werde nie wieder vom rechten Weg abweichen. Ich werde das Richtige tun, Connor. Darauf hast du mein Wort.«

»Wirst du dich auch um Mairi kümmern?«

»Das muss er nicht. Mairi ist schon befreit.« Cate schob ihn zu ihrem Bruder und Robert. Als Connor die Braue hochzog, lachte Cate und schlang die Arme um ihn.

»Ich werde gleich alles erklären. Jetzt müssen wir gehen.« Sie wandte sich Connor zu. »Du bekommst einen unglaublichen Lichtzauber geboten.«

Die Lightshow war sensationell, aber Connor versäumte sie, denn er war damit beschäftigt, seine Frau zu küssen.

Epilog

Seun Fardach Ranch
North of Grand Lake, Colorado
Fünf Jahre später

Auf der langen Veranda gemächlich schaukelnd, sah Cate zu, wie der kleine Dougal auf seinem Hot-Wheels-Fahrrad über den Vorplatz fuhr. Seine Bewegungen waren bemerkenswert koordiniert für einen Vierjährigen, aber wenn man bedachte, wer sein Vater war, verwunderte das nicht weiter.

»Pass auf, dass du Wolf nicht weh tust, Dougal«, mahnte sie. »Er ist noch ein Baby.« Wolf war ihr neuestes Familienmitglied, ein tapsiger Wolfshundwelpe, der seinen Namen dem Hund verdankte, der sein Leben geopfert hatte, um Cate zu retten.

Ihr Sohn stieg von seinem Fahrrad herunter und begann, sich liebevoll mit dem Welpen zu balgen, der bereits sein bester Freund geworden war.

Große, warme Hände umfassten Cates Schultern von hinten, und sie lächelte zu Connor auf. Er beugte sich herunter, küsste sie auf die Wange und knabberte an ihrem Ohr. Schmetterlinge flogen in Cates Bauch auf. Sie konnte sich nicht vorstellen, dass es jemals anders sein würde. Denn wahre Liebe währte ewig.

»Ich rieche Schokolade. Warst du schon wieder an den Brownies?«

»Es ist nicht meine Schuld. Du hast den Teller am Telefon stehen lassen. Wie sollte ich da widerstehen?« Seine Augen blitzten. Connor war süchtig nach Schokolade.

»Dann ist der Anruf also gekommen, den du erwartet hattest.«

»Ja. Gordon MacAlister vom Dun Ard hat unsere Reservierung für nächsten Monat bestätigt. Ich kann es kaum erwarten zu sehen, wie weit die Arbeiten an dem alten Castle inzwischen gediehen sind.« Er setzte sich in den Lehnstuhl neben Cate und legte die Füße in den Cowboystiefeln auf das Verandageländer.

Cate musste lächeln – er nannte es immer noch das ›alte Castle‹. Sie hatten das Gelände gekauft und bauten Sithean Fardach wieder auf. Aufgrund Connors persönlicher Kenntnisse der Gegebenheiten war Authentizität garantiert. Abgesehen von moderner Installation und Heizung. Darauf hatte Cate bestanden.

Wie sich herausgestellt hatte, war Gordon MacAlister ein Nachkomme von Duncan. Am Tag ihrer Ankunft aus dem dreizehnten Jahrhundert war Gordon auf sie zugekommen, nachdem er Connors Namen gehört hatte. Dann war er aufgeregt davongelaufen und mit seiner Frau und einer alten Schatulle zurückgekehrt, die in seiner Familie von Generation zu Generation mit der Maßgabe vererbt worden war, sie für den Tag aufzubewahren, an dem Connor und Cate MacKiernan auf Dun Ard erscheinen würden. In der Schatulle lagen ein Smaragdanhänger, eine passende Smaragdnadel und eine sehr, sehr alte Notiz. Die Schreiberin hatte anlässlich des fünften Geburtstags ihres Sohnes entschieden, diese Dinge wegzuschließen, da sie nun sicher war, dass sie eine Familie haben würde, die sie für sie weitergäbe. Sie wünschte allen ein langes Leben und eine wahre Liebe, wie sie sie gefunden hatte. Die Unterschrift lautete Rosalyn MacKiernan MacAlister. Cate war froh, dass Duncan endlich seine Bestimmung als Rosalyns wahre Liebe erkannt hatte. Cate und Connor hatten die Smaragdschmuckstücke getragen, als sie in Anwesenheit von Cates Familie in einer wunderschönen Kirche oberhalb eines malerischen Tals in Colorado Springs ein zweites Mal heirateten. Schließlich musste auch in der Gegenwart alles seine Ordnung haben.

Connor und Robert hatten sich schnell eingewöhnt und arbeiteten beide bei Coryell Enterprises. Es gab jetzt mehrere Angestellte, so dass Connor sich aussuchen konnte, welche Aufträge er übernahm. Er war nicht gerne von zu Hause weg. Auf der Ranch züchtete er – ausgerechnet – Pferde. Riesige, wunderschöne, seltene Pferde. Er liebte sie. Aber Cate weigerte sich noch immer zu reiten.

Robert kaufte das an ihr Land grenzende und züchtete Rinder. Die Gerätschaften und Maschinen der Gegenwart faszinierten ihn, und er besaß einen regelrechten Park davon. Sie wussten nie, ob er zum täglichen Schwertkampftraining mit einem Auto oder einem Traktor kommen würde. Seine neueste Leidenschaft war ein Hummer. Die Militärversion, nicht die Möchtegernausgabe. Glücklicherweise verdienten sie gutes Geld mit ihrer Arbeit, und Robert schlug keinen Auftrag aus. Er war noch immer ein wahrer Krieger.

Connor deutete auf eine kleine Staubwolke, die sich der Ranch näherte. »Was kommt denn da die Straße rauf?«

Cate beschattete mit der Hand die Augen. »Wahrscheinlich Jesse.« Auf dem schnellsten, größten und lautesten Motorrad, das er finden konnte. »Er wollte Mairi heute aus Boulder holen.«

»Großer Gott!« Connor stand auf und stützte sich auf das Geländer. »Er hat sie doch nicht etwa wieder hinten auf dieser Monstermaschine, oder?«

Cate lachte. »Du weißt, das Mairi dieses Motorrad liebt. Sie bettelt jedes Mal, dass er sie damit abholt. Es gefällt ihr, wenn die anderen Mädchen ihn damit in seiner Lederkluft daherkommen sehen. Sie beneiden sie alle darum, dass sie mit einem leibhaftigen *bad boy* rumhängt.«

»Solange sie nichts anderes tun als ›rumhängen‹ …«

Connor würde immer der engagierte große Bruder bleiben. Es machte Mairi in der Gegenwart genauso verrückt, wie es das in der Vergangenheit getan hatte. Sie studierte an der University of Colorado Mittelalterliche Geschichte, und ihr Professor sagte, man könnte denken, dass sie in einem früheren Leben im Mittelalter gelebt hätte. Bis zum Bachelor hatte sie noch ein Jahr, und dann wollte sie ihren Master machen. Obwohl nicht mehr ganz so ungebärdig wie früher, liebte sie Boulder und dachte daran, später dort zu unterrichten. Cate hatte sie von Anfang an als Boulder-Girl gesehen, und die Einschätzung war richtig gewesen. Und Mairi trug noch immer nur dann Schuhe, wenn es sich absolut nicht vermeiden ließ.

Connor ging die Stufen hinunter, schlenderte über den Vorplatz, schnappte sich seinen Sohn und schwang ihn hoch in die Luft, womit er unbändiges Gekicher erntete.

»Komm mit deinem Dad, kleiner Dougal Pol. Gehen wir zum Tor und sehen nach, wer uns da besuchen will.«

»Onkel Jess!« Der Junge hatte das Motorgeräusch erkannt und freute sich auf die übermütigen Stunden, die Jesses Besuch garantierte.

Zufrieden seufzend schaukelte Cate langsam weiter, um das kleine Mädchen nicht früher als nötig zu wecken, das auf ihrem Schoß schlief. Bald würde das Haus vor Aktivität summen, und ihre Tochter würde selig daran teilnehmen. Rose war letzte Woche zwei Jahre alt geworden.

Sie hatten sie nach Rosalyn genannt, und seit Roses Geburt dachte Cate oft an die Frau, die so gut zu ihr gewesen war und ohne die sie diese perfekte Familie nicht hätte. Dieses perfekte Leben.

Jesse und Mairi bogen in die Zufahrt ein. Dougal bettelte seinen Onkel an, ihn mitfahren zu lassen, und Mairi lachte über die Versuche ihres Bruders, seinem Sohn die Maschine madig zu machen.

Connor drehte sich Cate zu und hob hilflos die Hände. Dann warf er ihr eine Kusshand zu und lächelte das hinreißende Lächeln, bei dem Cate noch immer weiche Knie bekam. Er war ohne Zweifel der attraktivste Mann, den sie je gesehen hatte.

Rose regte sich auf ihrem Schoß und erwachte wie immer mit einem Lächeln in ihrem wunderhübschen Gesicht. Die smaragdgrünen Augen strahlten Cate an. Das Leben würde interessant werden für dieses wissbegierige, fröhliche, kleine Mädchen. Vielleicht würde Cate mit ihr eines Tages das Feental besuchen und sie mit ihren zauberhaften Verwandten bekannt machen.

Rose setzte sich auf, und Cate drehte sie behutsam um, so dass sie das dunkle Mal auf dem Schulterblatt sehen konnte.

Nicht zum ersten Mal fragte sie sich, was wohl Rosalyn zu diesem speziellen Feenkuss gesagt hätte.

Wenn sie die Augen zusammenkniff und den Kopf zur Seite neigte, sah er wie ein ganzer Blumenstrauß aus.

Dank

Es haben viele Menschen geholfen, dieses Buch möglich zu machen, aber den Nachstehenden möchte ich besonders danken:

Meinen Söhnen Nick (der meine Bücher immer als Erster liest!), Chris (der mich gezwungen hat, mein Internet-Gästebuch zu aktualisieren!) und Marty (der den Anruf entgegengenommen hat!).

Den Meisterinnen konstruktiver Kritik, den Soapbox Divas: Irene Goodell und Kirsten Richard. Sie gestatteten mir keine Nachlässigkeit.

Den Frauen, die bei der Entstehung des Buches mitwirkten: Terry Valentine, Kally Jo Surbeck, Sue Grimshaw und Maggie Crawford. Sie alle sind etwas ganz Besonderes.

Und natürlich meiner Lektorin, Megan McKeever. Sie machte die beängstigende Aufgabe der Überarbeitungen einfach.

Hannah Howell

Das Schicksal des Highlanders

Roman

Schottland im 15. Jahrhundert: Zunächst vereint Laird Murray und Maldie nur der Hass auf einen gemeinsamen Feind – doch dann kommen sie sich näher, und Murray verliebt sich in die bildschöne Heilerin. Aber kann er ihr wirklich vertrauen?

»Nur wenige Autoren beschreiben
die schottischen Highlands so liebenswert
und farbenprächtig wie Hannah Howell.«
Publishers Weekly

Knaur Taschenbuch Verlag